인피니트 덴드로그램

4.프랭클린의 게임

카이도 사콘 지음
타이키 일러스트
천선필 옮김

Character

레이
레이 스탈링 / 무쿠도리 레이지

초보 플레이어로서 〈Infinite Dendrogram〉에 발을 내딛은 청년.
기본적으로는 순하지만 양보할 수 없는 것을 위해서는
몇 번이든 맞서는 강한 의지를 지니고 있다.

네메시스
네메시스

레이의 엠브리오로 나타난 소녀.
대검이나 도끼창으로 변화하는 능력과 입은 대미지를
두 배로 돌려주는 〈복수는 나의 것〉이라는 특수능력을 지니고 있다.

루크
루크 홈즈

레이와 파티를 짜고 있는 절세 미소년.
직업은 [포주]이며 테임 몬스터와 함께 싸운다.
엠브리오는 TYPE : 가드너인 [타락천마 바빌론].

마리
마리 애들러

〈DIN〉이라는 정보상 집단에 소속된 [기자]로서
여러 가지 정보를 다루고 있는 플레이어.
사건에 자주 휘말리곤 하는 레이에게 흥미를 품고 접근했다.

슈우
슈우 스탈링 / 무쿠도리 슈이치

레이를 게임으로 끌어들인 장본인이며 레이의 실제 형.
인형 옷을 입고 있는 이유는
현실 얼굴 그대로 캐릭터를 작성해버렸기 때문.

인피니트 덴드로그램

4.프랭클린의 게임

카이도 사콘 지음 타이키 일러스트

천선필 옮김

커버 그림, 본문 일러스트 | **타이키**

Contents

□〈초급 격돌〉 세 시간 전, 기데온 백작 저택

기데온 1번가에는 공적인 기관이 모여 있고 이 도시를 다스리는 기데온 백작 저택도 기사단 초소와 인접한 형태로 지어져 있다.

하지만 백작 저택의 구조가 초소와 비슷할 정도로 견실하고 검소하기 때문에 척 보기에는 인접해 있는 초소와의 경계를 구분하지 못할 것이다. 기데온의 꽃은 투기장이기에 화려하고 아름다운 성을 지어봤자 도시에 어울리지 않는다, 초대 기데온 백작이 그렇게 생각했기 때문이다.

그래서 나중에 천람시합 같은 경우에 왕족을 머무르게 할 필요가 있어 호화로운 영빈관을 별관으로 짓게 되었지만.

그런 사정으로 인해 백작 저택에는 검소한 본관과 호화로운 별관이 존재하는데 그 본관 집무실에서는 현재진행형으로 세 남녀가 굳은 표정을 짓고 있었다.

한 사람은 젊은 기데온 백작. 애시밸리 기데온.

한 사람은 근위기사단 부단장. [싱기사(팔라딘)] 릴리이니 그란드리아.

마지막 한 사람은 이 알터 왕국의 제2왕녀. 엘리자베트 S 알터.

지금 이 도시에 있는 티안 중에서도 톱클래스 중요인물들이 한 자리에 모여 있는 것이다.

"그럼 언니는 오시지 못한다는 것이지?"

"네. 연락에 따르면 몸이 편찮아지셨고, 오늘까지 회복되지 않아 출발하시지 못했다고 합니다. 이야기를 들어보니 왕도에서 〈유행병〉이 번지고 있다고 하네요."

기데온 백작은 왕도로부터 통신마법을 통해 받은 연락 내용을 엘리자베트와 릴리아나에게 말했다. 엘리자베트는 오늘 밤 개최될 대규모 이벤트, 〈초급 격돌〉에 참석하기 위해 이 도시에 머무르고 있다. 원래대로라면 이벤트에는 국왕 대리인 제1왕녀도 참석할 예정이었다.

"〈유행병〉, 이라고요……."

릴리아나는 입가를 가리면서 벌레를 씹은 듯한 표정을 지었다.

〈유행병〉. 그것은 갑작스럽게 발생하며 힘의 크기와는 상관없이 만연하는 병의 총칭이다. 〈마스터〉들은 〈Infinite Dendrogram〉에서 부정기적으로 발생하는 광범위 이벤트로 인식하고 있다. 여러 가지 증상의 〈유행병〉이 지역에 만연하며 〈마스터〉, 티안 모두에게 많은 환자를 발생시킨다. 시간이 지나면 낫는 병도 있지만 그중에는 특정 백신 투여 및 초급 회복마법 사용 등 특수한 치료가 필요한 것도 있다.

이번에 왕국에 만연한 〈유행병〉은 목숨을 위협하는 병이 아니었고, 증상도 가벼운 감기 비슷한 것이라 그나마 다행이었다.

단, 〈유행병〉은 원래 스테이터스나 내성과는 상관없이 걸리게 된다. 레벨이 높은 〈마스터〉라도 드러눕거나 시간이 지날 때까지 로그아웃을 하는 사태인 것이다. 인지를 초월한 천재지변

이기에 어쩔 수 없다. 오히려 〈유행병〉의 피해가 이 정도에 그친 것이 다행이었다.

하지만 오늘 이벤트를 개최하는 기데온 백작은 '굳이 이 시기에 유행하지 않아도 되잖아!'라고 마음속으로 소리를 지를 수밖에 없었다.

그리고 릴리아나도 비슷한 마음을 품고 있었다.

엘리자베트는 어제 몰래 저택을 빠져나가 호위를 맡은 사람들을 놀라게 하긴 했지만 이 이벤트 관련 공무는 제대로 처리했고, 오늘도 아침부터 열심히 준비를 했다.

전부 언니인 제1왕녀 알티미아를 맞이하기 위해서였는데 그것도 헛수고가 되어버렸다. 릴리아나는 여동생을 둔 언니로서 엘리자베트의 심정을 이해했다.

"으음! 알았다!"

하지만 엘리자베트는 두 사람의 얼굴을 번갈아 보고 나서 소리쳤다.

"안타깝지만 이렇게 되었으니 어쩔 수 없지! 그것보다는 오늘 밤 이벤트를 대성공시키는 걸 제일 먼저 생각해야 한다! 그렇겠지! 기데온 백작!"

"네!"

그것은 엘리자베트의 결의. 정말 좋아하는 언니의 방문이 이루어지지 않았다 해도 자신의 일을 끝까지 한다. 그것이 언니를 가장 잘 도와주는 것이라고 믿고.

"전하……."

그 태도는 그녀가 알고 있던 며칠 전까지의 엘리자베트와 비슷한 것 같으면서도 약간 달랐다.

약간 어른이 된 것 같아 보였다.

(혹시 어제 빠져나갔던 동안에 무슨 일이 있었던 걸까요?)

그런 생각을 하고 있자니 엘리자베트가 릴리아나의 손을 두 손으로 잡았다.

"릴리아나도 호위를 잘 부탁한다."

"……네! 어떠한 뜻밖의 사태가 발생하더라도 지켜드리겠습니다."

그렇게 그녀도 마찬가지로 자신의 임무를 다하겠다고 결의했다.

앞으로 무슨 일이 생기더라도 이 소녀를 지키겠다고.

앞으로…… 무슨 일이 생기더라도.

□[기자(저널리스트)] / [절영(데스 섀도우)] 마리 애들러

저는 드라이프 황국의 톱랭커 세 명에 대해 그 전쟁 전부터 알고 있었습니다. [기자]로서, 그리고 PK를 하는 입장에서 강자의 정보를 수집하는 작업은 반드시 필요하니까요.

드라이프의 결투, 토벌, 클랜의 톱랭커는 모두 다 질이 다릅니다.

악마군단의 우두머리, '모순수식' [마장군(헬 제너럴)] 로건 고드하르트.

최강의 스테이터스를 자랑하는 '물리최강' [수왕(킹 오브 비스트)].

그리고 황국 톱클랜 〈예지의 삼각〉 오너, [대교수(기가 프로페서)] Mr. 프랭클린.

이 중에서 전쟁 당시에 혼자만 〈초급〉이 아니었던 사람이 프랭클린입니다.

그뿐만이 아니라 유일한 비전투 직업이고, 스테이터스로 따지면 하급 전투 직업보다 뒤처집니다.

'물리최강' [수왕]이나 '마법최강' [지신]과 비교하면 하늘과 땅 차이겠죠.

물론 다른 두 랭킹과는 다르게 클랜 랭킹은 클랜의 규모를 경쟁하는 것입니다.

그 클랜의 오너에게 전투력이 없더라도 이상하긴 하겠지만 문제는 전혀 없습니다.

전쟁에서의 클랜 톱랭킹은 클랜으로서의 힘을 보여주는 것이 가장 중요하기에 개인 전력 등은 부차적인 것이다. 실제로 그런 평가를 받곤 했습니다.

하지만 뚜껑을 열어보니…… 전혀 다른 결과가 나왔습니다.

전쟁에서 확실하게 드러난 것은 〈예지의 삼각〉이 아니라 프랭클린 자신의 위협.

〈초급〉에 도달하지 못한 상태에서도 다른 두 사람에게 뒤처지지 않았습니다.

초급 직업 [대교수]는 몬스터 연구에 특화되어 있고, 프랭클린의 〈엠브리오〉인 판데모니움은 몬스터 생산에 특화되어 있습니다.

연구와 생산, 같은 분야이면서도 약간 다른 두 개념이 합쳐진 결과, 프랭클린은 매우 다양한 특성을 지닌 몬스터 군단을 만들어냈습니다.

물리공격이 통하지 않는다, 마법을 반사한다, 빈사상태가 되면 자폭한다, 달라붙어서 조종한다, 기타 등등, 기타 등등…… 악질이죠.

그런 프랭클린의 군단과 대결했던 것은 소수나마 전쟁에 참가했던 왕국 쪽 〈마스터〉, 그리고 국왕 직속 군대였습니다.

양쪽이 부딪치자 결과는 참사, 그렇게 말할 수밖에 없었습니다.

마치 깜짝 상자처럼 '무슨 짓을 할지 알 수가 없는' 몬스터와의 싸움으로 인해 혼란에 빠지고 그 혼란을 틈타 특제…… 초급 직업에 필적할 정도로 강력한 몬스터가 습격했습니다.

그렇게 〈마스터〉 군세는 괴멸되었고, 국왕은 몬스터에게 잡아먹혔습니다.

그런 일을 해낸 몬스터 군단을 생산하여 갖추려면 천문학적인 비용이 드는 모양입니다. 몬스터 작성에 필요한 소재를 입수하는데 막대한 자금이 필요했다고 하네요.

하지만 그것은 드라이프에서 가장 큰 클랜을 통솔하고 있으며 황국이라는 스폰서가 있었던 프랭클린에게는 별문제가 아니었습니다. 그는 클랜의 규모를 이용해 전쟁에 나섰고, 개인의 능력을 이용해 위세를 떨친 것입니다.

전쟁이 끝난 뒤, PK로서의 저…… 〈초급 킬러〉에게 프랭클린 살해 의뢰가 잔뜩 들어왔습니다.

의뢰인은 전쟁으로 인해 데스 페널티를 받은 〈마스터〉나 희생된 병사의 관계자들이었습니다.

하지만 저는 그 의뢰를 받지 않았습니다. 단념했습니다.

상황을 살펴보러 가긴 했습니다. 죽일 수 있겠다 싶으면 의뢰를 받아서 죽이자고 생각하기도 했습니다.

하지만 안 됩니다. 간단히 죽일 수 있다는 것은 한눈에 알 수 있었습니다.

──하지만 확실히 무언가 **터무니없는 일**이 벌어질 것이라는 것도 알 수 있었습니다.

그렇게 제가 프랭클린과 싸우는 것을 피한 다음, 어느 정도 시간이 지난 뒤였습니다.

프랭클린은 제게 의뢰한 사람들뿐만이 아니라 많은 사람들에게 원한을 사고 있었기에 빈번하게 습격을 받았습니다. 그 대부분은 몬스터들이 물리쳤습니다.

하지만 단 한 번…… 프랭클린이 쓰러진 적도 있다고 합니다.

스테이터스를 따지면 프랭클린은 최약이니 당연히 그럴 수도 있습니다.

하지만 문제는 그 다음. 데스 페널티에서 복귀한 프랭클린은…… 자신을 쓰러뜨린 사람을 찾아내 싸움을 건 뒤 완승했습니다.

그 다음번에도.

그 다음번에도, 그 다음번에도, 그 다음번에도.

그 다음번에도, 그 다음번에도, 그 다음번에도, 그 다음번에도, 그 다음번에도, 그 다음번에도…….

상대방에게 가장 상성이 안 좋은 몬스터를 만들어 현실 시간으로 한 달 동안 계속…… 자신을 이긴 상대를 집요하게 계속 죽여댔다고 합니다.

그야말로 그 상대가 이 〈Infinite Dendrogram〉에 로그인하지 않게 될 때까지…….

약하지만 최악의 몬스터를 만든다.

약하지만 성격이 최악이다.

'최약최악'…… 제가 프랭클린을 보고 내린 평가이자 그의 가장 유명한 별명입니다.

……정확하게 말하자면 제가 알고 있는 최악은 한 명 더 있지만 그건 제쳐두도록 하죠.

아무튼, 그의 출현은 왕국 불구대천의 원수가 나타났다는 말로 끝날 문제가 아닙니다.

반드시 터무니없는 짓을 할 것이 분명한 것입니다.

□[성기사] 레이 스탈링

프랭클린이 자기소개를 한 직후, 회장 모든 곳으로부터 수많은 화살과 총알, 공격마법이 프랭클린을 향해 날아갔다.

프랭클린이 결계 위쪽 중앙에 위치하고 있었기에 결계에 가로막힌 것도 있었다.

하지만 대충 잡아도 100명이 넘는 사람들이 날린 공격이 비처럼 쏟아졌다. 그중에는 시합에서 본 것처럼 상급 직업이 날린 공격도 있었고, 피가로 씨나 신우 같은 초급 직업이 날린 공격도 있을지 모른다.

프랭클린의 발치에 있던 결계가 크게 뒤흔들렸고, 폭발로 인한 연기가 결계 위를 뒤덮었다.

『역시나 뇌까지 근육인 사람들이 모인 결투도시야. 판단이 빠르네.』

하지만 프랭클린은 살아 있었다.

군데군데 백의가 탄 걸 보니 공격이 휘몰아친 곳 안에 있었던 건 분명한 것 같은데 살아남았다.

"왜 살아 있는 거야? 저 녀석."

"……저건 별로 대단한 것도 아니죠."

『그래.』

나는 무슨 일이 일어났는지 모르고 있지만 두 사람은 본 모양이었다.

"처음 치명타는 대역 계열 액세서리와 장비 스킬이 붙어 있는 방어구로 버텼네요."

『그리고 그 다음에는 《캐슬링》을 이용해 일시적으로 피했고.』

"《캐슬링》이 뭔가요?"

"보유하고 있는 몬스터와 자신의 위치를 바꾸는 스킬이에요, 루크 군. 상급 직업에서 배울 수 있는 스킬인데 유효 사정거리가 그다지 길지는 않아서 전이 스킬로는 거의 사용할 수가 없죠. 사용 가능한 극소수의 전이 스킬 중 하나이긴 하지만요."

그렇구나. 첫 기습은 나도 데미 드래그 웜과 싸울 때 썼던 장비를 사용해 억지로 버텼고, 그 뒤로는 그 자리에 없었던 건가?

『미리 말해두지만 말이야! 이제 공격하지 않았으면 좋겠는데! 너희들도 '감옥'에 가고 싶진 않겠지?』

'감옥'?

프랭클린이 한 말을 듣고 의아해져서 녀석을 바라보았다.

그러자 녀석의 팔에 작은 새 한 마리가 앉아 있었고.

『자칫하다가 이 꼬맹이에게 맞으면 한 방에 '감옥'행이니까.』

프랭클린이 그렇게 말한 직후, 작은 새 대신 그의 품속에 무언가가 나타났다.

그것은 어떤 소녀.

그 소녀를 보고…… 마리가 깜짝 놀라 소리쳤다.

"에리……!"

어제는 사진에서, 오늘은 회장에서 봤던── 제2왕녀 엘리자베트 S 알터였다.

깜짝 놀라 귀빈실을 돌아봤지만, 이미 그곳에서는 왕녀가 사라진 상태였다.

『제3자에게 《캐슬링》을 사용할 수 있는 몬스터를…… 만든 건가.』

그런 게 가능한 몬스터를 프랭클린이 만들었다고?

프랭클린은 실제로 귀빈석에 있었던 제2왕녀를 붙잡고 있다.

왕녀는 의식을 잃었는지 힘없이 몸을 기대고 있었다.

『이해가 되셨나아? 왕족 살해는 곧바로 '감옥'행이니까. 조심하라고…… 아니, 내가 할 말은 아닌가아! 하하하하하!』

품속에 있는 소녀의 아버지를 죽인 남자는 재미있는 개그라도 한 것처럼 크게 웃어댔다.

『자자, 너희들이 손을 쓰지 못하게 되었으니 들어줬으면 하는 이야기가…….』

프랭클린의 말을 가로막는 것처럼 관객석 어떤 곳에서 새로운 공격마법이 날아가 프랭클린 바로 옆에 작렬했다.

"어?!"

날아온 곳을 보니 〈마스터〉로 보이는 관객이 포즈를 취하고 있었다.

"바보 아닌가요……?!"

내 마음의 소리와 마리의 목소리가 겹쳤다.

프랭클린 바로 옆에 왕녀가 있잖아?! 함부로 공격하면 안 되지!

『아~.』

폭발한 공격마법의 연기가 걷히자 그곳에는 생채기 하나 없는 프랭클린과 왕녀의 모습이 있었다.

방금 전 그 일격은 어떠한 수단으로 막아낸 모양이었다.

『상황을 이해하긴 하는 건가? 내가 제2왕녀를 납치했어. 그리고 말하고 있지. 뭔가를 말하려 하고 있어……. 그! 런! 데! 왜 공격하는 거지?! 이해가 안 돼, 이해가 안 되네. 바보 아니야?』

프랭클린은 머리를 벅벅 긁었다.

그 표정은 크게 웃던 때와는 달리 매우 불쾌해 보였다.

『──바보는 머리를 식히도록 합시다아.』

녀석이 말한 직후, 공격했던 〈마스터〉의 발치에서 푸른색 액체가 솟구쳤다.

푸른색 액체── [슬라임]은 단숨에 그 〈마스터〉를 감쌌고.

"────────."

지옥 같은 광경을 만들어냈다.

삼켜진 직후에 피부, 장비까지 녹아내려 구별할 수가 없게 되었다. 비명은 푸른색 [슬라임] 안에서 보글보글 거품이 되어 바깥으로 새어 나오지 않았다. 그것만 놓고 보면 괴물 영화에 나오는 육식 슬라임과 다를 바가 없지만 그 [슬라임]은 그걸로 끝이 아니었다.

주위가 얼어붙었다.

내부에 있는 먹잇감을 녹이는 것과 동시에 주위에 냉기를 흩뿌리며 피해를 확대시키고 있었다.

『네~, 그 아이는 [옥시전 슬라임], 개발명칭 디스트로이어 군입니다아. 제가 손수 만들었고 최근에 만든 것 중에서는 잘 만들어진 편인 것 같습니다아.』

[슬라임]── [옥시전 슬라임]을 케이크 같은 간식을 소개하는 것처럼 설명했다.

하지만 그렇게 훈훈한 것이 아니었다. [옥시전 슬라임]은 처음 집어삼킨 〈마스터〉뿐만이 아니라 주위에 있던 관객들도 집어삼키고 녹이며 냉기로 주위를 위협하고 있었다.

이윽고 주위 관객석에서 [옥시전 슬라임]을 공격하는 불꽃이 솟구쳤고──.

『아, 바보.』

프랭클린이 그렇게 중얼거린 직후── 대폭발을 일으켰다.

관객석 한 귀퉁이에서 푸른색 거센 불꽃이 휘몰아치며 염열지옥을 만들어냈다.

『이봐, 이봐~, '슬라임에게는 불꽃이지'라고 생각하면서 매뉴얼대로 대응한 바보까지 있는 거야? 내 말을 듣긴 했어? 내가 [옥시전 슬라임]이라고 했잖아? 산소(옥시전)가 뭔지는 알아? 액체산소에 불을 가져다대는 바보는 이과 실험 못하거든?』

　액체산소. 상온에서는 기체인 산소를 섭씨온도 영하 182.96도 이하의 초저온에서 응축시킨 물질. 매우 강력한 산화작용과 가연성을 겸비한 독극물이자 로켓 연료로도 사용하는 물질이다.

　"저 녀석 몸이 파란 건 액체산소라서 그런 건가……!"

　『……예~전에 화학 수업 때 했었지.』

　형이 저렇게 말하는데 나도 비슷한 느낌이다. 액체질소를 이용해 비닐봉투 안에 넣은 산소를 차갑게 만드는 실험을 했던 기억이 있다.

　『참고로 폭발을 각오해도 소용없습니다아. 디스트로이어 군은 폭발해도 공기에 있는 산소와 결합해서 금방 재생하니까요오.』

　그 말대로 폭발한 곳에서는 [옥시전 슬라임]이 빠르게 부피를 회복하고 있었다.

　유독, 불사신, 폭발생물. 최악에 가까운 몬스터다…… 그렇게 생각하다가 눈치챘다.

　죽은 〈마스터〉는 입자가 되어 사라졌고, 폭발이 일어난 주위에는 시체가 굴러다니지 않았다.

　불행 중 다행으로 그 폭발에 휘말린 티안은 없었던 모양이었다.

　『자, 바보 때문에 설명이 늦어졌는데, 이쪽 요구를 말하겠습니다아!』

　결계 위쪽에서 프랭클린이 방해꾼이 사라졌다는 듯이 말했다.

　『게임을 하자!』

　소리친 녀석의 손에는 어느새 정체불명의 스위치가 있었다.

『꾸우욱.』

녀석이 버튼을 누르자 회장 구석에서 새로운 [옥시전 슬라임]이 솟구쳤다.

다행히 나타날 때 휘말린 사람은 없었지만 방금 전에 본 참상 때문인지 관객들이 패닉 상태에 빠져 [옥시전 슬라임] 주위에서 멀어졌다.

『방금 봤으니 이해가 되겠지만, 이 스위치는 제가 설치한 장치와 연동되어 있습니다. 어떤 장치냐 하면 디스트로이어 군처럼 제가 준비한 몬스터를 뿌리는 장치죠. 누르면 랜덤으로 하나가 해방됩니다.』

그 말을 듣고 회장에 있던 관객들이 앉아 있던 좌석에서 일어났지만, 프랭클린의 말은 멈추지 않았다.

『누르지 않아도 한 시간이 지나면 자동적으로 전부 해방입니다아. ──기데온 거리에도 **잔뜨옥** 설치했으니까요.』

"뭐?!"

귀빈석에 있던 기데온 백작이 경악하며 소리 질렀다.

당연하다. 자신이 다스리는 도시가 테러의 표적이 되었으니까.

그리고 역시, 방금 전 관객석에서 벌인 흉악한 짓이나 저런 테러를 저지르는 이상…… 저 녀석은 티안이라도 아랑곳하지 않고 해칠 셈인 것이다.

『장치를 멈출 방법은 하나. 이 스위치를 파괴하든지, 저를 데스 페널티에 몰아넣던지. 그러면 장치는 멈추고 튀어나온 몬스터도 전부 사라지죠. 어때요? 참 쉽죠?』

프랭클린은 그렇게 말하며 다시 유쾌하게 웃었다.

지금 여기서 저 녀석을 쓰러뜨리면 전부 끝난다. ……하지만.

"……묘하네. 저 녀석 어째서……."

하지만 내가 품은 의문을 말하기도 전에.

『그리고 몬스터하고는 상관없지만. 왕녀도 이대로 납치할 거고요.』

프랭클린은 그렇게 말하고 여전히 기절해 있는 왕녀를 끌어안았다.

『몬스터 테러를 막아라! 왕녀를 구하라! 매우 이해하기 쉬운 구도죠! 왕국의 〈마스터〉 제군 힘내게나! 그럼 그렇게 되었으니 안녕히(Adieu)!』

프랭클린은 그 말을 남기고 다시 《캐슬링》을 사용해 왕녀와 함께 이 회장에서 어디론가 사라졌다.

그 직후, 회장 안은 혼란스러움과 화가 난 소리에 휩싸였다.

패닉 상태에 빠진 사람, 비명을 지르는 사람, 우왕좌왕하는 사람. 그중에는 투기장을 뛰쳐나가 프랭클린을 쫓아가는 것 같은 〈마스터〉도 간간히 보였다. 회장에 남아 있는 [옥시전 슬라임] 두 마리에 대처하려는 〈마스터〉도 있었다.

행동을 일으킨 사람들의 공통점을 따지면 이 사태를 일으키고 이 밤을 망쳐놓은 프랭클린에 대한 분노를 들 수 있을 것이다. ……나도 마찬가지였다.

"장난치기는……!"

프랭클린은 게임을 하는 느낌으로 한 짓일 것이다.

실제로 〈Infinite Dendrogram〉은 게임이다.

하지만 그렇다 해도 용납할 수 없는 것도 있다.

그 녀석은 그런 행동을 하려는 것이다.

『장난 같은 짓이긴 하지.』

형은 고개를 끄덕이면서 그렇게 말한 뒤 계속 말을 이어나갔다.

『그래도 생각해봐. 왜 그 장난을 일부러 선언한 다음에 할 필요가 있지?』

그건 나도 의문을 품고 있던 점이다. 그 녀석은 회장이나 거리에 [옥시전 슬라임]이나 다양한 몬스터가 들어 있는 장치를 세팅했다고 했다.

그렇다, 그 녀석이 저지르려고 하고 있는 테러는 준비가 다 되어 있기에 마음만 내키면 언제든지 일으킬 수 있다.

그런데…….

『테러라면 선언 같은 걸 하지 않고 해도 되잖아. 납치도 마찬가지고. 그런데 일부러 이런 무대에서 선언하고 제한시간 같은 유예기간까지 설정해두었어. 이게 무슨 의미인지 알겠냐?』

"의미……."

프랭클린의 말과 행동을 보면 반쯤 재미삼아 그러는 것 같기도 하다.

하지만 그것이 전부가 아니라는 느낌이 든다. 마음에 걸리는 것이 있다.

마치 〈초급 격돌〉 시합 개시 직전에 신우가 했던 선언처럼. 어떤 의도가 있는 것 같기도 한데 그것이 무엇인지, 나는 말로 풀어낼 수가 없었다.

"제 추측이지만요."

나와 형이 나누고 있던 이야기에 루크가 끼어들었다.

"알려주고 '열심히 하면 막아낼 수 있는 사태로 만든 다음, 실패하게 하는 것'이 목적인 것 같아요."

"실패하게 하는 것이 목적이라고?"

"그건 분명……."

루크가 말을 이어나가려고 했을 때, 관객석이 아닌 바깥쪽──로비 쪽에서 혼란스러운 목소리가 들렸다. '결계가', '나갈 수 없어'…… 그런 말이 여러 겹으로 겹쳐져 들렸다.

『로비로 가자.』

"……그래!"

형의 말에 따라 나와 루크, 그리고 네메시스와 바비가 차례로 박스석을 나섰다.

그리고 박스석을 나가려다가 깨달았다.

방금 전까지 박스석에 있었던…… 마리가 어디에도 없다는 것을.

로비로 온 우리 앞에는 바깥으로 나가려 하고 있던 〈마스터〉 100여 명이 있었다.

하지만 그들만 있는 것이 아니었다.

투기장 안팎을 가로막고 그들의 탈출을 방해하려는 듯이 전개된 결계가 있었다.

"저건 투기장 시합 때 쓰는 것과 똑같은 거 아닌가…… 설마."

"그 설마겠지."

무대 위뿐만이 아니라 이 투기장 주위에도 결계 발생장치가 있었다는 건가?

그리고 프랭클린이 그것을 움직이고 있다. 우리들을…… 〈마스터〉를 이 투기장에서 내보내지 않기 위해, 그리고 자신의 게임을 방해하지 못하게 하기 위해서.

"젠장! 어떻게 된 거야!"

"어떻게 일개 플레이어가 시스템에 개입할 수 있는 건데!"

"내보내 주세요~!"

이 로비에 모인 〈마스터〉는 다들 이곳에서 나가려 하고 있지만 그러지 못하고 있는 모양이었다.

『피가로와 신우를 결계기능으로 억눌렀을 때부터 기분 나쁜 예감이 들긴 했는데…… 아무래도 프랭클린은 결계기능을 완전히 장악하고 있는 모양이군.』

시스템의 일부에 그런 짓을…… 아, 아니구나.

『이곳 결계 시스템은 원래 과거 문명의 유산을 이용하고 있는 거니까. 실제로 매번 수동으로 조작해서 기동시키고 있지. 그러니까 〈마스터〉라도 움직여버릴 수 있을 테고…… 이렇게 손을 쓸 수도 있다는 건가.』

"그렇겠죠. 그리고 그게 가능하니까…… 저런 게임을 시작한 거예요. 반드시 자기가 이기고 왕국의 〈마스터〉들에게 졌다는 결과를 떠넘길 수 있을 테니까요."

그렇게 예고한 다음 테러를 막아내지 못하면 이 기데온에 모여 있는 왕국의 〈마스터〉들에게 이겼다는 결과도 얻을 수 있다.

……그렇구나. 그거 큰일인데.

"이렇게 된 이상 힘으로라도 결계를 부순다! 상급 클래스의 힘을 모으면 부술 수 있을 거야!"

로비에서 발이 묶여 있던 〈마스터〉 중 한 사람의 말에 많은 사람들이 호응했다.

초급 격돌 시합 때도 신우와 피가로 씨의 공격으로 인해 천장 부분에 구멍이 뚫리긴 했다.

일정 이상의 공격력이 있다면 부술 수 있을지도 모른다.

그 직후, 〈마스터〉 수십 명의 화력이 투기장 안팎을 가로막고 있는 결계에 작렬했다.

결계자체가 그 천장 부분의 결계보다 강력한 것 같았지만 그럼에도 불구하고 눈에 띄게 옅어졌다.

이대로 공격을 계속하면 일시적이나마 깨지고 그 틈에 바깥으로 나갈 수 있을지도 모른다.

로비에 그런 분위기가 퍼졌을 때, 투기장 어딘가에서 폭발음이 울렸다.

그뿐만이 아니었다. 투기장 바깥에서도 희미하게 폭발음과 파괴음이 들렸다.

어떻게 된 거지? 로비에 모여 있던 〈마스터〉들이 그렇게 생각하며 의아한 표정을 짓고 있자니.

『아~하~하~! 보아하니 결계를 억지로 부수려한 바보가 나온 모양이네!』

갑자기 로비에 짜증나는 웃음소리가 울렸다.

다들 그 목소리가 난 곳을 찾아보았고…… 목소리가 들린 방향에는 반투명한 프랭클린이 보였다.

『오, 여러분, 아까 보고 또 보네~. 아, 이 녀석은 우리 클랜의 신제품이야. 편리하지? 가격은 800만 릴이고. 좀 비싸긴 하지만 전쟁이 끝난 뒤에 판매할 예정이니까 잘 부탁해애.』

프랭클린은 꼼꼼하게도 판매 예정 가격 자막을 띄우며 놀리는 듯이 그렇게 말했다.

『그리고 본론. 그 결계 말인데. 열심히 부숴대면 짜증나니까 제한을 걸어두었거든. 한 번 공격하면 그 공격에 연동되어 도시 어딘가에서 장치가 하나 해방됩니다. 그리고 만약에 결계가 부숴진다면 시간이 되기 전에 전부 튀어나옵니다. 아, 물론 무대의 결계도 마찬가지거든?』

그 말을 듣고 로비에 있던 〈마스터〉들의 분위기가 얼어붙었다.

『아, 열심히 팍팍 공격해도 돼. 피해가 얼마나 생길지는 모르겠지만 말이야!』

"빌어먹을!!"

공격하던 〈마스터〉 중 한 사람이 반투명한 프랭클린에게 공격 스킬을 날렸다.

물론 영상에 불과한 프랭클린에게는 대미지를 입힐 수 없었다. 하지만 영상장치가 파괴되었는지 살짝 웃고 있던 프랭클린은 깔끔하게 사라졌다.

그렇지만 그 영상이 있든 없든 결계를 공격할 수는 없다. 끝장이다.

"큰일이네요. 이대로 가다간…… 왕국 〈마스터〉의 완패예요."

"그러면 어떻게 되는데~? 그 녀석이 이겨도 그 녀석이 "앗싸~" 하고 신나는 것 말고는 없지 않나~?"

바비가 의아해했지만 루크는 고개를 저었다.

"아니야, 바비. 〈마스터〉만 놓고 보면 프랭클린에게 당했다고 하면서 끝낼 수야 있겠지. 하지만…… 〈Infinite Dendrogram〉에는 〈마스터〉가 아닌 지성체도 많이 있으니까."

그렇다. 티안이 있다.

그리고 왕국의 티안이 볼 때…… 이 사건은 어떠한 양상을 띠게 되는가.

"……그렇구나."

네메시스는 한 마디 한 마디 곱씹는 듯이 무겁게 말을 꺼냈다.

분명 나와 마찬가지로…… 루크가 무슨 말을 하고 싶은 건지 이해했을 것이다.

"이대로 가다가는 두 번째 전쟁 전에 왕국이 져버리게 되는 거로구나."

"네."

◆◆◆

■결투도시 기데온

결투도시 상공, 100미터 정도의 저공을 날아오르는 그림자가 있었다.

그것은 몬스터 한 마리. 신기하게도 땅쪽으로 향하고 있는 배와 측면은 완전히 어둠에 녹아든 상태라 지상에서는 알아보기 힘들 것이다.

하지만 그것의 등에는 페르시아 융단과 비슷한 촉감과 문양을 지닌 모피가 있었고, 그곳에는 두 사람이 앉아 있었다.

한 사람은 이 몬스터, [나이트 라운지]를 만든 [대교수] Mr. 프랭클린.

다른 한 사람은 그에게 납치된 왕국의 제2왕녀 엘리자베트였다.

"…………."

그녀는 이 [나이트 라운지]에 타게 된 뒤 곧바로 눈을 떴지만 지금은 말없이 프랭클린을 보고만 있었다.

노려보고 있는 것도 아니었다. 그저 의아해하며 보고 있을 뿐이었다.

그리고 물었다.

"왜 나를 납치하느냐?"

"어라. 황국 소속인 제가 이 나라의 왕족인 당신을 납치하지 않을 이유가 있을까요?"

"그런 말이 아니다."

엘리자베트는 고개를 저은 뒤.

"왜 아바마마처럼 죽이지 않는 게냐?"

아버지의 원수에게 그렇게 물은 것이다.

"흐음. 저를 원수라고 인식하고 있는 것 치고는 냉정하네요."

"질문에 대한 대답은?"

"아. 죽이지 말라고 해서요. 저 개인적으로도 당신을 죽일 생각은 없지만요~. 정중히 대해드릴테니 안심하세요. 아, 과자 있는데 드실래요?"

"필요 없다."

"그렇겠죠~."

프랭클린은 쌀쌀맞은 말을 듣고도 흘려 넘기며 안경을 닦기 시작했다.

안경을 닦으며 프랭클린이 말을 이어나갔다.

"화친과 병합이 이루어지면 무사히 왕도로 귀환하실 수 있을 테니 안심하세요."

"화친이 이루어지지 않는다면?"

"쑥대밭이 된 왕도로 귀환하실 수 있겠죠. 화친이 불가능하다면 전면전쟁 일직선일 테니까요."

다시 아무렇지도 않게 말하고 안경을 썼다.

"뭐, 그 크레이지…… 아니, 폐하의 꿍꿍이대로라면 당신은 무사하겠죠. 그 사람도 처제가 될 사람에게, 그리고 황비가 될 사람에게 미움을 받고 싶지는 않을 테니까요."

"무슨 뜻이냐?"

"글쎄요. 무슨 뜻일까요. 뭐, 당신의 아버지는 걸리적거렸겠지만 당신은 딱히 걸리적거리지 않을 테니까요. 이 이야기는 여

31

기까지."

프랭클린은 처음부터 끝까지 다 가르쳐줄 생각은 없다는 듯이 이야기를 마무리 지었다.

"그렇다면 다른 걸 묻지. 어째서 기데온을 습격하는가?"

그들이 있는 하늘은 조용했지만 지상에서는 파괴음과 비명이 울리고 있었다.

이미 해방된 몬스터와 프랭클린의 수하들이 거리에서 날뛰고 있었다.

그래서 물었다. 어째서 이런 짓을 하느냐고.

그 질문을 듣고 프랭클린은 씨익 웃은 뒤…… 소리쳤다.

"이것은 전쟁이라는 이벤트의 막을 내리는 일종의 여흥!"

하늘을 날고 있는 [나이트 라운지] 위에서 포즈를 취하며 빙글 빙글 돌았다.

"이것은 게임! 그리고 통과의례(이니시에이션)!"

"통과의례?"

"최강의 기사가 죽고, 최대의 현자가 죽고, 선정을 펼치던 딸바보 왕도 죽었지. 국민들도 도망친다. 절망적이다. 이제 물러설 곳이 없다. 왕국은 이미 궁지에 몰렸다. 누구나 아는 사실이지."

프랭클린은 그렇게 말한 뒤 엘리자베트의 눈에 닿을 정도로 얼굴을 들이댔다.

"그런 상황에서 이 나라가 아직 포기하지 않은 이유가 뭐라고 생각하지?"

깜짝 놀란 엘리자베트가 살짝 물러나자 유쾌하다는 듯이 웃으며 말을 이어나갔다.

"그건 말이지, 〈마스터〉가 있기 때문이야."

발끝으로 [나이트 라운지]의 등을 두드렸다.

"저번 전쟁 때는 왕국 소속 랭커들의 거의 참전하지 않았지. 그래서 졌어. 그렇게 인식하고 있지."

서서히, 서서히, 그 목소리가 낮아져 평범하게 말하는 말투가 되었다.

"그건 맞는 말이야. 실제로 우리들이 그렇게까지 쉽게 이길 수 있었던 이유는 그 녀석들이 없었기 때문이기도 하거든?"

한숨을 쉬고 고개를 저은 뒤…… 뒤에 있던 엘리자베트를 돌아보았다.

"하지만 말이야, '다음 전쟁 때 〈마스터〉가 참전하면 왕국이 이길 수 있다', '왕국은 아직 지지 않았다', 그렇게 생각하면서 끈질기게 나오면 귀찮거든. 전쟁도 **공짜**가 아니고."

프랭클린은 정말 귀찮다는 듯이 말했다.

"이번 〈초급 격돌〉 같은 게 딱 그런 흐름이지. 왕국 〈초급〉의 힘을 보여주면서 '아직 더 힘낼 수 있다!'라고 하는데 진짜로 귀! 찮! 아!"

뒤쪽에서 작아져가는 중앙 대투기장을 보면서 프랭클린이 그런 말을 내뱉었다.

"실제로 만약에 무언가가 잘못되어서 이 나라의 모든 〈초급〉이 다음 전쟁에 참가하면 농담이 아니라 결과가 뒤집힐 가능성이 있어. ……우리가 크게 패할 가능성도 있지."

그 사실이 답답한 건지 표정이 일그러졌고…… 그 다음에는 흉악한 미소를 지었다.

"그러니까, 나는 골치 아파지기 전에 부러뜨리러 온 거야. 이 나라의 마음이라는 걸."

그것은 본 사람의 정신을 깎아낼 듯한 지옥의 광대 같은 미소.

"이 도시에 모여 있던 미덥지 못한 왕국의 〈마스터〉들이 손가락만 빨면서 도시가 엉망이 되는 걸 막지 못한 데다 공주님까지 유괴당하게 되면……."

프랭클린은 더욱 활짝 웃으며 말했다.

"――이제 이 나라의 티안은 아무도 〈마스터〉에게 희망 같은 걸 품지 않게 되고, 저항할 기력도 소진되지 않을까?"

그리고 프랭클린은 미소를 짓고 있던 얼굴을 두 손으로 가리고는,

"왕국에서 가장 활기 넘치는 도시. 왕국에서 무력이 가장 뛰어난 도시. 왕국 최강의 [초투사]."

만세를 하는 것처럼 두 손을 하늘로 세차게 들어 올리고 크게 웃었다.

"지금이야말로 절망의 밤! 기데온에 있는 모든 신화는 오늘 밤으로 끝이야!"

기데온 밤하늘에는 이 기데온을 집어삼키려 하는 악의가 가득 담긴 웃음소리가 울려퍼졌다.

"그런가."

하지만 그 웃음소리에 지워져버릴 듯한 작은 목소리도 있었다.

"나는 다르게 생각한다."

그것은 한 소녀의 목소리.

"왕국의 〈마스터〉는."

희망을 믿는 소녀의 목소리.

"믿음직한 것 같다만?"

어제 자신과 함께 지냈던 〈마스터〉의 모습을 알고 있는 소녀의 목소리였다.

□[성기사] 레이 스탈링

"곰 형님. 왕국 쪽 전력은 투기장 바깥에 얼마나 있을 것 같은가?"

『왕녀를 호위하는 근위기사단과 기데온의 기사단. 그리고 기데온에 있으면서도 〈초급 격돌〉을 보러오지 않았던 특이한 〈마스터〉정도…….』

그렇다, 이 투기장에 이 도시의 모든 〈마스터〉가 있는 것은 아니다. 아직 저항할 힘은 있을 텐데…….

『이 결투도시에 있는 전투 직업인 〈마스터〉라면 모든 일을 제쳐두더라도 오늘 시합을 보러 왔겠지. 전투 직업 중에서 보러오지 않은 사람이라면 티켓을 얻지 못한 경우밖에 없을 텐데, 강하면 강할수록 돈이든 인맥이든 티켓을 얻기 쉬울 거야. 자연스럽게 오늘 밤에 투기장 바깥에 있는 〈마스터〉 중에서 강한 녀석은 그렇게 많진 않겠지.』

그렇다, 그렇기 때문에 프랭클린은 〈초급 격돌〉이 개최되는 오늘 밤, 〈마스터〉를 투기장에 잡아두는 책략을 썼을 것이다.

『일부러 시합을 보러 오지 않은 강자도 있을지 모르겠지만……
프랭클린도 그런 예외 대책은 생각해두었을 테고.』

형이 곰 인형옷 턱으로 가리킨 것은 중앙 대투기장 바깥 광장이었다. 그곳에는 어느새…… 상당히 많은 〈마스터〉와 몬스터가 모여 있었다. 도시의 혼란을 진압하려는 것 같지는 않았고 오히려 이 투기장에서 나오는 사람을 공격하려는 준비를 갖추고 있는 것처럼 보였다.

『아마 프랭클린 쪽 세력이겠지. 저런 녀석들이나 프랭클린이 손수 만든 몬스터가 거리에서 날뛴다면…… 그것들을 돌파하고 프랭클린 본인을 쓰러뜨리는 건 힘들어.』

"…………크."

궁지에 몰렸다. 어떻게 해볼 수도 없이 궁지에 몰린 상황이다.

그리고 무엇보다도…… 이 결계로 가로막힌 투기장에 있는 이상…… 내가 할 수 있는 것은 없다.

"적어도……."

적어도 이 투기장에 있는 〈마스터〉들도……, 우리들도 참전할 수만 있다면 어떻게든 해볼 수 있는 확률을 조금이라도 올릴 수 있을 텐데.

"이런 결계만 없었다면 말이지."

나는 결계 쪽으로 손을 뻗었다. 사실 후려치고 싶은 마음이 가득했다.

하지만 그것이 몬스터를 풀어놓는 방아쇠가 되는 이상 그것조차도 불가능하다.

하지만 진정이 되지 않는 마음을 억누르지 못하고…… 만지려 하다가.

──내 손가락은 그대로 결계를 통과했다.

"……………………………어?"

놀란 내 입에서 목소리가 새어 나왔고, 로비에서는 100여 명의 〈마스터〉로 인해 소란이 벌어졌다.

"빠져나갔다…… 저 녀석 빠져나갔는데?!"

"어떻게 된 거야!! 방금 전까지는 분명히!"

"결계가 사라진 건가…… 아얏?! 아직 있는데?!"

"이, 이봐, 너! 〈엠브리오〉가 무슨 결계 관련 스킬이라도 지니고 있는 거야?!"

"아, 아니, 그렇게 물어봤자…….."

가장 영문을 알 수 없는 건 나다. 물어봤자 대답할 수가 없다.

『레이.』

그때 형의 목소리가 들렸다. 신기하게도 형의 목소리가 로비에 울리는 것과 동시에 그 전까지 시끄럽던 것이 거짓말처럼 조용해졌다.

'어라? 인형옷 씨잖아', '어린애 산더미 씨도 시합을 보러 왔었구나', '곰돌이는 NPC 아니었나……'라고 속삭이는 소리도 들렸다. 형은 의외로 유명한지도 모르겠다.

하지만 지금은 그런 게 중요하지 않다. 형은 인형옷 너머로 나를 보고 있었다.

그리고 형은 내게 물었다.

『지금 합계 레벨은 몇이야?』

"합계 레벨?"

……나는 신기하게 생각하면서도 대답했다.

"41인데……."

내 대답을 들고 로비에 있던 〈마스터〉들은 뭔가를 이해했다는 듯이 주위에 있던 〈마스터〉와 이야기하기 시작했고, 질문했던 형은…….

『크큭…… 하하하!!』

웃고 있었다.

『그야 그렇겠지! 이건 투기장의 결계니까! 그야 통과하겠지!』

"형, 뭐가 뭔지 전혀 모르겠는데.

『아, 간단한 거야. 이 투기장의 결계는 전개되면 안팎의 출입이 제한되지.』

『안 그러면 위험해서 결투에 써먹을 수가 없으니까』, 형은 그렇게 말한 뒤에.

『하지만 그런 사정은, 결계를 통과해버리기 때문에 시합에 나갈 수 없는…… 합계 레벨 50이하인 녀석들과는 상관이 없지.』

그렇게 말했다.

"…………아!"

──저거 말이지…… 조사해보니까 합계 레벨이 51이상이어야만 참가할 수 있더라고.

어제 내가 했던 말이다.

합계 레벨이 50이하면 투기장 시합에 **나갈 수 없다**.

그 이유는 레벨 50이하면 이 결계를 통과해버리니까.

"그렇구나, 그렇다면……!"

나와 루크, 그리고 적지만 존재할 낮은 레벨 〈마스터〉라면 이곳에서 나가 바깥에 원군으로 갈 수 있다.

"회장 안에 있는 레벨 50이하 〈마스터〉에게 협력을 요청해!"

"레벨 51이상인 지원 직업 녀석들은 루키에게 버프와 자동회복을 마구 걸어! 다른 사람들은 투기장에서 날뛰는 몬스터를 처리하자!"

"좋았어! 간접적이나마 그 망할 백의에게 한방 먹여주자고!"

역전돌파의 활로. 그것이 나타난 순간, 베테랑 〈마스터〉들의 움직임은 훌륭했다. 눈 깜짝할 새에 싸우기 위한 태세가 갖춰지기 시작했다.

"형님, 눈치채셨어요?"

『그래. 결계 설비를 컨트롤할 수 있는데 이런 구멍을 못보고 넘길 리가 없지. 그렇다면 '투기장에서 나오면 몬스터를 해방시킨다'라고 하면 되니까. 분명 무슨 이유가 있으니 이 구멍을 남겨두었을 거야.』

성격이 나쁘고 용의주도할 것 같은 녀석이다. 이 구멍도 어떤 이유가 있어서 남겨두었다고 생각하는 것이 자연스럽다.

그렇다고 해도…….

『레이.』

"……형."

어느새 내 옆에 형이 서 있었다.

형은 인형옷 너머로…… 내가 알아볼 수 있을 정도로 진지한 눈초리로 나를 보고 있었다.

『구멍은 있어. 하지만 그건 십중팔구 프랭클린의 함정일 거야. 만약에 함정이 아니라 해도 기다리고 있는 것은 녀석의 수하인 베테랑 플레이어와 몬스터 군단이겠지. 그리고 〈초급〉인 녀석 자신이 있어.』

"…………."

프랭클린은 〈초급 격돌〉에서 엄청난 힘을 보여준 피가로 씨, 신우와 동격── 〈초급〉이다. 그렇다면 분명 이 앞에 있는 것은 [갈드랜더]나 [고즈메이즈]와의 사투조차 뛰어넘는 궁지일 것이고, 그 〈초급 킬러〉에게 패배했을 때를 뛰어넘는 죽음의 영역일 것이 분명하다.

데스 페널티를 받게 되어도 이상할 것이 없고, 그것이 자연스럽기까지 할 것이다.

그래도…….

『틀림없이 죽겠지만…… 그래도 갈 거야?』

"반대로 물을게, 형. 눈앞에서 여자애가 납치되었고 도시가 엉망진창이 되려 하고 있어. 내가 그렇게 최악으로 뒷맛이 씁쓸한 상황에서…… 발버둥치기 전에 포기할 수 있을 정도로 머리가 잘 돌아가는 녀석이라고 생각해?"

공교롭게도 포기를 잘 못하거든. 눈앞에 있는 한줄기 빛을…… 포기할 수 있을 리가 없지.

『그렇게 말할 줄 알았어.』

형은 쓴웃음을 지으며 그렇게 말한 뒤 내게 무언가를 건넸다.

그것은 저번에 받았던 것과 같은 [대역 용비늘]이었다.

『[브로치]는 다 떨어졌고, 이것도 한 장밖에 남지 않았지만…… 가져가라.』

"그래. 고마워."

『……결계 문제가 해결되면 나도 갈 거야. 무리해도 돼. 단, '죽지 말고' 기다려. 반드시 갈 테니까.』

"믿고 있을게…… 형."

잠시 후, 주위의 준비도 갖추어졌다.

주변에는 나와 루크 말고도 레벨 50미만인 〈마스터〉들이 모여 있었다.

전부 다 합쳐서 22명. 모두가 스스로 지원했고 실력이 부족하다는 것을 알면서도 프랭클린의 음모를 분쇄하기 위해 도전하기로 결심한 〈마스터〉들이었다. 그 의지가 믿음직스럽다.

그리고 내 오른쪽 옆에는…… 항상 함께하는 파트너.

"가자, 레이."

"그래."

나는 네메시스의 손을 잡고—— 까만 대검으로 변한 네메시스를 꽉 쥐었다.

"반격개시다!!"

그리고 나를 포함한 루키 22명은 〈초급〉이 꾸민 게임판 위로 뛰어들었다.

퀘스트, 스타트!

□중앙 대투기장 로비 루키 출진 10분 전

중앙 대투기장 안에서는 베테랑 〈마스터〉가 결계 밖으로 나갈 수 있는 루키를 모집하고 있었다. 그와 동시에 〈엠브리오〉와 스킬을 사용한 주변 색적 등의 지원태세도 갖추고 있었다.

그런 와중에 루크도 결계 바깥으로 치고 나갈 멤버 중 한 사람으로서 준비하고 있었다.

"지금부터 시작되는 건 대인전이지."

"그렇네~."

루크가 중얼거리자 바비가 대답했다.

그가 말한 것처럼 결투처럼 보호되는 시합이 아니다.

지면 데스 페널티를 받게 되고, 이 사태에 저항하는 사람들 중에서 탈락한다는 것을 의미한다.

그렇게 되면 레이를 도울 수도 없다. 그것은 루크에게 용납할 수 없는 것이었다.

"다행히 대인전 훈련도 해두긴 했지만 말이야."

루크에게는 투기장 바깥에서 기다리는 PK와의 싸움이 첫 대인전이 아니었다.

때마침 루크는 이 사건 전에 대인전 스파링을 마친 상태였다.

루크는 눈을 감고 그때 있었던 일을 기억 속에서 떠올렸다.

◇ ◇ ◇

오늘 낮. 레이와 헤어지고—— 루크가 마리의 정체를 맞춘 다음이었다.

"레이 씨가 자주 이야기하는 〈초급 킬러〉의 정체가 마리 씨인가요?"

낮에 레이와 헤어진 직후, 루크는 마리에게 그렇게 귓속말로 말했다.

"왜 들킨 거죠?! ……아니아니아니아니 아니거든YO?!"

평소 때 그녀라면 조금이나마 둘러댔겠지만 너무나도 뜻밖이었기에 '정답입니다'라고 말하는 것 같은 반응을 보여버렸다.

그런 반응을 보고 루크도 '역시나'라는 표정을 지었다.

"아, 아이 참~. 나, 저는 아니거든요~. 〈초급 킬러〉라는 남자가 아니에요."

"그럼 차례대로 상황 증거를 말씀드릴 테니까 인정하시려면 손을 들어주세요."

"네?"

루크는 그렇게 말하고 근거를 대기 시작했다.

첫 번째, 〈초급 킬러〉는 나이, 성별조차 불명인데 마리가 가끔씩 '〈초급 킬러〉라는 남자'라고 목격 증언을 했던 것. 그것은 정체가 여성이라는 것과 반대되는 이미지를 사실처럼 받아들이게끔 하려던 것 아니었는지.

두 번째, 카페에서 레이에게 〈초급 킬러〉의 사상에 대해 말했

을 때의 태도.

세 번째, [갈드랜더]와의 싸움 도중에는 상공에 있었던 루크도 내부의 상황을 보지 못할 정도로 독기가 짙었는데, 독기 바깥에 있던 마리가 '〈초급 킬러〉가 [갈드랜더]의 **왼쪽 어깨**를 공격했다'라고 정확하게 말했던 것.

네 번째, 현실에서 1년, 이쪽에서 3년 이상 플레이했는데도 불구하고 합계 레벨이 루크와 레이보다 낮기에 진짜 실력을 숨기고 있다고 의심된다는 것.

다섯 번째, 마리와 비슷한 특징을 지닌 기자 겸 살인청부업자가 주인공인 만화가 있고 그것을 전자책으로 읽어보니 말과 행동까지 똑같았다는 것.

그때 마리는 두 손을 들었다. 항복했다.

"후, 후후후, 완패네요…… 밝히기 전에 들킨 건 이번이 처음이에요."

"마리 씨는 정체에 대해서 빈틈투성이라 다른 사람들도 눈치채고 있을 것 같은데요?"

"커헉."

스스로는 정체를 잘 숨겼다고 생각했던 마리는 그 말을 듣고 대미지를 입었다.

"그리고 기자 겸 살인청부업자인 캐릭터와 똑같은 모습과 이름인 아바타를 쓰니까 독자라면 금방 알아채겠죠."

"그건 저도 알고 있지만 아이덴티티라서요."

마리가 〈Infinite Dendrogram〉을 플레이하는 목적은 만화의 마리 때문이기에 [기자]이며 살인청부업자인 마리 애들러가 아니라면 의미가 없다.

"저희들은 그렇다 쳐도 레이 씨하고 네메시스 씨는 전혀 눈치를 채지 못한 것 같네요."

"……그 두 사람에게 들켰다면 창피해서 죽겠죠."

"두 사람이 유일하게 데스 페널티를 받게 된 상대가 마리 씨죠. 보통 때라면 한 마디 거들 수도 있겠지만 지금 마리 씨는 두 사람을 어떻게 하려는 악의를 보이지 않고 있으니까요. 그러니 제가 딱히 할 말은 없을 것 같네요."

"감사합니다."

"그건 그렇고 부탁을 좀 드려도 될까요?"

"…………."

『지금 같은 흐름에서 '부탁을 좀 드려도 될까요?'라는 말은 거의 협박이죠?』, 마리는 그런 생각을 집어삼켰다. 루크는 의외로 S일지도 모른다는 생각도.

"부탁인가요……. 서, 설마 누나에게 야한 부탁을……."

"필요 없어요."

"상처받네요……. 그렇다면 무슨 부탁인가요?"

"저하고 모의전을 해주세요."

"모의전?"

"방금 전에도 잠깐 말씀드렸지만 대인전 연습을 하고 싶거든요. 그래서 역전의 PK인 마리 씨에게 지도를 받고 싶어요."

"네에, 그건 상관없는데요. 대인전은 왜요?"

"비밀이에요."

루크는 그렇게 말하고 방긋 웃었다. 천사의 미소가 연상될 정도로 예쁜 미소였지만, 방금 전 흐름을 생각해보니 마리는 그 미소에서 약간 무서운 느낌이 들었다.

그리고 두 사람이 간 곳은 결투도시 6번가에 있는 제6투기장.

평소에는 이벤트와 내기 시합이 개최되곤 하지만 각 투기장은 번갈아가며 쉬는 날이 있다. 그렇게 쉬는 기간에는 대여해서 결계를 이용한 모의전을 벌일 수 있다.

시합용과는 다르게 결계를 불투명하게 할 수도 있기에 외부의 이목에 신경 쓰지 않고 연습을 할 수 있다는 것도 마리에게는 고마운 점이었다.

"루크 군은 아직 레벨 51을 넘지 않았죠?"

"48이에요."

"그럼 결계 쪽으로는 가지 말아주세요. 통과해버리니까요."

결계 시스템 설정상 레벨 50이하는 통과해버린다. 결계의 수복효과는 받을 수 있지만 결계가 벽으로 작용하지 않는다. 레벨 50이하가 투기장 시합에 나갈 수 없는 이유다.

"준비 다 됐어요~."

마리는 대여한 구역에서 불투명 모드 설정을 마쳤다. 루크도 마릴린과 오드리를 불러내고 바비와 장비로 의태한 리즈까지 전투 준비를 마친 상태였다.

"오늘은 저녁부터 일정이 있으니 스파링은 열 판까지만요. 그리고 스파링인데 실력 차이가 너무 커도 문제니까 저는 특전 무구 없이 싸울게요."

마리는 [비봉검] 등의 특전 무구까지 사용하며 싸우면 루크가 아무것도 배우지 못하고 10연패 할 거라고 생각했다. 〈엠브리오〉는 쓰겠지만 똑같은 이유로 필살 스킬도 쓸 생각이 없다.

"제 〈엠브리오〉는 **비교적** 특이한 편은 아니니까 연습에는 딱 맞을 거예요. 됐나요?"

"네!"

"그럼 시작하죠. ……아르캉시엘."

마리는 왼손에 리볼버 권총형 〈엠브리오〉—— TYPE : 레기온인 아르캉시엘을 불러내고 오른손으로는 까만 단도 [나이트 페인]을 들었다.

무기를 겨눈 마리에게 루크가 마릴린과 오드리를 덤벼들게 했다. 바비도 호시탐탐 마리에게 스킬을 때려 넣을 빈틈을 노렸다.

루크 자신은 리즈에게 보호받으며 뒤쪽에서 [매료] 스킬을 사용하고 있었다.

이것은 리즈가 들어온 뒤 루크 일행이 나간 사냥에서 자주 썼던 전투 스타일이었다.

첫 판에서는 잔재주 없이 그대로 부딪히려는 생각이었다.

"그럼 저도 잔재주 없이."

마리는 오른손을 휘둘러 접이식 리볼버의 회전식 탄창에서 내용물을 꺼냈다.

그 행동을 보고 루크가 의아하다는 표정을 지었다. 아직 한 발도 쏘지 않은 총에서 약협을 빼내는 행동을 보고 의문을 품는 것은 당연하다.

하지만 아르캉시엘은 어디까지나 〈엠브리오〉.

총 형태라 해도 총이 아니고, 쏘는 것은 총알이 아니다.

"《검은 추적(블랙 호밍)》, 《붉은 폭렬(레드 버스트)》, 《푸른 산탄(블루 스프레드)》."

마리의 말과 함께 세 종류의 탄환—— 아니, 투명한 용기에 든 '그림물감'이 회전식 탄창에 장전되었다. 마리는 다시 오른손을 휘둘러 아르캉시엘을 접힌 형태에서 총 형태로 되돌린 뒤에.

"——Fire."

방아쇠를 당겼다.

『갸갸갸갸갸갸갸!!』

그 직후, 아르캉시엘의 총구에서 수십 마리의 탄환생물이 튀어나왔다.

그것들은 전부 휘어지는 궤도를 그리며 오드리에게 달려들었다.

오드리는 날아올라 피하려 했지만 탄환생물은 오드리를 따라갔다.

그리고 오드리의 비상속도와 탄환생물의 속도에 별 차이는 없었고.

『KIEEEEE?!』

'결계 내부'이기 때문에 오드리는 금방 천장에 닿아버렸다.

탄환생물은 오드리를 따라잡은 뒤 명중했고── 일제히 폭발했다.

산산조각난 오드리의 잔해가 입자로 변해 사라지기 시작했다.

『VOLAAAAAAAAA!!』

이번에는 공격한 직후인 마리를 노리고 마릴린의 충각이 달려들었다. 그 돌격은 현실로 따지면 10톤 트럭이 전속력으로 들이닥치는 거나 마찬가지였지만.

"느려."

AGI가 초음속 영역에 도달한 마리에게는 멈춰있는 거나 다름없었다.

달려드는 충각을 종이 한 장 차이로 피하며 다시 약협을 배출.

이번에는 말없이 《붉은 폭렬》과 《녹색 관통(그린 피어싱)》 두 종류를 장전.

그리고 마리가 보는 세계에서는 천천히, 마릴린이 보는 세계에서는 맹렬한 속도로 달려가려 하던 마릴린의 갑각에 총구를 대고── 쏘았다.

관통능력이 부여된 탄환생물은 마릴린의 갑각을 쉽사리 꿰뚫고 내장에 도달한 뒤 폭발. 몸 안에서 일어난 폭발로 인해 즉사한 마릴린이 빛나는 먼지로 변했다.

폭파 후, '다음은 바비려나'라고 생각한 마리는 상대방을 찾았지만 시야 안에는 없었다.

그 직후, 마리는 돌아보지도 않은 채 [나이트 페인]을 등 뒤로 휘둘렀다.

"……아."

그러자 아무것도 없었던 곳에서 선혈이 뿜어져 나왔고, 빈사 상태가 된 바비가 모습을 드러냈다.

《드레인 러닝》으로 다른 몬스터의 스킬을 흡수할 수 있는 바비가 〈넥스 평원〉 근처의 삼림지대에 있는 [레서 카멜레온 바질리스크]에게서 얻은 《광학미채》.

하지만 그 은밀능력은 은밀의 극치인 [절영]에게 통하지 않았다.

바비도 사라졌고 남은 것은 루크, 그리고 장비로 변해 있는 리즈뿐.

마리는 아르캉시엘의 탄환 종류를 폭렬관통탄으로 유지한 채 다시 발포.

마리는 그 한 방으로 끝낼 생각이었다. 하지만 뜻밖에도 탄환 생물은 착탄된 직후에 루크에게서 벗어나 결계에 부딪힌 뒤 폭발했다.

루크를 살펴보니 의태 코트 일부가 완만한 곡선을 그리고 있었다.

루크는 관통탄의 성질을 간파하고 막아내는 것이 아니라 흘려보내는 식으로 대처하고 있었다.

"그렇군요."

마릴린에게 박아 넣은 한 발만으로 특성을 간파했다는 것을 이해하고 마리가 혀를 내둘렀다. 그리고 '모드를 전환할 때 약협을 빼내는 동작이 필요하다는 것도 들켰겠네요', 그렇게 깨달았다.

마리는 그 관찰력을 보고 소름이 끼쳤지만.

"그래도 이쪽은 그걸로 막을 수 없어요~."

약협을 빼낸다, 그리고 《녹색 관통》만 장전하고 발포. 튀어나간 관통탄환생물은 방금 전 폭렬관통탄보다 훨씬 뛰어난 관통력으로 곡면 방어를 뚫고 루크를 관통하여 격파했다.

마리 애들러의 〈엠브리오〉인 아르캉시엘의 특성은 탄환생물의 창조, 사출.

탄환생물의 특성은 사용하는 '그림물감'에 좌우된다. '그림물감'은 여섯 가지 색깔이 있고 이번 전투 때 사용한 검은색 추미탄, 붉은색 폭렬탄, 푸른색 산탄, 녹색 관통탄. 그리고 흰색 마비탄과 은색 섬광탄이 존재한다.

여섯 개의 탄창에 '그림물감'을 장전하여 색을 섞을수록 탄환생물의 능력이 커지지만 개별적인 특성은 약해진다. 그 때문에 상황에 따라 구분해서 쓸 필요가 있는 〈엠브리오〉이다.

"미리 알려드리자면 이정도죠."

"어딜 봐서 그게 특이하지 않다는 건가요?"

첫 번째 싸움을 마친 연습장에는 총에 맞아 죽었던 루크와 사라졌던 바비, 폭사했던 마릴린과 오드리가 멀쩡하게 서 있었다. 결계 안이었기에 몬스터도 죽지는 않는다.

"아뇨, 아뇨. **비교적** 특이한 편은 아니에요. 제6형태가 된 〈엠브리오〉 중에서는 평범한 편이라고 자부해요."

필살 스킬을 배울 시점이 되면 독창적인 〈엠브리오〉도 늘어난다고 마리가 말했다.

"예를 들면 '결계 안에 들어간 사람을 어린애로 만든다', '장비가 강제 해제되어서 알몸이 된다', '싫어하는 생물로 변신시킨다' 같은 〈엠브리오〉도 있거든요. 그런 것들하고 비교하면 평범하죠. ……참고로 전부 이웃나라(레젠더리아)의 〈초급 엠브리오〉예요."

〈마스터〉들이 레젠더리아를 '변태의 나라'라고 부를 만도 했다.

그런 다음, 첫 번째 전투까지 합쳐 아홉 번의 모의전이 끝났고, 결과는 마리의 9연승.

두 번째와 세 번째는 첫 번째 전투 때와 마찬가지. 네 번째 전투는 루크의 움직임이 좋아지기 시작했기에 마리가 《그림자 분신술》을 사용했다. 다섯 번째 전투는 그것에도 대처하기 시작했기에 《은형술》도 사용했다. 이후로는 그대로 〈엠브리오〉와 직업 스킬을 조합하여 일방적으로 승부가 났다.

후반에 마리는 어제 엘리자베트를 노렸던 〈사신의 새끼손가락〉과 싸웠을 때보다 더 힘을 많이 썼기에 당연한 결과였다.

제6형태의 〈엠브리오〉를 다루며 초급 직업이기도 한 마리와의 전력 차이는 크다.

은밀 계통인 [절영]의 기본적인 상태이상 내성이 높고, 마리가 상태이상에 내성이 있는 장비까지 착용하고 있었기에 [매료]가 통하지 않아서 어떻게 해볼 수가 없었다.

하지만 마리가 깜짝 놀란 점도 있었다.

바비였다. 바비가 《드레인 러닝》으로 배운 스킬은 첫 번째 전투 때 쓴 《광학미채》뿐만이 아니라 《괴력》이나 《석화 브레스》, 화염과 독에 대한 내성도 지니고 있었다.

덕분에 루크가 운용하는 전술의 폭이 넓긴 했지만 그럼에도 불구하고 아직 마리에게 한 방도 맞추지 못하고 있었다.

(이렇게 되니 루크 군이 뭔가를 배우고 있는 건지 걱정되네요.)

마리는 이 스파링뿐만이 아니라 100번이 넘는 PK 경험을 통해 자신에게 대처하려는 전술과 수없이 싸웠고 박살 냈다. 그 숲에서 [파괴왕(킹 오브 디스트로이)]으로 추정되는 〈마스터〉의 습격을 받았을 때도 마찬가지였고…… 그 상황에서도 살아남았다.

그렇기에 자잘한 전술에 의존하는 방식으로는 마리에게 유효타를 가할 수 없다.

(비슷한 수준의 상대와 전력승부를 벌이면 거의 확실하게 무언가를 잡아낼 수 있죠. 하지만 실력이 한참 다른 상대와의 승부에서는 올 오어 낫싱. 아무것도 배우지 못하거나 결정적으로 성장하거나, 둘 중 하나예요. 루크 군은 무언가를 얻고 있는 걸까요?)

마리는 그런 불안한 마음이 들었지만 스파링은 이제 한 판밖에 남지 않았다.

"다음이 마지막 열 번째 전투죠."

"네. 괜찮으신가요?"

"……1분만 기다려주세요."

루크가 거친 숨을 내쉬는 걸 보니 지친 것 같았다. 스테이터스는 결계 안이라서 전투가 끝나면 회복되긴 하지만 정신적인 피로까지 가시지는 않는다.

아홉 번이나 연속으로 죽었으니 지치는 것도 당연했다.

"……이제 괜찮아요."

루크는 그렇게 말하고 몬스터들을 전개했다.

어찌 됐든 이것이 마지막 스파링, 열 번째 전투.

"그럼 갑니다."

마리는 《그림자 분신술》과 《은행술》을 동시에 기동시켰다. 다섯 개의 분신이 나타나 루크 일행을 요격하는 것과 동시에 몸을 숨긴 마리는 아르캉시엘을 장전했다.

분신으로 이목을 집중시키는 동안 가장 효과가 뛰어난 탄환생물을 목표에게 때려 넣는다.

아무 일도 없다면 이대로 쏴서 관통시키고 끝……일 텐데.

『KIIEEEEEEEE!!』

오드리가 포효한 것과 동시에 입에서 맹렬한 기세로 화염을 토해냈다. 주위 일대를 태워버리려는 듯이 불이 지면을 휩쓸었다. 불꽃의 기세가 엄청나서 몸을 숨긴 마리의 시야가 불꽃의 빛으로 인해 가려질 정도였다.

하지만 그것도 아홉 번 벌였던 모의전 동안 몇 번 본 적이 있었기에 이다음은 지금까지 했던 것을 반복한다.

마리는 불꽃을 피해 불꽃 틈새로 유도탄 모드인 탄환생물을 때려 넣으려 했다.

"……?"

그 순간, 마리는 어떤 기척을 느꼈다.

불꽃 건너편이 아니라 불꽃을 피해 이동한 마리의 **발치**에서.

마치 잠복하고 있었던 것처럼…… 불꽃 속에 웅크리고 있던 **은빛 사람 형태**가 그곳에 있었다.

"_____."

마리의 입에서 말은 나오지 않았다.

어떻게 본체인 마리가 이 위치로 이동할 것이라고 예측할 수 있었을까.

어떻게 타오르는 불꽃 안에서 잠복할 수 있었을까.

애초에 눈앞에 있는 은빛 물체는 무엇일까.

마리는 생겨난 의문을 이해하려고 머리를 움직여버렸다.

그런 육체의 조작으로 인해 한순간 공백이 생겨났고.

"《미스릴 스트레인》."

은빛 물체—— 루크가 스킬을 발동시켰다.

은빛 참격이 마리를 덮쳤고 완전히 허를 찔렸기에 회피도 마음대로 되지 않았다.

겨우 축을 비트는데 성공한 마리의 왼팔이 잘려나갔고.

"——《■■■(아르캉시엘)》."

마리는 곧바로 지근거리에서 사용하지 않으려 했던 필살 스킬을 루크에게 날렸다.

그 순간, 루크와 몬스터들은 전부 다 증발했다.

결과적으로는 마리의 10연승이었고, 마지막 전투 때 왼팔을 잃은 것 말고는 모의전을 벌이기 전에 예상했던 대로 되긴 했다.

하지만 마리는 그 한 가지만으로도 진 거라는 생각까지 하고 있었다.

열 번째 전투, 루크 일행은 처음에 그 전까지와 마찬가지로 움직였다.

하지만 마리의 움직임을 읽고 있었다는 듯이 잠복하고 허를 찌른 일격으로 왼팔을 잘라낸 것이다.

마지막 전투 때 루크는 훨씬 격이 높은 마리를 몰아붙였다.

"모의전, 감사합니다!"

결투가 끝난 뒤, 루크는 고개를 꾸벅 숙여 마리에게 고맙다는 인사를 했다.

"네, 고생하셨어요. 루크 군 일행도 꽤나…… 아니, 시작하고 난 뒤로 걸린 기간을 생각해보면 대단하다는 말밖에 나오지 않네요. 몬스터와의 연계나 스킬 사용은 훌륭해요. 특히 마지막에는 뜻밖이었어요. 그 수법은 제 움직임을 파악할 수 있는 열 번째 전투까지 온존시켜두었던 건가요?"

"네. 하지만 마리 씨는 강해요. 아홉 번 싸웠는데도 완전히 읽어낼 수는 없었어요. 사실 목을 노렸거든요."

루크는 그렇게 말하면서 웃었다.

(……아, 그렇군요. 아홉 번째 전투까지는 제 움직임의 버릇을 파악하고 열 번째 전투에서 읽어낸 뒤 움직이기 위해서 그런 건가요? 그건 그렇고 밝은 미소를 지으면서 참 흉악한 말을 하네요. 이 아이에게서는 천연 악마 같은 기운이 느껴져요.)

'루크 군의 장래가 무섭네요', 마리는 진심으로 그렇게 생각했다.

"마리 씨는 팔이 사라진 상황에서도 움직임이 둔해지지 않았죠. 좀 더 허를 찌를 수 있을 거라고 생각했는데요."

"높은 수준의 전투에서는 사지가 떨어져나가거나 내장이 상하는 경우가 비일비재하니까요. 익숙해지는 거죠."

"기억해둘게요. 오늘은 정말 감사합니다."

"도움이 되었나요?"

"네, 많이요!"

그 말을 듣고 마리도 '왼팔이 잘린 보람이 있었나?'라고 생각했다.

(그런데 비록 핸디캡이 있긴 했지만 비전투 계열 하급 직업임에도 불구하고 초급 직업과 이 정도까지 붙을 수 있다니. 루키면서도 〈UBM〉을 두 마리 해치운 레이도 그렇지만요, 루크 군도 뒤처지진 않네요.)

레이와 루크는 마리가 지금까지 봐온 〈마스터〉 중에서도 틀에서 벗어난 존재였다.

그것도 성장한 결과, 틀에서 벗어난 존재가 된 것이 아니라 시작한 시점부터 틀에서 벗어난 존재.

나중에는 어떻게 될까, 마리는 기대와 두려움이 반반인 심정이었다.

"……마지막에는 어느 쪽이 더 강할까요."

"네?"

"아뇨, 아무것도 아니에요. 그러고 보니 마지막에 뭔가 지금까지 쓰지 않았던 스킬을 썼었죠? 아, 《미스릴 스트레인》 말고요."

반쯤 얼버무리려고, 하지만 실제로도 신경쓰였던 것을 마리가 물었다.

마리의 움직임을 읽어내고 잠복한다. 리즈로 공격한다. 이 두 가지는 마리도 이해할 수 있었지만 그 두 가지를 잇는 과정에서 이해할 수 없는 점이 있었다.

어떻게 불꽃 안에서 잠복할 수 있었을까. 그 은빛 사람 형태는 리즈를 두르고 있었던 건지도 모르겠지만…… 아무리 리즈로 몸을 두른다 해도 불꽃의 열기를 막아낼 수는 없다.

상당한 화염내성이 없다면 잠복하기도 전에 타 죽게 된다.

그래서 마리는 뭔가 예전에는 쓰지 않았던 스킬을 쓴 거라고 생각했는데…….

"그건 《유니언 잭》이야~!"

마리의 질문에 루크가 아니라 바비가 뽐내는 듯이 대답했다.

"《유니언 잭》……."

"네. 바비가 제3형태로 진화하면서 얻은 새 고유 스킬이에요."

어제 사냥 때 바비가 진화해서 얻었고, 열 번째 전투 때 처음 사용한 스킬이었다.

(마지막 전투까지 온존시켜두었던 스킬. 사전에 깔아둔 포석도 그렇고, 꽤 신뢰할 수 있을 정도로 효과가 좋은 스킬인 모양이네요. 그런데…….)

그 스킬의 자세한 효과를 마리는 예상할 수 없었다.

애초에 〈엠브리오〉의 각 스킬은 능력 특성에 기반하는 것이 대부분이다. 하지만 바비는 그 능력 특성 자체가 레이의 네메시스나 마리의 아르캉시엘처럼 뚜렷하지 않다.

그 때문에 방금 전에 썼던 《유니언 잭》도 어떤 것인지 알 수가 없었다.

하지만 마리는 적어도 루크의 재능처럼 무시무시한 스킬이라는 것을 이해했다.

"⋯⋯⋯⋯음."

루크는 그의 짧은 회상을 마치고 다시 눈을 떴다. 옆에는 루크를 지긋이 바라보고 있던 바비가 있었다.

"저기 루크. 낮에 했던 모의전을 생각하고 있었어~?"

"그래."

"저기 말이야~. 그러고 보니 왜 모의전 같은 걸 한 거야?"

"응, 준비를 좀 해두고 싶어서."

"준비~?"

"낮에 레이 씨가 〈고즈메이즈 산적단〉이라는 티안과 싸웠다는 이야기를 들었어. 그때는 말이야, 꽤 힘들었겠지. 레이 씨는 착하니까."

"그렇지~."

"하지만 그런 레이 씨도 심리적인 허들을 뛰어넘고 '사람'과 싸워야만 했던 때가 있었어. 그렇게 생각하니 나도 멀지 않아 싸우게 될 거라는 생각이 들었거든. 싸울 필요가 있을 때 싸울 수 있는 마음가짐이 필요했던 거야. 그렇게 생각했던 대로……
우리들도 지금 '사람'과 싸우려 하고 있어. 마리 씨하고 모의전
을 한 보람은…… 있지."

"잘 모르겠지만~ 루크가 그렇게 한다면 바비도 해치울래~."

그들이 이야기를 나누고 있던 동안 주위의 준비도 갖춰지기
시작하고 있었다.

로비에는 레이와 루크 말고도 다른 루키들이 모여들고 있었다.

하지만 바깥에 모여 있는 적은 많았고, 개인의 레벨이나 스테
이터스도 적 쪽이 더 높다. 투기장 앞 광장을 돌파하는 것은 매
우 힘들 것이다.

"그렇지…… 격이 더 높은 상대와의 싸움에서는 허를 찌르는
게 제일이야."

마리와 벌인 모의전을 떠올리면서 루크는 생각에 잠겼고……
어떤 작전을 떠올렸다.

이 멤버로도, 아니, 이 멤버이기에 확실하게 상대방의 허를
찌를 수 있으리라 예상되는 작전을 루크가 레이를 포함한 루키
들에게 전달했다.

그들이 작전을 승낙했고, 그 직후에 그들은 중앙 대투기장에
서 출진했다.

◆ ◆ ◆

■결투도시 기데온 중앙광장

중앙 대투기장의 입구 앞에 있는 중앙광장, 평시에는 노점이나 길거리 공연 등으로 시끌벅적해서 대투기장과 함께 기데온의 명소 중 한 곳이었다.

하지만 기데온에서도 손꼽히는 큰 이벤트가 개최된 밤인데도 불구하고 지금 중앙광장은 노점이 텅 비어 있었고, 공연을 하는 사람도 없었다.

프랭클린이 시작한 게임으로 인해 기데온 전체가 혼란에 빠진 상태다. 이 광장에 있었던 사람들도 소동의 중심인 대투기장에서 뿔뿔이 흩어져 도망쳤다.

하지만 그 대신 모여든 사람들도 있었다. 40여 명의 〈마스터〉와 그들이 거느리고 있는 테임 몬스터, 노예들이었다. 그들은 모두 전투 준비를 갖추고 대투기장 입구를 경계하며 포위하는 듯이 자리 잡은 채 봉쇄하고 있었다.

그들은 대투기장 안에서 날뛰는 프랭클린의 몬스터가 거리로 나오는 것을 경계하고 있는 것이 아니었다. 오히려 기데온을 집어삼킨 혼란을 가라앉히려 하는 〈마스터〉를…… 제거하기 위해 준비하고 있는 것이다.

그들은 프랭클린이 조종하는 말 중 하나이자 스폰서── 비고마 재상과 통화했을 때는 그들을 '배신파'라고 불렀다. 그 호칭이 나타내는 대로…… 그들은 왕국의 〈마스터〉였지만 황국으로 망명하기를 원하는 사람들이었다.

이유는 간단했다. 이익을 위해서다. 전쟁이 다시 벌어지고 그것이 끝났을 때…… 이긴 나라에 있는 것과 진 나라에 있는 것,

이익이 완전히 다르니까.

그렇기 때문에 왕국의 정세 악화에 따라 다른 나라로 망명하려 하는 〈마스터〉가 끊임없이 생겨났다. 그중에는 '망명하기 전에 드라이프 쪽에 공을 세운 다음 이주하자'라고 생각하는 〈마스터〉도 꽤 있었다.

패배자가 되지 않고 이기는 쪽에 숟가락을 얹으려 하는 〈마스터〉.

그들도 그런 사람들 중 일부였고, 프랭클린이 좋은 조건으로 망명시켜주는 것을 내세워 이번 계획에 참가하게끔 만든 왕국의 PK나 예비 PK 〈마스터〉였다.

"후후, 녀석들도 레벨이 낮으면 빠져나올 수 있다는 사실을 눈치챈 모양이군."

가죽갑옷을 입은 채 바깥에서 투기장 로비 상황을 살펴보던 배신파 멤버가 말했다.

"어머. 아무것도 안하고 넘어갈 수 있을 줄 알았는데, 역시 나설 차례가 오네."

대답한 사람은 사제복을 입은 여자.

"핫하! 줄줄이 사탕이로군!"

그리고 새빨간 머리카락을 모히칸 스타일로 깎고 선글라스를 낀 데다⋯⋯ 마술사 차림을 한 남자였다.

그들은 이 중앙광장에 모든 배신파 중에서도 특히 레벨이 높은 세 사람.

[강검사(스트롱 소드맨)] 라이작.

[사교(비숍)] 먄나.

[홍련술사(파이로맨서)] 모히칸레드.

다른 배신파는 레벨이 100대였지만 그들은 300이 넘었다.

또한 원래 알고 지내던 사이이기도 했기에 그들이 이 집단의 리더 행세를 하고 있었다.

하지만 그들이 배신파 중에서 가장 강한 것은 아니었다.

배신파 〈마스터〉에도 여러 종류가 있었다.

우수한 전력을 지닌 자, 그리고 평범하지만 망명을 희망하는 자.

그들 중 전자는 투기장에서 빠져나간 상급 전력을 격파하는 임무를 맡았다.

그리고 전력이 떨어지는 후자는 이 투기장에서 나올 하급 루키들을 처리하기 위해 배치되어 있었다. 이 광장에 모여 있다는 상황 자체가 프랭클린이 그들의 전력을 그다지 높게 평가하지 않는다는 의미를 지니고 있었다.

"자아, 일(퀘스트)을 할 시간이로군."

평가는 불만이었지만 그럼에도 불구하고 그들은 자신들이 운이 좋다고 생각하고 있었다.

왜냐하면 비교할 수도 없을 정도로 편한 일이었기 때문이다. 하급 직업보다는 상급 직업이, 〈하급 엠브리오〉보다는 〈상급 엠브리오〉가 확실히 강하니까.

약한 녀석들만 상대하면 되는 이 일은 아무리 생각해도 간단하다.

"핫하~ 나온다!"

배신파는 로비의 상황을 보고 루키들의 준비가 끝났다고 판단했다.

(저쪽은 스무 명 정도인가…… 이겼군.)

라이작이 속으로 씨익 웃었다.

개별 전력은 말할 것도 없다. 숫자를 따져도 아군이 두 배에 가까운 이 상황에서 질 리가 없다.

"레드, 녀석들이 나오면 범위마법을 먹여줘라."

"핫하~! 오물은 소독이다아!"

모히칸레드는 공격마법 준비를 시작했고, 20초 정도만에 준비가 끝났다. 하급 직업이라면 버텨낼 수 없는 위력을 선사할 것이다.

(안에 있는 녀석들의 지원마법으로 어느 정도 강화되었겠지만, 그 정도로는 하급과 상급의 차이를 메꿀 수 없어.)

그렇기 때문에 지금부터 시작되는 것은 일방적인 섬멸, 전투라고도 할 수 없는 것이다.

라이작은 그렇게 생각했고── 그 생각은 무너졌다.

"뭐지?"

기운차게 뛰어나올 줄 알았던 루키들이 나오지 않았다.

그리고 그중 한 사람이 왠지는 모르겠지만 오른손만 결계 바깥으로 내밀었고…….

"《지옥독기》, 전력분출."

그 루키의 오른쪽 손등에서 흑자색 연기가 맹렬한 기세로 뿜어져 나왔다.

그 연기는 결계에 가로막혀 투기장 안으로 들어가지 않았지만 중앙광장에 퍼져서—— 배신파 중 4할 정도가 쓰러졌다.

"뭐, 이, 건……."

라이작의 간이 스테이터스에는 [어지러움]이라는 상태이상이 떠 있었다.

파티 멤버의 스테이터스 표시를 보니 라이작이 걸려 있는 [어지러움] 말고도 [맹독]이나 [쇠약]에 걸린 사람도 있었다.

"사, 3중 상태이상 독가스라고……?!"

라이작은 당황했다. 다행히 라이작은 장비하고 있던 액세서리 덕분에 [맹독]과 [쇠약]에 걸리지 않았지만 그게 문제가 아니다.

"어떻게 그런 장비를…… 하급 루키가 쓸 수 있는 거야?!"

당연한 의문이다.

장비에는 레벨 제한이 있다. 더군다나 '동시에 상태이상 3개를 건다'니, 그런 상급 주술 스킬에 해당되는 스킬이 달린 장비는 하급이 장착할 수 있는 장비가 아니다.

라이작 일행의 레벨로도 힘들 것이다.

하지만 예외가 있다.

그것은 그 장비가 MVP 특전일 경우다.

특전 무구의 성능은 기반이 된 〈UBM〉에 의존한다.

그리고 특전 무구는 MVP가 된 사람이라면 아무런 제한 없이 사용할 수 있는 것이다.

하지만 보통 낮은 레벨일 때 MVP가 되는 것 자체가 있을 수 없는 일이지만.

"그에엑……."

"이봐! [쾌유 만능 영약(에릭실)]을 써!"

"어, 그래도 아까운데……."

"멍청한 자식아! 이런 상태에서 싸우면 하급 상대로도 데스 페널티를 받게 된다고?!"

배신파의 대열이 흐트러졌다. 원래부터 오합지졸이었던 PK와 예비 PK였기에 연계 같은 건 바랄 수도 없었지만, 뜻밖의 전개로 인해 벌써부터 무너지려 하고 있었다.

[쾌유 만능 영약]을 쓰는 것도 본인이라면 모를까 데리고 있던 몬스터나 노예에게 사용하는 것을 주저하다가 [주얼]로 되돌려서 해결하는 사람도 많았다. 당연히 전력이 줄어들었다.

"칫!"

하지만 그중에서도 레벨이 높은 세 사람은 〈Infinite Dendrogram〉 경력이 긴 만큼 판단이 빨랐고, 곧바로 [쾌유 만능 영약]을 먹어 상태이상을 회복시켰다.

(당했군. 아마 녀석들도 투기장 안에 있던 상급 녀석들에게 [쾌유 만능 영약]을 받았겠지. 그리고 버프를 받아 완전한 태세를 갖추고 상태이상으로 인해 괴로워하고 있는 우리를 치려는 건가!)

라이작은 하지만 그렇게는 안 될 거라고 생각하며 모히칸 레드를 돌아보았다.

그곳에는 거대하고 붉은 불덩이를 완성시킨 모히칸레드가 있었다.

(좋아, 이번에는 저걸로 우리가 상대방의 기세를 꺾는다!)

그리고 흑자색 연막 안, 투기장 입구에서 무언가가 움직인 듯한 기척이 났다.

그것은 많은 사람들이 결계를 나오는 기척.

루키가 움직였다, 그렇게 생각하고 대처하려던 라이작은……
자신의 상상과는 다른 것이 움직이고 있다는 것을 바로 느꼈다.

(뭐야, 큰데?!)

그리고 흑자색 연막을 뚫고 나타난 것은―― 마치 중전차 같은 용이었다.

[트라이 혼 데미 드래곤(삼중 충각 아룡)].

아룡 클래스 몬스터이자 특수 능력이 없는 대신 스테이터스가 매우 높은 종족이다. 라이작도 같은 종족을 쓰러뜨린 적이 있긴 하지만…….

"왜 하급이 저런 걸 가지고 있는 건데!!"

저것이 지금 나타날 줄은 생각하지도 못했다.

투기장 안에 있던 상급이 빌려주기라도 한 건가? 라이작이 그렇게 생각하고 있던 동안.

"VAMOOOOOOOOO!!"

내부에 있던 〈마스터〉에게서 버프를 받아 강화된 [트라이 혼 데미 드래곤]이 세차게 돌진했다. 그 용이 향한 곳에는 아직 상태이상에서 회복되지 못한 배신파 〈마스터〉들이 있었다.

"레드!"

"《크림존 스피.》"

라이작의 지시에 따라 모히칸레드가 영창을 마친 상태였던 [홍련술사]의 오의 마법, 《크림존 스피어》를 아룡에게 날리려 했다. 하지만.

"——《단영》."

'아룡의 등'에서 들린 희미한 목소리와 손가락을 튕긴 듯한 소리.

그것이 울린 순간, 모히칸 레드가 영창을 마쳐두었던 《크림존 스피어》는, 아룡을 해치우려 했던 대마법은 거짓말처럼 흩어져 사라졌다.

그 직후, 아룡은 아무런 방해도 받지 않고 [어지러움]과 [쇠약]으로 인해 반격 태세도 갖추지 못하고 있던 〈마스터〉들을 들이받고 깔아뭉갰다.

"레드으! 뭐하는 거야?!"

"아니야! 방금 내 마법을 캔슬한 녀석이……."

〈마스터〉를 들이받고 깔아뭉갠 아룡은 지금도 여전히 날뛰고 있었다. 그뿐만이 아니라 아룡급 대괴조가 나타나 상공에서 계속 화염을 토해내고 있었다. 그렇게 더욱 혼란스러워졌을 때, 이번에야말로 연막을 뚫고 나온 루키들이 배신파를 공격했다.

(전력을 잘못 파악한 탓에 선수를 뺏겼지만, 아직 우리 쪽 전력이 더 강해!)

라이작의 판단은 옳았다. 뜻밖의 장비를 지니고 있고, 상급 직업에 필적하는 몬스터를 거느리고 있더라도 전체적인 힘의 차이는 뚜렷하다. 합계 전력을 비교하면 두세 배가 훨씬 넘는다.

이길 수 있다. 이렇게 전력 차이가 크다면 틀림없이 이길 수 있다.

그렇게 생각했던 라이작의 판단은…… 지극히 옳았다.

"하급 〈마스터〉가 왔어!"

"해치워주마아!!"

배신파 〈마스터〉인 남녀가 들이닥치는 루키를 요격하려고 무기를 겨누었고——.

"어?"

"아?"

각자의 무기로 각자의 급소를 공격했다.

남자의 도끼는 여자를 비스듬히 베었고, 여자가 날린 화살은 남자의 목을 꿰뚫었다.

그렇게 두 사람은 영문도 모른 채 중상을 입고 무릎을 꿇은 뒤…… 뒤따라온 루키에게 쓰러졌다.

"무슨 일이 벌어진…… 어?!"

무슨 일이 벌어진 것인가. 라이작은 바로 깨달았다.

파티 멤버의 스테이터스 표시에 [매료]라는 두 글자가 추가되어 있었기 때문이다.

[매료]는 적을 도와주고 아군을 죽인다. 정신계열 상태이상 중에서도 최악이다.

질병이나 독 계열이 아니라 정신 계열이기 때문에 [쾌유 만능 영약]을 먹더라도 전혀 도움이 되지 않는다.

이 전장에서 [매료]에 걸린 것은 방금 그 두 사람이나 라이작의 파티 멤버뿐만이 아니었다. 다른 〈마스터〉, 데리고 있던 몬스터, 노예. 서서히 [매료]가 확대되어 이미 원래 배신파의 전력이었던 사람들 중 과반수가 '적'으로 돌아선 상태였다.

하급이 상급을 이기기는 힘들다. 그렇다.

전력이 뒤처지는데다 수적으로 불리하다면 이기기 힘들다. 그렇다.

그렇다면 전력을 빌려오면 된다.

어디에서?

당연하다── 상대방에게서.

"[매료]…… [매료]라고?! 말도 안 돼!"

라이작이 말도 안 된다고 소리칠 만도 하다.

그들은 어엿한 상급 직업이고 장비를 갖추고 있다.

물론 상태이상을 경계하며 그것들을 무효화시키는 액세서리도 장비하고 있다.

실제로 라이작은 [맹독]과 [쇠약]을 막아냈다.

하지만 〈Infinite Dendrogram〉에 존재하는 상태이상의 종류는 방대해서 모든 상태이상 대책을 세울 수는 없다.

그렇게 막아야 하는 상태이상을 선택할 때, 이런 전장에서 막아야 하는 상태이상에서 가장 먼저 제외되는 상태이상 중 하나…… 그것이 [매료]였다.

왜냐하면 [매료]를 일으키는 스킬은 [포주]나 [창기] 등의 소수 비전투 직업밖에 습득할 수 없기 때문이다.

상급이라면 스킬을 얻기 위해, 예를 들어 [종마사]가 《마물 강화》의 효과를 올리기 위해 비슷한 [포주]의 《여마물 강화》를 얻으려고 [포주] 레벨을 올릴 수도 있을 것이다.

하지만 합계 레벨 50 이하…… 다시 말해 거의 처음 직업부터 [포주]를 선택한 비전투 직업이 이런 전장에 뛰어드는 경우같은 건…… 그들 중 누구도 예상하지 못했던 것이다.

"어?! [매료]의 속도가 너무 빨라?! 한 명이 아닌가?!"

"내가 어떻게 알아아!!"

그들이 생각하지 못했던 것이 또 하나. 그것은 [포주]뿐만이 아니라 [매료]를 일으키는 힘을 지닌 〈엠브리오〉까지 있었다는 것.

자연계에서 [매료]를 사용하는 몬스터는 전부 다 강력하고 테이밍 난이도도 높아서 가격이 비싸기에 하급 직업이 쉽사리 입수할 수는 없다.

하지만 〈엠브리오〉가 음마라면 다르다.

그 음마는 전장의 혼란을 틈타 조금씩 남자들을 매료시켜 나갔다.

"만나아아아아!! 회복이야! [매료] 회보오옥!!"

라이작은 레벨이 높은 [사교]인 만나를 불렀다. 그녀가 지니고 있는 회복마법 스킬이라면 [매료]에 걸린 사람들을 회복시킬 수 있을 거라고 생각하고.

하지만 그의 말에 대답하는 목소리는 들리지 않았다.

"왜 그래! 당했냐! 만나아?"

여전히 대답하는 목소리는 들리지 않았고, [매료]가 회복되지도 않았다.

파티를 나누어 각자 레벨이 낮은 다른 〈마스터〉들을 이끌고
있었기에 라이작은 만나의 상태를 확인할 수 없었다.

 하지만 아무런 대답도 들리지 않았기에 이 습격 와중에 당했
을 거라고 결론을 내렸다.

 (어째서냐, 어째서, 이길 수 있는 승부였을 텐데……!)

 압도적으로 유리한 상황에서 비등한 상황…… 아니, 불리한
상황까지 밀려난 것이 라이작을 괴롭게 만들었다.

 하지만 그럼에도 불구하고 숙련된 그의 육체는 생각에 잠긴
상태에서도 자신에게 다가온 루키 〈마스터〉를 단숨에 베어 넘
겼다.

 (그래, 아직 멀었어. 아직 지지 않았어. 아직 나와 레드가 있
다고!)

 라이작은 그렇게 생각하며 마음을 다잡고 검을 휘둘렀다.

 "핫하! 이번에야말로 소독이다아!"

 모히칸레드도 다시 영창을 마치고 《크림존 스피어》를 발동시
킬 준비를 끝내고 있었다.

 "《크림존 스피어》!!"

 이번에는 방해도 받지 않았다.

 모히칸 레드는 최대 위력의 마법을 한 〈마스터〉에게 날렸다.

 방금 전에 결계 너머로 독기를 토해낸 수갑을 끼고 있던 〈마
스터〉였다.

 모히칸레드는 방금 전에 당한 것에 대한 복수도 할 겸 단숨에
재로 만들어주겠다며 노리고 있었던 것이다.

완전히 허를 찔렀기에 《크림존 스피어》는 빗나가지 않고 제대로 맞았다.

"햣하~! 소독이다아!"

수갑을 낀 〈마스터〉가 불꽃에 휩싸여 재도 남지 않고 빛의 먼지가 된다.

모히칸레드는 그런 1초 뒤를 상상했고.

──불꽃 안에서 뛰어나온 〈마스터〉가 달려들었다.

"햐하?"

모히칸레드는 눈앞에 있는 현실로 인해 멍해졌다.

그리고 수갑을 낀 〈마스터〉의 품속에서 부서진 [대역 용비늘]이 떨어진 직후.

《복수는 나의 것(벤전스 이즈 마인)》!!"

단 일격만에 레벨 차이가 250 이상 나는 모히칸 레드가 소멸했다.

"레, 레드ㅇㅇㅇㅇㅇㅇㅇㅇㅇㅇㅇ?!"

있을 수 없는 광경이었다. 나와 마찬가지로 이곳에서는 파격적으로 레벨이 높았던 모히칸레드가 훨씬 격이 떨어지는 루키의 일격에 쓰러진 것이다.

"어, 어째서 이렇게 되는데!"

검은 아직 휘두를 수 있다. 하지만 머리는 극한까지 혼란스러워졌고 입에서는 생각하고 있는 것이 마구 새어 나왔다.

"우리들은 상급 집단이었을 텐데…… 게다가 스테이터스도, 〈엠브리오〉의 진화단계도 더 위였어…… 그런데 왜 이렇게 일

방적으로, 말도 안 돼…….''

이미 남아 있는 전력은 절반 이하. 그 전력도 4할이 [매료]당한 상태다. 최대 전력인 모히칸레드와 먄나를 잃은 지금, 중앙 광장의 배신파는 와해된 것이나 다름없었다.

"……아, 아직이야! 나는 아직 지지 않았어!"

필사적으로 기합을 불어넣고 레벨이 높은 [강검사]로서 눈앞에 있는 적을 베어나갔다.

(이기기 위해서 드라이프 황국으로 넘어가기로 한 거잖아. 여기서 진다는 건 말도 안 돼……!)

필사적으로, 필사적으로 눈앞에 있는 적을 쓰러뜨렸다. 그것이 루키인 건지, [매료]에 걸린 전 동료인 건지 이제 판단이 되지 않았다. 다가오는 적을 그저 요격하기만 했다.

"윽!"

그러던 와중에 강적이 나타났다. 은빛 전신갑옷을 두르고 있는…… 아니,《간파》를 통해 그 은빛 전신갑옷이 [미스릴 암즈 슬라임]이라는 이름의 몬스터라는 것을 눈치챘다.

(액체금속 계열 슬라임을 갑옷처럼 두르고 있는 건가? 튼튼할 것 같은 상대로군…… 하지만!)

라이작은 자신의 검── TYPE : 암즈인 〈엠브리오〉에 손을 대고 선언했다.

"《추붕참경검(듀란달)》!!"

라이작의 〈상급 엠브리오〉, 듀란달의 필살 스킬을 사용한 것이다.

듀란달의 필살 스킬은 같은 〈상급 엠브리오〉였던 흐레스벨그나 포세이돈과는 다르다. 그것들이 일격에 힘을 퍼붓는 타입인 것에 비해 듀란달의 필살 스킬은 강화다.

지금부터 1분 동안── 듀란달로 베지 못하는 것은 없다. [미스릴 암즈 슬라임]의 경도, 강도가 아무리 높다 하더라도 그것을 가르고 내부에 있는 〈마스터〉를 베어 죽일 수 있다.

"간다아!!"

라이작이 발을 내딛는 것에 반응하여 [미스릴 암즈 슬라임]이 칼날 촉수를 휘둘렀다.

그것은 상급 전위의 속도에 필적하거나 웃도는 공격이었지만 《추봉참경검》의 부가 효과로 근력과 속도가 상승한 라이작이 간파하지 못할 정도는 아니었다.

라이작은 듀란달을 두 번 휘둘러 촉수를 쉽사리 잘라내고는 적의 품속으로 파고들었다. 그리고 다시 한 번, 상대방의 몸통을 쓸어버리는 듯이 검을 휘둘렀다.

"끝이다."

예리함이 극도로 높아진 듀란달로 인해 손맛을 느낄 수는 없었다.

하지만 확실하게 [미스릴 암즈 슬라임]의 방어를 손쉽게 뚫고 안에 있던 사람을 반쪽으로 갈랐다. 몸통 아랫부분이 [미스릴 암즈 슬라임]의 절반과 함께 툭 떨어졌다. [미스릴 암즈 슬라임]의 위쪽 절반은 그런 상황에도 움직이면서 단면에서 흐르는 피를 막으려 하고 있었다.

(소용없어. 이미 데스 페널티는 확정이, 다⋯⋯⋯⋯⋯⋯.)

[슬라임]의 넓이는 지혈을 위해 이동한 만큼 다른 부분의 넓이가 줄어들었다.

그 때문에 슬라임 안에 있던 〈마스터〉의 얼굴 부분 [미스릴 암즈 슬라임]이 움직여 얼굴이 드러났다.

――그 얼굴은 라이작의 동료였던 [사교] 만나였다.

재갈을 채운 것처럼 입안에 [미스릴 암즈 슬라임]이 가득 채워져 있었고, [미스릴 암즈 슬라임] 안쪽에서 꼼짝도 할 수 없게끔 구속된 상태였다.

동료의 모습과 자신이 동료를 반쪽으로 갈랐다는 사실로 인해 라이작의 생각이 공백으로 변한 것은 한순간.

그 한순간, 발치에 떨어져 있던 [미스릴 암즈 슬라임] 반쪽이 창 형태로 변했고.

――사타구니부터 정수리까지 라이작을 관통했다.

"으엑?"

급소에 치명상을 입고 라이작의 HP가 전부 사라졌다. 소생 가능 시간 동안에는 약간이나마 의식이 있었지만 주요 장기의 손상이 심해 그렇게 오래 가진 못한다.

"혼란스러워지면 빈틈투성이. 그리고 급소에 날리는 크리티컬 히트라면 즉사를 노릴 수 있다."

라이작이 데스 페널티 직전에 본 것은 [미스릴 암즈 슬라임]이

의태한 갑옷에서 해방되어 빛의 입자로 변한 만나와…… 일을 마친 [미스릴 암즈 슬라임]이 기어간 쪽에 있는 소년이었다.

마치 눈의 요정처럼 아름다운 그 소년은 싸움 초반에 울린 것과 같은 희미한 목소리로 [미스릴 암즈 슬라임]에게 말을 걸고 있었다.

"빈틈만 생기면 상대방이 더 강하더라도 맞출 수 있다. **모의전대로**구나. 이번에는 제대로 해냈어, 리즈."

소년의 모습은 아름다운데…… 라이작은 그 미소가 지금 더할 나위 없이 무서웠다.

(아, 젠장.)

라이작은 사라지면서 생각했다.

(루키 중에 이런 녀석들이 있다는 걸 알았다면 이런 짓은 하지 않았을 텐데…….)

그렇게 후회하며 라이작은 데스 페널티를 받게 되었다.

리더 격이었던 최대전력 세 명을 잃은 뒤 얼마 되지 않아 중앙광장의 배신파는 괴멸되었다.

그리고 중앙광장을 돌파한 루키들은 도시 곳곳으로 흩어져 몬스터 격파를 돕고 프랭클린을 수색하러 갔다.

이 싸움은 초전에 불과했지만 원래는 루키 쪽이 이길 수 있는 싸움이 아니었다.

이 중앙광장의 전투에서는 배신파에게 수많은 뜻밖의 상황이 있었지만 거슬러 올라가면 단둘.

바로 레이와 루크…… 틀에서 벗어난 두 사람의 존재였다.

□[성기사] 레이 스탈링

"우선 제1관문 돌파야."

『그런 모양이로구나.』

중앙 투기장에서 탈출한 뒤 광장에서 벼르고 있던 PK와의 전투. 사전에 루크가 제안한 전술을 이용해 적은 피해만 입으며 전체적인 힘이 우리보다 뛰어난 상대를 쓰러뜨릴 수 있었다.

《지옥독기》를 쓸 때는 광장 주변에 일반인이 있지 않을까 마음에 걸렸지만 투기장에 있던 상급 중에 레이더 비슷한 〈엠브리오〉의 마스터가 있었기에 안전하다는 것을 확인한 뒤 공격할 수 있었다.

그 뒤로도 루크가 얻었던 [단영수투 발트블루]를 이용한 적 마법의 캔슬이나 고블린 집단과 전투를 벌였던 때처럼 [매료]를 이용한 전술을 통해 처음부터 끝까지 우리가 유리하게 싸울 수 있었다.

중간에 상대방의 기습을 받아 죽는 줄 알았지만, 투기장을 나서기 전에 형에게 받았던 [대역 용비늘] 덕분에 목숨이 붙어 있다.

갑작스럽게 공격당했기에 《카운터 앱솝션》을 쓰지 못하긴 했지만, 애초에 지금은 사용횟수가 얼마 없다. 어제 [고즈메이즈]와 싸운 뒤로 아직 하나 밖에 회복되지 않았기에 쓰지 못했던 것이 오히려 다행인지도 모른다.

방금 전투나 〈초급 격돌〉이 시작되기 전에 신우와 맞닥뜨렸을 때도 그랬지만 그건 결코 무적 스킬이 아니다. 상대방의 공격을 눈치채지 못해서 미처 발동하지 못하는 경우나 때맞춰 발동시키지 못하는 경우에는 어쩔 수가 없다. 이런 단점에 대한 대책은 앞으로 세울 필요가 있을 것이다.

스킬 문제가 드러나긴 했지만 투기장 앞 광장에 있던 PK를 섬멸시킬 수 있었다.

중앙광장에서 전투를 마친 뒤 투기장에서 탈출한 우리들은 사방으로 갈라졌다.

그리고 내가 선택한 것이 서쪽이었고, 루크를 포함한 몇 명이 동행하고 있었다.

지금은 실버를 탄 내가 선두에서 달려가고 있는 형태다. 참고로 방금 전 전투 때는 난전이기에 타지 않았다. 타고 있었다면 그 마법으로 인해 실버만 녹았을지도 모른다.

실버를 타고 달리는 내 뒤에는 마릴린에 탄 루크와 바비가 있었다.

그리고 세 명, 여자 〈마스터〉가 루크를 따라오고 있었다. 그녀들의 시선은 계속 루크 쪽을 향하고 있었다. 아마도 초 미소년인 루크가 있기에 이쪽으로 왔을 것이다.

그럴 만도 하다. 그 마음은 이해가 된다.

"레이 씨, 그런데요. 이제야 묻는 거지만 우리들이 왜 서쪽으로 가고 있는 거죠?"

"············왜냐고."

루크가 말했던 대로 나는 어떤 생각이 있어서 서쪽으로 가고 있다.

보다 정확하게 말하자면 왠지…… 어떤 말이 마음에 걸렸기 때문이다.

──진짜는 서쪽이다.

유고와 헤어질 때 들었던 말.

드라이프 황국의 〈마스터〉인 유고에게 들었던 말.

클랜 〈예지의 삼각〉에 소속되어 있는 유고에게 들었던 말.

유고는 말했다. 〈예지의 삼각〉은 드라이프에서 규모가 가장 큰 클랜이라고.

다시 말해 드라이프의 클랜 랭킹 1위, 프랭클린이 오너를 맡고 있는 클랜이라는 것이다.

그때는 둘러대는 듯이 다른 말을 했지만 진심은 아마도…….

"서쪽에는 무언가가 있어."

내가 이렇게 생각할 거라고 유고가 예상하며 거짓말을 한 게 아니라면…… 무언가가 있을 것이다.

그리고 유고는 이런 거짓말을 할 녀석이 아니라고 생각한다.

그래서 나는 똑바로 서쪽을 향해 가고 있다.

루크는 뭔가 납득했는지 고개를 끄덕인 뒤 나와 나란히 달렸다.

그렇게 우리들은 서쪽 대문으로 직진했다.

하지만 유고가 한 말이 맞고 정말 서쪽 대문에 무언가가 있다고 한다면.

그때는 분명…… 그 녀석도 막아서겠지.

◆ ◆ ◆

■결투도시 100메텔 상공 [나이트 라운지] 상부

밤하늘에 녹아들며 서쪽을 향해 일직선으로 날아가는 은폐형 비행 몬스터 [나이트 라운지].

프랭클린은 그 등에 앉아 손 근처에 있던 단말기——2010년 대에 유행했던 태블릿 단말기와 비슷한 것——을 조작하고 있었다.

"중앙광장의 배신파는 전멸. 결과는 예상했던 범위 안이지만 생각보다 너무 빠르네요."

"뭘 보고 있는 게냐?"

"보세요~."

프랭클린은 아이템 박스에서 자신이 조작하고 있던 단말기와 똑같은 것을 꺼내 엘리자베트에게 건넸다.

엘리자베트가 단말기를 내려다보자 거기에는 기데온의 지도가 떠 있었다.

동시에 1,000개가 넘는 광점이 표시되고 있었고 8할 정도는 중앙의 대투기장 안에 있었다.

"이 빛은…… 〈마스터〉인가?"

광점의 숫자는 많았지만 기데온에 있는 사람의 숫자라고 하기에는 너무 적었다. 그렇다면 기데온에 있는 사람 중에서 〈마스터〉로만 한정지은 것이 아닐까, 엘리자베트는 그렇게 생각했다.

"정답입니다아. 바보는 아니네요. 바보가 아닌 사람하고는 이야기가 잘 통하니까 좋아한답니다아."

"아바마마의 원수에게 좋아한다는 말을 들어봤자 곤란하다."

엘리자베트가 그렇게 대답하자 프랭클린은 재미있다는 듯이 '그렇지요! 그게 당연하죠!'라고 말하며 크게 웃었다.

엘리자베트는 그런 반응이 불쾌했지만 그 이상으로 왜 저런 반응을 보이는 건지 신기했다.

"그 사람은 아직 그런 것도 눈치채지 못하고 있다니까요오. 뭐, 자기보다 나이가 많은 황족을 전부 죽이고 황왕의 자리를 빼앗은 사람이니 이해하지 못하는 게 당연할지도 모르겠지만요."

"아까부터 이야기가 이어질 때마다 의미불명이로구나."

"그건 저와 당신이 가지고 있는 전제정보에 차이가 있기 때문입니다아. 다시 이야기를 되돌리자면, 생각하신 대로 이건 기데온에 있는 〈마스터〉의 위치를 나타낸 지도죠. 실시간으로요."

단말기 위에서는 1,000개가 넘는 광점이 제각각 움직이고 있었다.

이 지도는 프랭클린이 손수 제작한 은밀감시 몬스터가 송신한 감시망 정보를 프랭클린의 클랜 〈예지의 삼각〉이 만든 수신 단말기가 수신하여 지도로 띄운 것이다.

프랭클린은 그것들을 계획 실행 며칠 전부터 조금씩 거리에 뿌리고 있었다.

단, 고도의 은밀 능력과 〈마스터〉를 식별하는 능력을 부여한 결과, 송신할 수 있는 것이 위치정보밖에 없게 되어서 그곳에 누가 있는지는 알 수 없는 물건이 되어버렸다.

하지만 프랭클린은 상관없었다.

이 지도는 어디까지나 〈마스터〉의 위치와—— 적, 아군의 식별만 가능하면 되니까.

"한 가지 가르쳐주었으면 한다."

"뭘까요오?"

"이 빛, 붉은색과 푸른색으로 나뉘어 있는데 이건."

"네. 붉은색이 저희. 푸른색이 왕국 쪽이에요. 붉은색이면 왠지 적군 같지만 저는 붉은색을 좋아하거든요."

단말기에 표시된 둥근 광점은 붉은색과 푸른색, 두 색으로 나뉘어 있었다. 사전에 등록해둔 프랭클린 쪽 〈마스터〉는 붉은색 광점으로 표시되고 있는 것이다.

전체 숫자로만 보면 붉은색은 푸른색보다 훨씬 적다.

하지만 푸른색이 대부분 중앙 대투기장 안에 있기에 기데온 시가지만 놓고 보면 붉은색과 푸른색의 차이는 거의 나지 않는다.

그리고 정보를 덧붙이자면.

"이 시가지에 있는 푸른색 말인데요, 전투를 감당할 수 있는 〈마스터〉의 숫자는 절반도 안 될 거예요. 태반은 결투에 흥미가 없는 비전투 직업이나 결투가 보고 싶어도 오늘 밤 메인이벤트

티켓을 얻을 수 없었던 삼류죠."

그 때문에 푸른 광점은 붉은 광점이 가까워지자 차례차례 사라지고 있었다.

프랭클린의 수하들은 중앙광장의 배신파를 제외한 모든 사람이 프랭클린과 엘리자베트가 들고 있는 단말기를 지급받았다.

그 때문에 푸른 광점―― 왕국의 〈마스터〉를 찾아내어 차례차례 격파할 수 있다.

얼마 되지 않는 예외는 방금 전에 대투기장에서 튀어나온 푸른 광점으로 인해 순식간에 중앙광장에 있던 붉은 광점이 소멸된 것 정도다.

그것도 당연하다. 중앙광장의 배신파는 전력을 따지면 배신파 중에서도 약한 부류니까.

그에 비해 시가지를 돌아다니며 전투를 벌이고 있는 배신파는 그들보다 강하다. 비전투 직업과 삼류 상대로 지지는 않는다.

"하지만 가끔 있거든요. 강한데도 오늘 이벤트를 보러가지 않았던 사람."

단말기 위에서 붉은 광점이 여러 개 사라졌다.

보아하니 붉은 광점이 사라진 위치에 푸른 광점이 있었다.

"그런 '예외'를 찾아내기 쉽게끔 마련한 게 이 지도죠."

프랭클린이 그렇게 중얼거리자 단말기가 진동했고, 그곳에서 목소리가 들렸다.

『도, 도와줘! 프랭클린! 결투 랭킹 6위인 '가면기병'이……?!』

『《라이저어어어 키이이이이이익》!!』

그 목소리가 들린 직후, 폭발음과 함께 통신이 끊어졌고, 그 뒤로는 노이즈만 들렸다.

프랭클린은 단말기의 버튼을 눌러 통신을 끊었다.

"6위인가요. 아～ 보아하니 그밖에도 여기저기 있을 것 같네요. 그하고 그 아이가 할 일이 있을 것 같으니 참 다행이에요."

프랭클린은 씨익 웃고 나서,

"클럽, C3로 이동."

단말기에 그렇게 말했다.

엘리자베트는 그 말이 무슨 뜻인지 알 수 없었다.

하지만 잠시 후 기데온 어딘가에서 충격음이 거세게 울렸다.

지도를 보니 방금 전에 프랭클린의 수하를 쓰러뜨린 것 같은 푸른 광점이 사라진 상태였다.

푸른 광점이 있는 곳에는 붉은 '클럽' 마크가 있었다.

"클럽?"

그것은 트럼프 마크 중 하나. 이 〈Infinite Dendrogram〉에도 트럼프는 존재하며 카지노 같은 곳에서는 포커나 블랙잭도 즐기고 있다.

그렇기에 엘리자베트도 그것이 트럼프의 클럽이라는 것은 이해할 수 있었다.

"아, 이 마크는 특별한 거예요. 다른 붉은 광점은 이번에 고용한 녀석들이지만요, 마크가 달린 광점은 제가 준비해온 전력이거든요."

"…………."

단말기를 내려다보니 마크가 표시된 광점은 세 개 있었다.

하나는 방금 전에 본 클럽. 이곳저곳을 이동하며 가는 곳마다 푸른 광점을 없애고 있었다. 그것도 붉은 광점을 없앨 수 있는 전력을 지닌 '예외'인 푸른 광점들만.

두 번째는 하트. 기데온의 서문 부근에 위치하고 있고 움직이지 않는다. 하지만 서쪽으로 다가간 푸른 광점이 전부 다, 예외 없이 소멸했다.

그리고 세 번째는 다이아. 천천히 서쪽으로 이동하고 있는 이 것은⋯⋯ 지도와 주위를 비교해보면 알 수 있다, 프랭클린 자신일 것이다.

엘리자베트는 몬스터나 배신파보다 무시무시한 것이 세 명이나 이 기데온의 밤에서 꿈틀대고 있다는 것을 깨달았다.

(클럽, 하트, 다이아⋯⋯ 음.)

그리고 그와 동시에 당연한 의문을 품었다.

(**스페이드**는⋯⋯ 어디 있지?)

『검』, 또는『죽음』을 의미하는 가장 불길한 마크가 지도에 존재하지 않았다.

"스페이드가 신경쓰이나요?"

마치 엘리자베트의 마음을 읽은 것처럼 프랭클린이 말했다.

"그건 이 지도에는 나오지 않아요. 플랜D용이니까 나설 차례도 없을 테니까요."

"플랜, D?"

"네, 지금이 플랜A이라고 치면 말이죠. 애초에 이 플랜도 실패할 생각으로 진행시키고 있는 건 아니지만요."

프랭클린은 그렇게 말하고 나서…… [나이트 라운지]의 진로를 약간 바꾸었다.

어째서일까, 그렇게 생각한 엘리자베트가 단말기를 보자 다이아의 진로 위에 푸른 광점 두 개가 있었다. 지금은 진로를 약간 틀어서 광점을 피하고 있었다.

"이 지도는 〈마스터〉와의 접촉을 피하기 위한 용도로도 쓰는 건가."

"네. 저는 약하거든요. 스스로 전투 행위를 벌이고 싶지는 않아서요."

말은 그렇게 했지만 프랭클린은 [나이트 라운지]의 하방 은폐 능력을 간파할 수 있는 사람이 별로 없을 거라 예상하고 있었다.

"저는 쓸데없는 싸움을 피하지만 만약에 싸운다 하더라도 몬스터의 벽을 뛰어넘고 저를 쓰러뜨릴 수 있는 건…… 저와 마찬가지로 〈초급〉인 분들 정도겠죠."

큭큭 웃으면서 다시 지도를 내려다보았다. 기데온은 여전히 혼란스러웠고 지도 안에서 프랭클린을 나타내는 다이아가 느긋하게 사람이 없는 들판을 가는 듯이 나아가고 있었다.

아무런 문제는 없었다.

2초 뒤, 자신을 나타내는 다이아 마크 **바로 뒤**에 푸른 광점이 나타날 때까지는.

프랭클린은 그 표시에 놀라 뒤를 돌아보려다 경동맥이 잘렸다.

그 뒤를 이어 **탄환생물**이 프랭클린의 몸 이곳저곳을 뚫으며 폭발했다.

피해는 프랭클린뿐만이 아니었고, [나이트 라운지]의 등에서 수많은 폭발이 일어나자── 견디지 못하게 되어 고도를 낮추며 추락했다.

프랭클린은 어지러운 혼돈으로 변한 시야 안에서 목격했다.

까만 안개로 둘러싸인 누군가가 폭발의 충격으로 인해 기절한 엘리자베트를 안고 뛰어내리는 순간을.

프랭클린은 그 안개로 감싸인 모습을 본 적이 있었다.

(……아. 그러고 보니 있었지. 〈초급〉도 아니면서 〈초급〉을 쓰러뜨린 〈마스터〉가.)

〈초급 킬러〉. 그렇게 불리는 PK의 존재를 떠올리며 빈사 상태가 된 프랭클린을 태운 [나이트 라운지]는 기데온 골목으로 추락했다.

□결투도시 기데온 9번가

엘리자베트를 납치한 프랭클린이 투기장에서 자취를 감췄을 때, 마리는 곧바로 박스석을 뛰쳐나갔다.

이유는 프랭클린을 쫓아가기 위해서. 그리고 엘리자베트를 구해내기 위해서이다.

AGI형 초급 직업 [절영]인 마리의 전속력, 초음속 기동으로 투기장 내부의 통로를 뛰어가 순식간에 출구까지 도달했다.

하지만 마리가 바깥으로 나가려 했을 때…… 결계가 가로막았다.

결계가 투기장의 바깥에 쳐져 있다는 것 자체는 딱히 놀랍지도 않았다. 피가로와 신우를 결계에 가두는 것이 가능하다면 충분히 그럴 수 있다고 판단했다.

그와 동시에 마리는 투기장의 출입을 제한하여 왕국 〈마스터〉의 무력함을 알리기 위한 행동이라는 것도 짐작했다. 엘리자베트의 유괴도 그 상황을 만들기 위한 재료 중 하나라는 것까지.

마리에게는 손가락을 빨고 있을 시간이 없었기에…… 곧바로 결계를 탈출했다.

결계에서 탈출하는 것은 마리가 초급 직업 [절영]이었기에 가능했다.

원리를 따지면 〈초급 격돌〉에서 신우의 《진화진등 폭룡패》가 천장 부분의 결계를 뚫은 것과 같다. 《진화진등 폭룡패》는 초급 직업인 [시해선(마스터 강시)]의 오의다. 마리는 그 사실을 통해 초급 직업의 오의라면 결계의 성능을 뛰어넘을 수 있을 거라고 짐작했다.

그래서 마리도 은밀 계통 초급 직업 [절영]의 오의를 사용했다. [절영]의 오의는 《진화진등 폭룡패》처럼 화력이 뛰어난 오의는 아니었지만 이 상황에는 오히려 딱 맞았다.

그렇게 대가로 SP 절반을 잃었지만 마리는 결계를 빠져나왔다.

거리로 나온 마리는《은폐》스킬을 구사하는 것과 동시에《은폐감지》스킬을 힘껏 사용하여 프랭클린을 수색했다.

그러던 와중에 하늘을 날고 있는 수상한 가오리 같은 생물…… [나이트 라운지]를 발견했다.

마리는 곧바로 건물 옥상에서 뛰어올라 공중에서 만들어낸 자신의 그림자 분신을 발판 삼아 상공에 있던 가오리 같은 생물을 기습했다.

예상했던 대로 그곳에 있던 프랭클린의 목을 벤 뒤 치사량의 대미지를 입힐 때까지 아르캉시엘의 폭렬관통탄을 박아 넣었다.

그런 다음 타고 있던 가오리 같은 생물에게도 폭렬탄을 날린 뒤, 엘리자베트를 안고 뛰어내렸다.

그리고 지금, 마리는 엘리자베트를 업고 기데온 거리를 뛰어가고 있었다.

◇

엘리자베트는 몸에 전해지는 약한 진동으로 인해 눈을 떴다.

왠지 그립고 어제도 느꼈던 흔들림. 그것은 누군가의 등에 업혀 이동하고 있는 감촉이었고, 그 부드러운 느낌과 코를 간질이는 냄새도 어제와 똑같았다.

"마, 리?"

"네. 저예요, 에리."

아직 제대로 움직이지 않는 입을 움직여 묻자 그녀를 업고 있던 마리가 대답했다.

"다시 만나서 기쁘구나. 그런데 어떻게……."

"우선 지금은 안전한 곳까지 도망치는 중이니까 이야기는 나중에!"

마리는 그렇게 말하면서 계속 뛰어갔다. 등에 업혀 있는 엘리자베트는 자신이 느끼고 있는 진동이 그다지 크지 않았기에 눈치채지 못하고 있지만 그 속도는 시속 수백 킬로미터가 훨씬 넘었다.

은밀 계통 초급 직업 [절영]인 마리는 AGI와 은폐 스킬에 특화된 능력을 지니고 있다.

그렇기에 업고 있는 사람을 배려하면서도 그 정도 속도로 뛰어가는 건 손쉬웠다.

지금 그녀가 향하고 있는 곳은 중앙 투기장.

지금 그곳이라면 상급 〈마스터〉가 많이 남아 있을 것이다.

그리고 결계가 있기에 외부에서 레벨이 높은 사람이 들어갈 수도 없다.

마리가 [절영]의 오의로 중앙 투기장에서 빠져나왔을 때는 아직 몬스터가 내부에서 날뛰고 있었지만 중앙 투기장에는 〈마스터〉들이 모여 있다.

어떻게든 퇴치했을 것이라고 짐작했다.

……무엇보다 쉽사리 해낼 수 있는 사람이 그 안에 있으니까.

"마리, 도망치려면 이걸."

엘리자베트는 그렇게 말하고 기절한 상태에서도 안고 있었던 단말기를 내밀었다.

"이건…… 아, 편리하네요."

마리는 곧바로 지도의 의미를 파악하고 붉은 광점을 피하며 움직였다.

방금 전에 기습했을 때와 마찬가지로 은폐 계열 스킬을 여러 개 사용하고 있기에 지도에는 마리의 광점이 나타나지 않았다.

하지만 그럼에도 불구하고 지도의 거리와 모습을 비교하면 현재 위치를 파악하는 것 정도는 쉽다.

"그런데 이 트럼프 같은 마크가 무슨 뜻인지는 알아요?"

"으음, 다이아가 프랭클린, 하트와 클럽은 그 녀석의 심복인 모양이다."

"그렇군요……."

그 말을 들은 순간, 마리는 혀를 차고 싶은 충동에 휩싸였다.

"……아직~ 숨통이 붙어 있네요."

《간파》한 프랭클린의 최대 HP의 열 배 가까운 대미지로 치명상을 입혔고 대역 계열 액세서리가 발동하지 않았다는 것도 확인했는데 다이아 마크는 사라지지 않았다.

(이거 《캐슬링》뿐만이 아니라 《라이프 링크》도 쓰는 걸까요? 그렇다면 캐퍼시티 안에 든 몬스터를 전부 박살 내지 않으면 죽일 수 없는데.)

《라이프 링크》는 자신이 소유한 몬스터와 HP를 공유한다. 이론상으로는 전멸직전까지 숫자가 줄어들지 않은 채 전투를 속행할 수 있어 강력한 스킬이지만 제한도 많다.

자신의 종속 캐퍼시티 안에 든 몬스터에게만 효과가 있고 파티 칸을 사용하는 몬스터에게는 사용할 수 없다는 것.

무엇보다 몬스터와 깊은 유대로 이어져 몬스터가 자신보다 소유자를 우선시하는 정신상태일 것이 조건이다.

몬스터가 자신보다 소유자를 먼저 생각한다. 그러려면 원래 긴 시간에 걸쳐 유대감을 만들어나가야만 한다. 그렇기 때문에 《라이프 링크》를 사용하는 사람은 별로 없었는데…….

(조건을 달성하는 게 힘든 스킬이긴 하지만 애초에 저 프랭클린에게는 있으나 마나 한 조건이죠.)

프랭클린은 몬스터를 창조한다. 처음부터 자신에 대한 충성도를 극한까지 높인 몬스터를 만들어두면 확장 HP 탱크로 얼마든지 보유할 수 있다.

그리고 그 몬스터가 전투 능력은 없지만 HP만 많게끔 만들어두면 캐퍼시티 쪽에도 문제가 없다.

(그런데 살아 있다니…… 큰일이네요.)

상대방은 〈초급〉, 같은 수법은 다시 통하지 않는다고 생각하는 게 낫다.

그리고 살아서 맞서게 된다면, 예상하지도 못한 수법을 써서 덤벼들 우려가 있다.

그 사실을 〈초급〉과 맞서서 격파한 적이 있는 마리는 알고 있다.

(지금은 한시라도 빨리 에리를 중앙 투기장에 데리고 가야 해……!)

중앙 투기장은 투기장에서 나올 수 없는 왕국 쪽 〈마스터〉가 모여 있는 안전지대.

하지만 마리가 중앙 투기장으로 향하고 있는 가장 큰 이유는……

(그곳에는…… **그 사람**이 있어. 그 사람이 내가 생각하고 있는 사람이라면…… 프랭클린을 상대하더라도 지진 않아.)

마리는 어떤 사람에 대한 견적을 머릿속으로 떠올리며 중앙 투기장으로 향했다.

가던 도중에 갑작스럽게 몬스터가 튀어나온 적도 있었지만 어렵지 않게 급소를 폭렬추미탄으로 날려버리고 돌파했다.

그렇게 계속 달리자 중앙 투기장 외곽이 희미하게 보였다.

"좋아, 이제 다 왔어요. 에리!"

"응, 마."

『──일단 왕녀님을 돌려받을게요.』

단말기에서 그런 목소리가 들린 직후, 마리의 등에서 엘리자베트의 무게와 숨결이 사라졌다.

마리가 등뒤를 확인해보니 그곳에는 투기장에서 봤던 것과 같은 작은 새 몬스터가 있었다.

그리고 엘리자베트는 어디에도 없었다.

마리는 무슨 일이 일어났는지 이해하고 작은 새를 베어버리는 것과 동시에 혀를 찼다.

"《캐슬링》의 유효사정거리보다 훨씬 거리를 벌리고 있었을 텐데요…….”

『그래. 감시용으로 거리에 배치해둔 몬스터가 있어서 말이지. 그 녀석들하고 《캐슬링》을 계속 하면서 따라잡은 거야. 양동이 릴레이지.』

마리는 리캐스트 타임과 소비 MP는 어떻게 된 거냐고 따지고 싶었지만 상대방은 몬스터 작성에 관해서는 〈마스터〉는 물론 티안까지 포함해도 최고봉에 위치해 있다. 따져봤자 소용없다는 것을 깨달았다.

『그건 그렇고 참 대단하던데, 〈초급 킬러〉. 죽는 줄 알았어.』

프랭클린의 목은 좀 전에 마리가 베었을 텐데 이미 그런 상처는 없다는 듯이 유창하게 말하고 있었다. 그 사실이 마리를 짜증나게 만들었다.

“최소한 데스 페널티를 받게 할 생각이었거든요.”

『최소한이 데스 페널티라니, 무섭네.』

“지금 다시 죽이러 갈 테니까요. 에리를 돌려주셔야겠어요.”

『아하하하하, 진짜로 무서워.』

프랭클린은 약간이나마 목소리에 무서워하는 기색을 드러냈지만 그럼에도 불구하고 여전히 깔깔대는 웃음을 멈추지 않았다.

『무서우니까…… 어떻게 좀 해줄래? 클럽.』

그 순간, 마리가 지니고 있는 《위험감지》 스킬이 있는 힘껏 경보를 울렸다.

[절영]의 민첩성을 발휘하여 초음속으로 그 자리에서 피했다. 겨우 피한 마리가 본 것은—— 방금 전까지 자신이 있던 공간이

무너져 내리는 광경이었다.

길도, 건물도, 나무조차도…… 형태가 있는 것은 전부 부서지고 무너져 먼지가 되었다.

『네 상대는 그에게 맡기지. 원래 너 같은 '예외'를 상대하기 위해서 배치한 거니까.』

그 말을 남기고 단말기가 스스로 부서졌다. 제3자의 손에 넘어갔을 때를 대비해 미리 그런 기능을 넣어둔 거겠지만, 마리는 그런 변화에 신경을 쓰고 있을 여유가 없었다.

방금 전까지는 기데온 거리였고, 지금은 사막과도 같은 모습으로 변한 경치 너머.

그곳에는 한 무리의 이상한 형태가 있었다.

새 머리를 본따 만든 모자를 쓰고 지휘봉을 휘두르는 남자.

현악기를 켜고 있는 켄타우로스.

관악기를 불고 있는 카트시.

타악기를 치고 있는 코볼드.

마리는 저 조합을 어딘가에서 본 적이 있었다. 떠올리려고 하다가…… 어제 중앙광장에 있었던 길거리 공연 악단이라는 것을 깨달았다.

그런데 데리고 있는 켄타우로스, 카트시, 코볼드의 모습이 달랐다.

마리가 본 그들은 사랑스러운 모습으로 많은 청중들에게 둘러싸인 채 연주하며 호평을 받고 있었다.

하지만 지금은 그때 **뒤집어쓰고 있던 가죽**이 없다.

모피는 사라졌고 그 대신 강철의 표피를 전면에 두르고 있었다.

기계장치 연주자. 연주자이자 악기 그 자체.

지금 그들은 마리의 눈에 사랑스러운 악단이 아니라 살인 머신으로만 보였다.

그리고 지금 그들에게는 청중 같은 것이 없었다.

그들 주위에서는 형태가 있는 모든 것이 부서져 있었고, 펼쳐진 것은 분쇄 끝에 존재하는 사막뿐이었다.

"실력이 좋은 악단이라고 생각하긴 했는데요…… 지금 여기에 있는 걸 보니 적이라고 봐도 되겠죠?"

감지 계열 스킬과 숙련된 〈마스터〉로서의 직감.

양쪽 다 상대방이 무시무시한 강적이라는 느낌을 주고 있었다.

『긍정한다.』

대답은 목소리가 아닌 소리.

그들의 연주가 마치 말과 같은 소리가 되어 마리가 있는 곳까지 흘러오고 있는 것이다.

"이름을 물어봐도 될까요?"

『게임판의 클럽. [주악왕(킹 오브 오케스트라)] 벨도르벨.』

"그런가요."

클럽이란 이 기데온에 프랭클린이 배치한 심복 중 하나.

배신파처럼 현지에서 징용한 전력이 아니라 순수한 〈예지의 삼각〉의 전력.

그리고 [주악왕]이라는 직업은…… 마리의 [절영]과 같은 초급 직업.

(……힘들겠네요.)

마리는 아마도 〈엠브리오〉의 위계도 비슷한 정도일 거라고 추측했다.

그리고 이 상대를 피해 프랭클린이 있는 곳에 갈 수는 없을 거라고도.

(만약에 갈 수 있다 하더라도 이쪽하고 저쪽 사이에 끼어서 협공당하게 될 테니까요. 안 되겠어요. 아 정말…… 걸리적거리네요.)

마리는 한숨을 쉬고 나서—— 자신의 〈엠브리오〉인 아르캉시엘을 겨누었다.

"——걸리적거리니까 얼른 죽어주세요."

『——서두르지 마라, 청중. 느긋하게 진혼가를 듣고 가거라.』

벨도르벨도 지휘봉을 들어 올린 뒤 대답했고—— 폭음과 파쇄음이 교차했다.

이 밤에 수없이 벌어진 싸움 중에서도 특히 거친 싸움 중 하나.

[절영] 마리 애들러와 [주악왕] 벨도르벨의 싸움이 지금 시작되었다.

■???

한 남자의 이야기를 하지.

남자는 작곡가였고, 그의 세대에서는 손가락에 꼽히는 천재였다.

음악에 흥미가 없는 사람들이라도 영화 스탭 롤에서 그의 이름을 보는 경우가 많았다.

그런 그에게는 언젠가 가극을 쓰고 싶다는 꿈이 있었다.

예전에, 소년 시절에 가극을 보고난 뒤로 계속…… 그 꿈을 품고 있었다.

그가 쓰려고 했던 것은 한 영웅의 생애.

기존의 전설에는 없는 가공의 영웅, 그가 쓰려고 했던 것은 영웅의 인생 전부에 관한 이야기.

사람의 환희를, 분노를, 비장함을, 살아가는 의미를 이어지는 노래와 이야기로 그려낸다.

그것이야말로 그의 이상이었다.

하지만 그것은 이루어지지 않는다.

그가 쌓아 올린 실적이라면 가극의 작곡과 각본, 연출을 맡는 것도 가능했다.

하지만 그것은 이루어지지 않는다.

그가 가극을 만들고 싶다는 의향을 전하기만 하면 스폰서가 되어줄 사람도 많을 것이다.

하지만 그것은 이루어지지 않는다.

다름 아닌 그 자신이 자신의 꿈을, 이상을, 형태로 나타낼 수 없었기 때문에.

이상은 자신 안에 있다.

하지만 그것은 애매모호해서 확실한 형태로 만들려 하면 꿈처럼 사라져버린다.

책상 앞에서 그는 '어째서 나는 만들 수 없는가' 하며 고뇌했다.

지금까지 수많은 명곡을 만들어냈는데도 불구하고 자신의 꿈을 이루는 단계에서 그는 정체되었다.

그렇게 2년이라는 세월 동안 고민하다 그는 자신의 이유를 알게 되었다.

——그렇구나, 내 안에 '없기' 때문에 쓸 수 없는 것이다.

그 이상적인 이야기를 형태로 나타낼 수 없는 것은 그 자신이 영웅도, 싸움도 모르기 때문이다.

그렇기 때문에 아무리 이상을 그려내려 해도 형태로 만든 순간에 가짜로 변해버리고 사라진다.

적어도 그는 그렇게 결론을 내렸다.

——그런데 어떻게 하면 영웅과 싸움에 대해 알 수 있을까.

전장에 나가기에 그는 너무 늙었다.

나가서 죽는다면 의미가 없다.

그리고 지금 세계에는 그가 원하는 영웅의 이야기가 존재하지 않는다.

——어째서 나는 기사의 시대에 태어나지 않았는가.

——어째서 나는 신화의 시대에 태어나지 않았는가.

이미 이 세계에서는 결코 실감할 수가 없는, 얻을 수가 없는 체험.

절망과 함께 이룰 수 없는 소원을 포기하고 타협하며 작품을 남겨야 하나, 그렇게 생각하고 있었다.

그런 때였다.

——〈Infinite Dendrogram〉은 신세계와 당신만의 가능성을 제공해드립니다.

그런 말이 그의 귀에 들렸다.

'신세계라니, 무슨 소리지?', 그렇게 생각하며 조사해보니 게임의 홍보 문구였다.

그는 게임 음악을 작곡한 적도 있었지만 플레이한 적은 별로 없었다.

하지만 〈Infinite Dendrogram〉에는 신기하게도 마음이 끌렸고, 그는 그 세계에 발을 내딛었다.

　그리고 그는 만났다.

　그의 이상에 한없이 가까운, 그가 원하는 실감을 얻을 수 있는
세계를.

◇ ◆

　□■결투도시 기데온 9번가

　기데온 9번가. 비교적 제대로 된 물건을 다루는 4번가와는 달
리 블랙마켓이 많은 지구. 포주 길드나 도적 길드 본부가 있는
8번가 다음으로 난잡한 곳이 이 지구였지만 오늘 밤은 어느 정
도 **깔끔한** 상태였다.

　그 이유는 사람이 별로 없고…… 수많은 폭발과 분쇄로 인해
건물의 숫자가 줄어들었기 때문이다.

　두 사람을 중심으로 9번가의 건물이 차례차례 무너지고 있었다.

　한 사람은 [절영] 마리 애들러. 〈초급 킬러〉라 불리는 PK.

　다른 한 사람은 [주악왕] 벨도르벨과 그가 지휘하는 세 개의
〈엠브리오〉.

　벨도르벨은 오늘 밤의 전투에서 왕국 쪽의 유력한 〈마스터〉
들을 잔뜩 쓰러뜨렸다.

　양쪽 다 초급 직업이며 제6형태인 〈상급 엠브리오〉. 〈초급〉,

그 100명도 되지 않는 압도적 강자를 제외하면 그들은 〈Infinite Dendrogram〉의 톱클래스 전력이다.

그렇기에 그들의 전투가 벌어진 뒤에는 마치 재해가 닥쳐온 것처럼 주변에 막대한 피해가 발생했다.

하지만…… 잘 살펴보면 피해의 원인은 두 사람 중 한쪽에만 있다는 것을 알 수 있지만.

그렇다, 건물의 붕괴 등의 피해는 전부 다 벨도르벨이 입히고 있었다.

하지만 그건 마리가 주변에 끼치는 피해를 고려하고 있기 때문이 아니었다.

"으……."

마리는 혀를 차면서 모든 탄창을 '붉은 폭렬'로 설정한 순정(純正) 폭렬탄환생물을 아르캉시엘로 계속 날려댔다.

그것들은 일격에 쉽사리 하급의 목숨을 빼앗고 어지간한 상급도 가볍게 볼 수 없을 정도의 대미지를 입히는 것들이다. 명중하면 벨도르벨과 함께 주위의 건물 한두 채가 날아갈 것이다.

하지만 그러지는 못했다. 폭렬탄환생물은 전부 벨도르벨의 앞 수백 미터 거리에서 박살 나며 공중에 폭염의 꽃을 피우는데 그치고 있었다.

(아, 정말…… 아까부터 아무리 쏴도 닿질 않네.)

그것은 벨도르벨의 〈엠브리오〉의 능력.

주위 수백 메텔 안에 있는 물체를 분쇄하여 먼지로 만드는 공방일체의 전방위공격.

마리는 그 정체가 무엇인지 처음 교차했을 때와 여러 번의 공격, 그리고 어제 얻었던 정보를 통해 이미 확신하고 있었다.

(소리…….)

벨도르벨이 날리는 공격의 정체는 공기를 통한 진동파―― 소리임이 틀림없다.

하지만 주위의 물체를 부수는 걸 보면 그냥 소리라고 하기에는 너무 무시무시하다.

(내 은밀 계통이 닌자에서 파생된 것과 마찬가지로 음악가도 노래나 악기의 연주 등 몇 가지로 파생되지. 그중에서도 저 [주악왕]은 아마…… **지휘자 계통**.)

지휘자 계통이란 오케스트라의 지휘자에 해당되는 직업이자 '파티 멤버의 음악 계열 스킬 효과를 강화시키는 것'에 특화된 지휘계통.

음악가 자체가 비전투 직업이기에 전투에 참가할 경우에도 파티 강화나 상대방에게 거는 디버프가 대부분이다. 그렇기 때문에 거기에서 파생된 지휘자 계통은 말하자면 지원 직업을 지원하는 직업이다.

(전투에서는 한 번도 본적이 없는 형태였는데요.)

현재 상대하고 있는 벨노브벨의 싸괴능턱은 마리가 지금끼지 싸워왔던 사람들 중에서도 상위. 〈초급〉을 제외하면 톱클래스라 할 수 있다.

아무리 봐도 지원 직업을 지원한다는 수준이 아니다.

(〈엠브리오〉가 공격에 사용할 수 있는 음악 계열 스킬을 가지

고 있는 거겠죠. 그 위력을 [주악왕] 스킬로 몇 배나 강화시키고 있으니 이런 참상이.)

그리고 마리는 소비 MP를 경감시키는 스킬도 있을 거라고 짐작하고 있었다.

그렇지 않다면 필살 스킬과도 맞먹을 만한 공격을 전투가 시작된 뒤부터 지금까지 끊임없이 날릴 수는 없다.

(저 소리 공격은 아마 고유진동에 맞춰서 붕괴시키는 타입이 아니라 순수하게 출력이 큰 진동파…… 충격파로 부수는 타입.)

탄환생물도 진동파로 인해 박살 나서 벨도르벨에 닿지 못하고 파괴되고 있다.

"이런 말을 하고 싶진 않지만 상성이 안 좋네요……."

마리가 한 말은 진실이었다.

마리의 아르캉시엘이 날리는 탄환생물은 탄환 종류를 자유롭게 바꿀 수 있지만 전부 다 생물이다.

저 진동결계 안에 뛰어들면 막대한 대미지를 입는다.

그건 마리도 마찬가지라 그녀의 다른 주요 전법인 '기척을 죽인 다음 근접 기습'을 써먹을 수가 없다. 벨도르벨은 마리를 확실히 쓰러뜨리기 전까지 저 진동결계를 멈추지 않을 것이다.

(자, 어떻게 대처할까요.)

마리는 〈초급 킬러〉라고도 불리는 강자.

지금까지 수많은 〈마스터〉들을 피바다에 잠기게 만들어왔다.

그중에는 이번처럼 자신과 상성이 좋지 않은 상대나 역량차이가 심한 상대도 당연히 있었다.

그녀는 그들에게 이겨왔기에 〈초급 킬러〉인 것이다.

(에리도 구해야 하니…… '데이지'나 '시라히메(白姫)'를 쓸까요?)

마리에게도 비장의 수는 있다.

그것은 일정 단계를 넘어선 모든 〈마스터〉가 지니고 있는 것…… 필살 스킬.

아르캉시엘의 필살 스킬 **중 어떤 것**을 사용하면 이 상황을 타파할 수 있는 가능성이 있다.

(하지만 여기서 쓰면…… 프랭클린과 싸울 때는 전력이 부족한 상태에서 붙게 되지.)

아르캉시엘의 필살 스킬은 강력하지만 사용할 때 리스크가 크다.

쓰면 틀림없이 프랭클린 전을 앞두고 마리의 전력이 줄어들게 될 것이다.

〈초급〉을 상대로 하는데 힘이 부족한 상태에서 덤벼봤자 이길 수는 없다.

게다가 프랭클린은 지금까지 전력이 바닥나기는커녕…… 1할조차 쓰지 않았을 것이다.

첫 기습 때 해치우지 못한 이상, 남은 것은 처절하게 서로 박살 내는 일만 남았다.

그리고 바닥을 보이지 않고 있는 것은 현재 대결하고 있는 벨도르벨도 마찬가지다.

벨도르벨의 〈엠브리오〉의 힘은 저 진동결계뿐만이 아니다.

적어도 **두 종류**의 공격이 뒤섞여 있다.

(정신 계열 상태이상에 대처하는 패시브 스킬이 반응하고 있으니 음파를 이용한 최면일까요.)

원래 은밀 계통은 정신 계열 상태이상에 대한 내성이 높고, 마리는 그 계통의 초급 직업이다.

그리고 오늘은 낮에 왠지 모르겠지만 정체를 눈치채고 있었던 루크와 모의전을 벌였고, 그때 [매료]를 사용하던 루크에게 맞춰서 내성을 올려주는 액세서리를 장비하고 있었다.

그래서 무효화시키고는 있지만…… 저 진동결계보다 사정거리가 긴 정신 계열 상태이상 공격을 벨도르벨이 날리고 있다는 건 틀림없다.

(그리고 하나 더.)

《위험감지》의 뇌내 경보에 맞춰서 직감으로 오른쪽을 향해 뛰었다.

그러자 그 직전까지 마리가 있었던 곳을 보이지 않는 무언가가 통과했다.

다시 《위험감지》가 발동했다. 이번에는 발치에 있던 잔해를 차 올린 뒤 피하자…… 공중에 뜬 잔해가 단숨에 두 동강이 났다. 단면은 이상할 정도로 매끈매끈했고 날카로웠다.

('소리'로 '절단'한 걸 보니…… 초음파 메스려나요.)

마리는 수술 도구가 아니라 어떤 옛날 영화의 괴수가 초음파로 먼 곳에 있는 물체를 절단했던 공격마법을 떠올렸다.

물론 그런 물리현상을 일으킬 수는 없겠지만…… 이곳은 지구가 아니다. 마법이 존재하는 〈Infinite Dendrogram〉인 것이다.

(마법 쪽 스킬…… 그런데 소리로 한정짓는 것치고는 베리에 이션이 풍부하네요.)

초진동파. 최면음파. 초음파 메스. 마리는 벨도르벨이 거느리고 있는 세 레기온이 제각각 스킬을 사용하고 있을 것이라고 추측했다.

(TYPE : 레기온의 패턴은 크게 나누어 두 가지. 끝없이 숫자를 늘리든지, 개체마다 다른 스킬 패턴을 사용하든지. 벨도르벨의 레기온은 전형적인 후자.)

능력을 분산시키면 개체당 능력이 저하되기 마련인데 [주악왕]인 벨도르벨의 지원스킬이 효과를 발휘하고 있을 것이다. 분산되어 줄어든 것 이상으로 강화된 상태다.

역전의 강자인 마리는 그 경험으로 인해 제6형태에 도달한 가드너가 세 마리 있는 것과 비슷하거나 그 이상인 압박을 느끼고 있었다.

"골치 아프네요, 정말……."

마리 자신이 그렇기에 이해할 수 있었다.

초급 직업과 제6형태의 〈엠브리오〉 조합은 〈초급〉의 영역에 한쪽 발을 내딛을 수 있다.

게다가 〈엠브리오〉와 직업이 시너지 효과를 발휘하고 있다면 더더욱 그렇다.

"정말로 골치…… 아픈데."

그렇기 때문에 벨도르벨은 틀림없는 강적…… 하지만.

"꽤나…… 멋진 연주를 들려주시네요~."

진동결계 안쪽은 모든 것이 박살 나는 지옥인데도.

그 바깥쪽으로 흘러나오는 소리의 파도는 감동조차 느껴질 정도의 명연주였다.

마리도…… 마리를 아바타로 삼고 있는 이치미야 나기사도 취재로 유명한 악단의 클래식 콘서트를 들으러 간 적이 있다. 그녀는 그때도 감탄했었는데…… 이 전장에 울려 퍼지고 있는 벨도르벨 악단 연주는 그것과는 비교도 되지 않았다.

그것은 마리만의 감상이 아니었는지 전투 중인데도 불구하고 가끔씩 그 선율에 이끌린 주민이 다가왔다가 벌어지고 있는 격전을 보고 도망치는 경우가 몇 번 있었다.

"[주악왕]의 스킬 효과 때문에 명연주로 들리는 걸까요~."

『글쎄다. 적어도 악보(스코어)는 내가 쓴 것이다만.』

마리가 중얼거리자 연주의 파도를 타고 말과 같은 소리가 닿았다.

벨도르벨이 있는 중심은 파괴와 천상의 연주로 인해 더할 나위없는 혼돈으로 변한 소리가 울려퍼지고 있을 텐데, 그럼에도 불구하고 벨도르벨은 마리가 한 말을 들은 모양이었다.

두 사람은 수백 메텔 정도 떨어져 있기에 진동결계가 없더라도 이야기를 나눌 수 없었다.

하지만 벨도르벨의 소리를 전달하고 소리를 듣는 스킬로 인해 대화가 성립되고 있었다.

"스스로…… 그거 대단하네요. 그런데 전혀 이해가 안 되네요.

예술 클랜이나 전투 클랜이라면 모르겠지만 어째서 당신 같은 사람이 로봇 생산을 주로 하는 클랜에 있는 건가요?"

『나도 그들의 창작활동에 기여하지 않는 것은 아니다. 얼마 전에도 그란마셜의 새 주제가를 만드는데 협력했었지.』

"그란?"

그런 농담──같은 실화──를 소리의 파도에 실어 보낸 뒤 벨도르벨은 계속 연주했다.

『내가 소속되어 있는 이유는 간단하다. 프랭클린이 저번 전쟁 때 이겼고, 앞으로도 많은 싸움에서 주축이 되어갈 것이기 때문이다. 그 녀석이 영웅이 될지도 모르기 때문이다. 아니면 영웅에게 쓰러지는 쪽일지도 모르겠지만…… 어느 쪽이든 상관없다.』

"영웅?"

『그래, 나는 영웅이 일어서는 순간을 보고 싶다. 이 눈으로 진짜를 보고 싶다.』

그것이 목소리가 아니라 연주를 통한 유사 음성인데도 불구하고.

마리는 본인의 더할 나위 없는 열정이 담겨 있다는 느낌을 받았다.

"그렇다면 함께 할 상대가 [수왕]이나 [마장군]이라도 상관없는 것 아닌가요?"

『그 녀석들과는 취향이 맞지 않았어.』

마리는 '하필이면 그거하고 취향이 맞은 건가요'라는 말을 집어삼켰다.

자중한 것은 아니었다.

그저…… 그런 말을 하고 있을 때가 아니라는 것을 느꼈기 때문이다.

어느새 연주하는 소리가 약해졌고, 진동결계의 효과범위도 줄어들었다.

(MP 소진…… 아니야!)

벨도르벨은 마리가 동요하는 것에 아랑곳하지 않고 지휘봉을 돌린 뒤 멈췄다.

그것은 연주 종료를 의미하는 동작.

그 동작에 따라 벨도르벨의 세 〈엠브리오〉는 연주를 정지했다.

음악이 멈췄고, 주위로 퍼져나가던 파괴도, 천상의 명연주도 완전히 멈췄다.

지금이 기회다, 마리는 그렇게 생각했지만 공격하러 나설 수가 없었다.

스킬을 통해 감지한 것이 아니다. 여자의 감…… 또는 동물적인 본능이 경종을 울리고 있었다.

"퍼커션 솔로. 스트링스와 호른은 튜닝."

그것은 이 싸움이 시작된 뒤로 처음 듣는 벨도르벨의 목소리.

그 말이 들린 직후. 코볼드가 앞으로 걸어 나온 다음 메고 있던 북을 내밀었다. 카트시와 켄타우로스는 코볼드 뒤에 나란히 서서—— 기계로 된 몸에서 케이블을 끄집어 낸 뒤 코볼드에게 연결했다.

"……윽!!"

방금 전과는 정반대.

움직이지 않으면, 저지하지 않으면 위험하다. 통찰력이 가져다 준 경고……였는데.

"커헉."

거리를 좁히기 직전, 마리는 피를 토했다.

그것뿐만이 아니었다. 눈과 귀에서 피를 흘리는 것과 동시에 강한 현기증으로 인해 몸을 제대로 움직일 수도 없게 되었다.

(대미지…… 무슨.)

그리고 깨달았다. 연주가 멈췄을 텐데…… 주위에 있는 먼지가 조금씩 진동하고 있었다.

마치 거센 소리의 파도에 뒤흔들리는 것처럼.

(이건 대음량…… 그것도 인간의 가청영역 이하인 저주파음!)

저주파음. 그것은 인간의 가청영역인 20헤르츠보다 낮은 파장인 소리의 파도.

하지만 들리지 않을 뿐, 소리는 울린다. 가청영역이라면 자기도 모르게 귀를 막아버릴 정도로 큰 음량, 고막을 찢고 신경을 다치게 할 정도로 큰 음량이라도…… 들리지 않은 채 소리가 울리며 몸을 좀먹기 시작했다.

(그런데 어디에서…… 위!)

마리는《은폐간파》스킬을 발동시키며 하늘을 올려다보았다.

올려다본 밤하늘에는 달과 비슷하게 생긴 위성이 떠 있었고──그것을 배경으로 부유하고 있는 실루엣이 있었다.

──벨트로 연결된 건반악기를 들어 올린 채 발톱으로 재주도

좋게 연주하는 하피.

"네 대째……!"

마리는 벨도르벨의 꿍꿍이를 눈치챘다.

왜 어제도 오늘도…… 요 며칠간 계속 중앙광장에서 연주하고 있었는지.

벨도르벨의 레기온이 세 대라는 인상을 심어주며 **착각**하게 만들기 위해서다.

사고에서도 완전히 은폐된 네 번째 공격을 통해 상대방의 발을 묶고 지금 날리려 하는 큰북으로 숨통을 끊는다.

그것이 벨도르벨의 악보.

그것이야말로 벨도르벨의 오케스트라.

마리는 하늘을 날고 있는 하피를 보았다.

(아, 그렇구나.)

그녀는 눈치챘다. 벨도르벨이 쓰고 있는 새 같은 모자도 착각하게 만드는 수법 중 하나라는 것을.

하피를 제외한 세 〈엠브리오〉를 보고 모티브가 '무엇'인지 예상했을 때 '새가 빠졌네'라고 생각하지 않게 하기 위한 위장. 오늘 밤 전투가 시작되기 전부터 벨도르벨은 이 흐름을 만들기 위한 악보를 쓰고 있었던 것이다.

하피가 벨도르벨 아래로 내려앉아 다른 두 마리와 마찬가지로 케이블을 코볼드에게 연결했다.

일렬로 늘어선 네 레기온을 보고 마리는 확신했다.

켄타우로스는 당나귀. 카트시는 고양이. 코볼드는 개. 하피는 닭.

네 마리가 한 무리인 동물 음악대.

다시 말해, 벨도르벨의 〈엠브리오〉의 이름은…….

"《수진악단(브레멘)》── '퍼커션'."

이름을 말하는 울림── 필살 스킬의 선언과 동시에 집속방사
된 초진동파가 마리와 함께 주위의 공간을 유린했다.

◆ ◆ ◆

브레멘.

[주악왕] 벨도르벨이 다루는 네 대의 TYPE : 레기온.

현악기(바이올린)을 켜는 켄타우로스형 스트링스.

관악기(플루트)를 부는 카트시형 호른.

타악기(베이스 드럼)를 치는 코볼드형 퍼커션.

건반악기(피아노)를 연주하는 하피형 클라비어.

네 대가 제각각 다른 종류의 악기를 담당하면서 해당 종류에
속하는 다른 악기의 소리까지 동시에 연주하여 네 대만으로도
오케스트라를 능가하는 선율을 만들어낼 수 있다.

전투형태가 되면 각자가 초음파 메스, 최면음파, 진동파, 저
주파음으로 적을 섬멸한다.

〈Infinite Dendrogram〉에 오기 전부터 음악에 인생을 바쳤고

지금은 싸움을 원하고 있는 벨도르벨은 자신의 〈엠브리오〉의 능력이 그야말로 자신을 위해 존재한다는 것을 실감했다.

이것은 다른 〈마스터〉도 마찬가지이며, 거의 대부분의 〈마스터〉는 자신의 〈엠브리오〉의 능력을 보고 납득한다.

자신에게서 생겨난 힘의 형태이기 때문에 싫어할 수 없는 건 어떤 의미로는 당연했다.

하지만 벨도르벨은 자신의 〈엠브리오〉가 부화했을 때, 솔직히 말해 혐오했다.

벨도르벨이 마음에 들지 않았던 것은 자신의 〈엠브리오〉의 '모티브'였다.

〈엠브리오〉는 전부 다 지구의 신화, 전설, 동화, 위인, 자연 등을 모티브 삼아 이름과 모습이 결정된다.

벨도르벨의 브레멘도 마찬가지였다. 브레멘 음악대, 어느 정도 수준에 도달한 문명이라면 대부분의 사람들이 어렸을 때 들었던 동화가 모티브다.

하지만 벨도르벨은 브레멘 음악대가 싫었다.

──브레멘 음악대는 음악대가 된다는 이상을 품고 여행을 떠난 동물들.

──하지만 결국 따뜻한 집과 식사를 도적에게서 빼앗고 난 뒤 만족하며 안주한 짐승.

──타협한 것이다, 그 녀석들은.

이상을 품고, 이상을 형태로 나타내기 위해 온 힘을 쏟아부은 그에게는 결코 용납할 수 없는 모습.

일시적이나마 타협하고 이상을 열화시켜 형태로 나타내려 했던 자신의 어리석음을 그대로 따온 듯한 것이었기 때문에 벨도르벨은 자신의 〈엠브리오〉를 계속 싫어하고 있었다.

하지만 그와 동시에…….

진동파는 음속으로 지나갔고, 세계에 한순간 정적이 찾아왔다.

공격의 궤도에는 개체가 분쇄된 결과물…… 부서진 먼지 이외에는 아무것도 남아 있지 않았다.

마리도…… 그 어디에도 없었다.

"…………."

벨도르벨은 혼자서 폐허로 변한 기데온 9번가에 서 있었다.

브레멘의 필살 스킬 《수진악단》. 레기온인 브레멘의 모든 힘을 한 점에 집중하여 통상 상태를 아득하게 뛰어넘는 출력으로 음악 스킬을 날리는 스킬.

그 성질 때문에 패턴이 네 가지 존재하며, 퍼커션의 진동파를 확장시킨 이번 일격은 몇 킬로미터에 걸쳐 파헤치며 큰 길을 냈고 기데온 외벽에도 닿았다.

이것은 필살 스킬이지만 음악 계열 스킬이기도 하기에 [주악왕]의 패시브 스킬 《주악왕의 지휘》를 이용해 효과가 몇 배나 상승한 결과이다.

그 위력은 그 전까지 사용했던 진동결계와는 비교조차 할 수 없다고 해도 무방하다.

사람들이 처음부터 전투에 휘말리는 것을 피하고 있었기에 지나가던 사람은 없었지만 누군가가 있었다고 해도 흔적조차 남지 않았을 것이다.

그 누군가…… 마리도 지금은 없었다.

"《음향탐사》."

벨도르벨은 퍼커션을 제외한 세 개체에게 탐사를 명령하며 주위를 수색하게 했다.

세 개체는 각자 소리를 울리며 소나를 사용하는 듯이 주위를 수색했다.

아무리 모습을 감추고 있다 해도 실체가 있다면 반드시 찾아낼 수 있다.

"없군."

결론은 없음. 범위 내에 생물은 없다.

그것은 마리가 데스 페널티로 인해 이미 사라졌다는 것을 의미하고 있었다.

아니면 어디론가 도망친 뒤 프랭클린에게 갔거나.

어찌 됐든 벨도르벨은 마리에게 승리한 것이다.

"……《하트비트 퍼버리제이션》, 해제."

벨도르벨은 《하트비트 퍼버리제이션》── 진동결계를 해제시켰다.

사실 필살 스킬 직전에 지휘봉을 휘두르다 멈췄을 때도, 그리고 필살 스킬을 날린 뒤에도, 진동결계는 한 번도 해제되지 않았다.

예외는 《수진악단》을 날린 순간뿐.

필살 스킬을 날리기 전에 연주가 끝났다고 생각한 마리가 돌진했다면 《수진악단》을 사용하기도 전에 박살 났을 것이다.

"……역시 꽤 소비했나."

브레멘이 사용하는 음악 계열 스킬은 [주악왕]의 패시브 스킬로 인해 효과가 몇 배로 증가하고 소비 MP와 SP는 몇 분의 1로 줄어든다.

그럼에도 불구하고 《하트비트 퍼버리제이션》처럼 강한 스킬은 그 대가도 크다. 계속 전개하면 초급 직업인 벨도르벨의 MP와 SP가 1분에 4퍼센트씩 깎인다.

필살 스킬을 사용하는 것도 마찬가지이기 때문에 벨도르벨은 MP와 SP를 온존, 회복시키기 위해 먼저 진동결계를 해제하고 회복 아이템을 사용하려 했다.

──그 순간, 벨도르벨의 척추를 가르는 칼날의 섬광이 내달렸다.

"?!"

그 섬광은 벨도르벨이 장착하고 있던 액세서리 [구멍의 브로치]의 치사 공격 무효 효과에 의해 가로막혔다.

하지만 공격은 한 번에 그치지 않았다. 그 섬광을 날린 누군가는 벨도르벨과 브레멘이 다음 행동을 취하기 전에 수십 번의 참격을 등에, 목에 날려댔다.

"《하트비트 퍼버리제이션》!"

그리고 행동하기 시작한 호른이 음속 진동결계를 전개한 순간, 습격자는 초음속으로 뒤쪽을 향해 물러났다.

『네놈…… 네놈은?!』

벨도르벨은 방금 전과 마찬가지로 연주를 이용해 말을 자아냈다.

목소리로 말하면 진동결계에 지워지기 때문이었다.

하지만 습격자가 누구인지는…… 굳이 물어볼 필요도 없다.

"오른쪽으로 16, 왼쪽으로 20. 자, 이제 대역 계열 효과도 바닥났나요?"

오른손에 일화급 무구인 마비단검 [비봉검 벨스펀], 왼손에 공격궤도 은폐용 단검 [나이트페인]. 두 종류의 다른 단검을 장비한 [절영] 마리 애들러였다.

(방심했군…….)

적의 모습이 완전히 사라졌고 소나에도 걸리지 않는다 해도 벨도르벨은 진동결계를 해제하지 않았어야 했다.

마리가 공격을 하러 달려들지 않았던 이유는 오직 진동결계가 가로막고 있다는 것뿐이었기 때문이다.

음속의 진동결계로 몸을 지키지 않는다면 벨도르벨은 단숨에 살해당하게 된다.

벨도르벨은 초급 직업 [주악왕]이다.

하지만 어디까지나 비전투 계열 초급 직업이다. 브레멘과의 조합을 통해 전투 계열 최상위에 가까운 전력을 자랑하지만 END를 필두로 한 방어쪽 스테이터스는 매우 낮다.

방금 AGI 특화 전투계열 초급 직업의 공격을 당한 것처럼 접근하게 되면 벨도르벨은 행동을 하기도 전에 수십 번 살해당하게 된다.

낮에 마리가 레이에게 말했던 것처럼 전투 속도 차이로 인한 행동 횟수의 차이는 전술이나 요령 이전의 문제로 존재하고 있기 때문이다.

벨도르벨은 장비의 효과로 버텨냈지만.

(박살 났나.)

최대한 장비하고 있었던 방어와 대역 액세서리는 방금 그 접촉으로 전부 다 부서졌다.

『어떻게 《수진악단》을 견뎌냈지?』

"글쎄요, 어떻게 한 걸까요."

마리는 여유로운 미소를 지었다.

하지만 사실 그렇게 여유롭지는 않았다. 클라비어의 저주파 공격으로 인해 입은 대미지가 전부 다 회복되지 않은 상태였고, SP도 고갈되기 직전이었다.

SP의 고갈.

그것이야말로 마리가 《수진악단》을 견뎌낸 대가이자――'오의'의 비용이었다.

은밀 계통 초급 직업 [절영] 오의 《소실술》.

단시간 한정으로—— 세계에서 완전히 모습을 '없애는' 은밀 계통 최대의 오의이다.

모든 것들에게 보이지 않고, 모든 것들에게 닿지 않고, 모든 것들에게 들리지 않는다.

완전한 스텔스 능력. 그것이 파괴의 화신과도 같은 필살 스킬까지 털끝 하나 다치지 않고 버텨낸 방법의 정체.

마리가 대투기장에서 탈출할 수 있었던 이유도 이 스킬이다.

[시해선]의 《진화진등 폭룡패》처럼 강력하기 짝이 없는 직접 공격 계열은 아니지만 그에 필적하거나 더 뛰어날 정도인 스킬이다.

물론 소모가 심해서 1분 동안 사라지면 마리의 SP를 전부 다 빨아들일 정도로 연비가 매우 나쁘다.

방금 전에는 30초 동안 사용했고 그로 인해 최대 SP의 절반, 그 전까지 소비했던 SP를 감안하면 마리에게 남은 SP는 2할 이하다.

하지만 그렇게 한 보람도 있었다. 죽은 척하다가 가한 기습을 통해 상대방의 액세서리를 전부 깎아냈다.

(……이 상대만큼은 확실하게 쓰러뜨리도록 할까요.)

마리는 《소실술》을 사용하면서 나중에 있을 싸움을 버렸다.

눈앞에 있는 벨도르벨은 생각했던 것보다 훨씬 위험하고 강력했기에 이번에 확실히 쓰러뜨리지 않으면 다른 사람이 프랭클린을 쓰러뜨릴 가능성조차 크게 줄어들 것이라고 생각했다.

그렇기 때문에 마리는 자신의 온 힘을 다해 벨도르벨을 쓰러뜨리겠다고 결심하고 왼손—— 〈엠브리오〉의 문장에서 탄환 한 발을 꺼냈다.

그것은 평소에 아르캉시엘에 장전하는 약협과 비교하면 세 배는 컸고, 측면에는 붉은색과 검은색으로…… 캐릭터 그림이 그려져 있는 탄환이었다.

『아직 끝낼 수 없다. 지금 이 장면에서 사라지는 건 허용할 수 없어.』

벨도르벨의 연주를 통한 말이 들렸다.

『아마도 오늘 밤이 이 땅의 역사의 전환점. 전설로 그려져야 할 1막.』

그것은 소리의 선율이면서도 목소리보다 더 강한 감정을 담고 있었다.

『그렇기에 이 순간을 눈에 담고 혼에 새길 때까지 퇴장할 수는 없다.』

새를 본뜬 모자 아래에 있는 두 눈에서 핏줄을 드러내며 벨도르벨이 소리로 포효했다.

『그러지 못한다면…… 나는 내 작품을 완성시킬 수가 없어!!』

그것은 무언가를 필사적으로 원하는 자의 모습.

마리가…… 마리를 조종하는 이치미야 나기사가 거울 속에서 몇 번이나 본 모습.

"……아, 그렇구나. 당신, **나**하고 비슷한 사람이군요."

납득했다는 듯이 마리가 중얼거렸다.

자신에게 부족한 무언가를 얻기 위해.

자신에게 부족한 무언가를 채우기 위해.

자신의 작품을 나아가게 만들기 위해…… 이 세계에 발을 내딛은 자.

그 점에 있어서 마리와 벨도르벨은 똑같았다.

"하지만 당신은 여기에서 퇴장해주셔야겠어요. 어르신."

이치미야 나기사는── 마리는 주저하지 않았다.

벨도르벨을 물리치지 않으면 자신의 목적을 달성할 수가 없으니까.

그리고── 어제 있었던 소녀의 추억마저도 슬픔에 휩싸여버리게 되니까.

마리는 자신을 거울에 비춘 듯한 남자를 분쇄하는 것을 주저하지 않았다.

『헛소리다…… 계집애야…….』

그렇게 말하자 말을 전하는 음율이 멈췄고.

"《파이널 오케스트라》!"

목소리를 통해 스킬의 사용 선언이 이루어졌다.

그것은 [주악왕]의 오의── 자신의 HP 9할과 맞바꾸어 1분 동안 음악 계열 스킬 효과를 추가로 10배 높이는 스킬, 목숨을 건 연주 지휘.

스킬 사용 직후, 브레멘 네 대가 연결되었다.

다시 필살 스킬을 사용하여 이번에야말로 마리를 쓰러뜨리기 위해서.

"공교롭게도── 은근히 무례한 게 제 개성이라서요."

그리고 마리는 들고 있던 권총── 아르캉시엘을 빙글빙글 회전시켰다.

그 순간, 아르캉시엘은 모습이 크게 변했다.

6연장 탄창 권총이었던 총신이── 대형 단발식 권총으로.

좀 전에 꺼냈던 대형 탄환을 장전하고 총구를 벨도르벨에게 향했다.

마리는 초음속 기동으로 상대방을 농락할 낌새를 보이지 않았다.

상대방이 대처하며 자신을 쓰러뜨리는 걸 피하기 위해서일까.

아니면…… 자신과 같은 이유로 이 세계에 서 있는 남자에게 정정당당한 승부를 걸려는 개인적인 감정 때문일까.

두 사람이 자세를 갖추었다.

거리가 좀 떨어져 있었지만 그런 것은 없는 거나 다름없다.

지금 두 사람이 날리려 하는 일격은 양쪽 다 필살.

어느 쪽이 이기든, 아니면 양쪽 다 지게 되든…… 이 일격으로 결판이 난다.

한순간 정적이 흐른 뒤── 두 사람은 움직였다.

《홍환총(아르캉시엘)── '폭살의 데이지 스칼렛'》!!"
《수진악단── '호른'》!!"

두 필살 스킬이 격돌했고── 결판이 났다.

◇ ◆

《수진악단》에는 네 가지 패턴이 있다.

마법참격인 스트링스.

광범위 물리공격인 퍼커션.

스텔스 저주파 공격인 클라비어.

그리고 최면음악인 호른이다.

어째서 벨도르벨이 네 개 중에서 유일한 비대미지형인 호른을 선택한 것일까.

그 이유는 세 가지였다.

첫 번째는 퍼커션을 사용하면 방금 전처럼 버텨낼 가능성이 있기 때문이다.

벨도르벨은 마리가 어떻게 《수진악단》 퍼커션을 버텨냈는지 모른다.

그렇기 때문에 같은 수법을 사용하면 같은 수법으로 피할 것이라 생각하고 있었다.

두 번째는 대역 계열 액세서리의 존재.

벨도르벨도 마리의 연속공격을 액세서리로 견뎌냈다.

마찬가지로 마리가 즉사 대미지를 무효화시키는 액세서리를 가지고 있다면 단순한 공격으로는 숨통을 끊지 못할 가능성이 높기 때문이다.

이건 첫 번째 《수진악단》 때도 마찬가지였지만 필살 스킬을 사용한 뒤 비연주 상태에서 진동결계를 해제하지 않기 위해서는 진동결계를 발생시키는 퍼커션을 주축으로 쏠 수밖에 없었기 때문이기도 하다.

그에 비해 호른의 최면음파는 한 번 걸리기만 하면 액세서리가 있더라도 숨이 끊어질 때까지 알아서 죽어준다는 장점이 있다.

그리고 세 번째이자 가장 큰 이유.

[주악왕]의 오의를 사용하고 브레멘의 필살 스킬로 날리는 음율.

그중에서 순수하게 '음악으로써' 가장 완성도가 높은 스킬이 호른이다.

이것이 상대방의 마음을, 정신을, 혼을 반드시 뒤흔들 것이라는 자부심.

브레멘의 힘을 결집하여 온 힘을 다해 날리는 호른의 연주는 신의 영역에 도달한 멜로디.

대가로써 자신의 목숨을 바칠 가치가 있는 선율.

그렇다, 오의와 필살스킬을 함께 사용한 호른의 선율은 최면음악의 영역이 아니다.

'상대방이 스스로 목숨을 바치게 만들 정도'의 신들린 연주인 것이다.

말하자면 [매료]의 극치.

온갖 저항을 없애며 수많은 강호에게 목숨을 바치게 만든 소리.

이걸로 쓰러뜨리지 못한 자는 지금까지 아무도 없었다는 절대적인—— 신뢰.

벨도르벨은 브레멘의 모티브를 혐오했다.

하지만 그와 동시에…… 그 누구보다도 브레멘의 음악을 사랑했다.

브레멘을 싫어하면서 브레멘의 소리에 매료된 남자가 가장 믿었던 것…… 그것이야말로 《수진악단》의 호른.

이 음악에 반드시 쓰러질 거라는 확신.

그렇다, 호른의 선율은 지금까지 온갖 적을 쓰러뜨렸고——

지금, 한 여자를 쓰러뜨리지 못했다.

"어……째서……?"

벨도르벨은 빈사상태가 된 몸으로 의문을 나타냈다.

그의 주위에는 기계로 된 몸이 부서진 브레멘들도 있었다.

HP의 9할을 바친 벨도르벨이 필살 스킬이 격돌한 뒤 지금까지 살아 있는 것은…… 그 직전에 스스로 방패가 되어 부서진 네 대의 〈엠브리오〉 덕분이다.

하지만 그것은 어떤 사실…… 패배를 나타내고 있었다.

벨도르벨은 졌다는 사실을 자각했고, 그렇기 때문에 의문이 들었다.

"제 승리네요."

벨도르벨의 눈앞에는 다른 한 사람, 아니 '두 사람'이 있었다.

한 사람은 말할 필요도 없이 [절영] 마리 애들러.

다른 한 사람은 붉은 소녀.

마리가 장전한 탄환의 약협에 그려져 있던 것과 똑같은 소녀.

송곳니 비슷한 이빨을 보이며 사납게 웃고 있는 그녀는——
만화가 이치미야 나기사가 자신의 작품 '인투 더 섀도우' 안에서
만들어낸 캐릭터 중 한 사람.

이름은 '폭살의 데이지 스칼렛'이라고 한다.

아르캉시엘의 필살 스킬 《홍환총》은 평소에 탄창에 채워 탄환
생물을 만들어내는 '그림물감'의 약협을 사용하여 마리 자신이
'그렸던' 탄환을 사용하는 스킬이다.

날리는 탄환생물의 능력은 그릴 때 사용했던 '그림물감'에 좌
우되는데—— 마리는 각 '그림물감'의 특성으로 재현 가능한 자
신의 만화 캐릭터들을 그렸다.

그중 한 사람이 붉은색과 검은색 '그림물감'으로 그린 '폭살의
데이지 스칼렛'.

지금도 주위에 작은 폭발을 계속 일으키고 있고, 방금 전에는
반경 100메텔이 쑥대밭으로 변할 정도로 큰 폭발을 일으켜 브레
멘과 벨도르벨을 쓰러뜨린 폭염으로 변했던 흡혈귀이다.

"어째서, 호른의, 목숨을 대가로 하는 선율을 듣고, 죽지 않았
지?"

벨도르벨은 자신과 브레멘이 빈사상태가 된 것 자체는 의아해
하지 않았다.

서로 필살 스킬을 날렸으니 그럴만도 하다.

하지만 마리와 '데이지'가 죽지 않은 것은 의아했다.

벨도르벨은 아르캉시엘이 탄환생물을 발사한다는 것을 눈치 채고 있었다.

그러니 짐작한대로만 되면 마리가 어떤 탄환생물을 날리든 호른의 선율에 닿아 자살할 거라 생각했다.

몬스터든, 기계인형이든, 대가로 자해할 정도인 선율이니까.

그런데 전혀 통하지 않는다니, 믿을 수가 없었다.

"……죄송해요. 저도 그렇고 이 아이도 그 선율을 듣지 않았 거든요."

"듣지, 않았다고?"

그 말을 듣고 벨도르벨은 '이 여자가 무슨 말을 하는 거지?', 그렇게 생각하며 멍해졌다.

"네, 왜냐하면."

그리고 마리는 '데이지'를 손가락으로 가리키며 이렇게 말했다.

"이 아이의 폭발 때문에 주위의 공기가 날아가 버렸으니까요. 소리가 전달되지 않았죠."

매우 단순한 말이다. 소리는 진동이며 공기나 물 등의 진동을 전달해주는 것이 없으면 상대방에게 닿지 않는다.

그래서 마리는 '데이지'의 대폭발을 이용해 주위의 공기를 날려── 소리가 전달되지 않는 진공의 벽을 만들어낸 것이다.

단순한 폭렬탄으로는 위력이 부족하지만 필살 스킬로 만들어 낸 데이지라면 그것이 가능할 정도로 큰 폭발력을 발휘했다.

만약에 마법공격인 스트링스나 대출력 광범위공격인 퍼커션이었다면 출력으로 밀어붙여서 양쪽 다 쓰러지는 결과를 낼 수도 있었겠지만, 섬세하고 신의 영역에 도달한 호른의 선율은 상대방의 귀에 정확하게 닿지 않으면 의미가 없다.

"목숨을 대가로 하는 선율. 들어보고 싶기도 한데요, 그게 지금은 아니니까요."

"……핫, 모처럼 연주하는 음악을 즐기지 않는다니…… 풍류를 모르는 계집애로군."

분한 것 같지도 않고, 안타깝다는 듯이…… 벨도르벨은 눈을 감았다.

마리는 총구를 벨도르벨에게 향하고.

"안녕히, [주악왕]."

그의 이마를 쏴서 관통시켰다.

그렇게 한 싸움에 결판이 났고, 기데온의 게임판 위에서 클럽이 사라졌다.

◇

"……힘드네요."

결판이 난 뒤, 마리는 숨을 크게 내쉬며 무릎을 꿇었다. 팔찌 형태의 아이템 박스에서 고품질 SP 회복 아이템을 꺼내 조금씩 삼켰다.

SP는 《소실술》과 《홍환총》 사용으로 인해 거의 바닥난 상태였다.

회복 아이템을 가지고 있긴 하지만, 한 번 사용해서 회복될 양이 아니었다.

그리고 효과가 약한 회복 아이템이라면 모를까, 초급 직업이 사용할 만한 아이템은 강력한 대신 단시간 내에 연속으로 사용하면 효과가 약하다.

남은 SP가 다시 전투를 할 수 있는 상태까지 회복되려면 어느 정도 시간이 필요하다.

게다가 저주파 공격에 당한 대미지도 아직 남아 있다.

그리고…….

"이제 '붉은색'과 '검은색'은 쓸 수 없게 되었나요."

《홍환총》의 디메리트는 크게 두 가지.

첫 번째는 사전에 탄환에 캐릭터를 그려둘 필요가 있고 탄환 자체를 최대 여섯 발까지만 저장해둘 수 있다는 것. 가지고 있던 '데이지' 탄환은 방금 전에 쏜 것뿐이었으니 '데이지'를 다시 그릴 때까지 사용할 수 없다.

그리고 두 번째 디메리트는 《홍환총》의 탄환에 사용한 '그림 물감'을…… 《홍환총》을 사용하고 나서 24시간 이내에는 다시 사용할 수 없다는 것.

'데이지'에 사용한 것은 폭발력을 지닌 '붉은 폭렬'과 추미능력을 지닌 '검은 추적'. 이제 하루 동안은 위력이 뛰어난 폭렬탄과 명중률이 높은 추미탄을 사용할 수 없다. '붉은 폭렬'과 '검은 추적'을 포함하고 있는 《홍환총》의 다른 캐릭터도 마찬가지다.

강력하고 만능. 하지만 디메리트도 매우 크다.

자신의 대가를 쥐어짜내 캐릭터를 그린다.

그것이 마리의 〈엠브리오〉의 필살 스킬이었다.

"이렇게 된 이상 제가 프랭클린을 쓰러뜨리는 건 힘들겠네요. 하지만……."

프랭클린은 벨도르벨과 같은 타입이다. 힘이 약한 비전투 직업이면서도 자신의 〈엠브리오〉와의 시너지로 전투 직업을 능가하는 성능을 발휘하는 타입이다.

무시무시하기도 하지만 오히려 그렇다면…….

"그들에게 승산이 전혀 없는 것도 아니죠."

엘리자베트를 데리고 도주하던 동안, 그리고 벨도르벨과 전투를 벌이는 동안, 그녀는 보았다.

서문으로 향하는 레이 일행의 모습을.

상대방은 〈초급〉. 마리가 동귀어진을 각오했고, 그렇게 되기 직전에 쓰러뜨린 벨도르벨보다 격이 더 높은 상대. 보통의 경우 루키가 이길 확률은 만에 하나라도 없다.

하지만…….

"그들이라면 할 수 있을지도 몰라요."

자기보다 격이 높은 강적들을 수없이 이겨온 레이.

비전투 직업이면서도 마리의 팔을 잘라낸 루크.

그 두 사람이라면 이길 수 있을지도 모른다.

엘리자베트를 구해줄지도 모른다.

그런 희미한 희망마저 솟구치는 것이다.

"후후…… 하지만 선배가 후배들에게 맡겨두고만 있을 수는 없으니까요."

텅 빈 회복 아이템을 내던지고 마리가 일어섰다.

"나도…… 제가 할 수 있는 일을 하도록 할까요."

그렇게 중얼거린 뒤 마리 애들러는 기데온 거리의 그늘로 사라지는 듯이 달려갔다.

□[성기사] 레이 스탈링

"윽, 뭐야?!"

나와 루크, 동행하고 있던 여자 루키 세 사람이 기데온 서문으로 이어지는 큰길을 달려가고 있을 때, 귀를 막고 싶어질 정도로 큰 파괴음이 울렸다.

그것은 가던 방향의 왼쪽…… 기데온 9번가 방향이었다.

그곳에서는 계속 악기를 연주하는 소리가 들려왔다. 이런 때 왜 연주하는 소리가 들리는 건지 신기했었는데…… 방금 전에는 굉음이 울렸다. 무슨 일이 벌어지고 있는 거지?

"프랭클린이 저기 있는 건가……?"

이대로 서문 쪽에 가야 하나, 아니면 9번가의 상황을 보러 가야 하나.

"레이 씨, 9번가에서 싸우고 있는 건 프랭클린이 아닌 모양이에요."

내가 고민에 빠지려 하자 루크가 곧바로 그렇게 말했다. 루크가 그렇게 말하는 걸 보니 뭔가 눈치챘나 싶었는데…… 아닌 모양이라는 말은 무슨 뜻이지?

"아, 이건 제가 아니라…… 저 여자 분이 말해준 정보인데요."

루크는 그렇게 말하고 한 소녀—— 따라오고 있던 세 사람 중

한 사람을 보았다.

여담이지만 나는 실버, 루크는 마릴린을 타고 있었고 나머지
세 사람은 [랜드 윙]이라는 종류의 털이 복슬복슬한 타조 같은
몬스터를 타고 있었다. 탈것으로 이용할 수 있는 몬스터 중에서
는 가장 구입하기 쉬운 부류에 든다고 한다.

루크가 바라본 그녀는 쟁반 같은 원반을 들고 우리에게 보여
주고 있었다. 거기에는 기데온 시가지에 있는 투기장 서쪽을 나
타낸 지도와 Ⅰ부터 Ⅶ까지 숫자가 제각각 배치되어 있었다.

"이건……? 음~."

그리고 보니 아직 이름도 듣지 못했지.

"카스미예요……. [소환사(서머너)]……예요. 이건…… 제 〈엠
브리오〉인…… 태극도예요……."

태극도…… 봉신연의의 그 태극도인가?

참고로 카스미 말고 다른 두 사람은 [야만전사(바바리안 파이터)]
인 이오, [마술사(메이지)]인 후지농이라는 이름인 모양이었다.

"제 태극도는…… 범위 안에 있는 〈마스터〉의 위치와 〈엠브리
오〉의 도달형태를 알 수 있어요……. 태극도에 따르면 9번가에
〈마스터〉가 두 명 있는데요. 음…… 양쪽 다 제6형태니까 그 프
랭클린이라는 사람은 아닌 것 같아요……."

그녀는 태극도를 손가락으로 가리키면서 그렇게 설명해주었다.

"……엄청나게 고마운 〈엠브리오〉네."

지금 서문 쪽으로 향하는 'Ⅶ' 표시가 있는 걸 보니 분명 이게
프랭클린일 것이다. 그녀 덕분에 길을 헤매지 않게 되었다.

"아뇨…… 저기…… 저는…… 저기…… 아까 광장에서 벌인 전투 때 아무런 도움이 되지 못해서…… 그러니까…… 죄송해요……."

"왜 사과하는데."

『어째서 사과를 하는 게냐.』

덕분에 정말 도움이 되는데.

"하으으으……."

그녀는 얼굴을 가리며 다른 여자 두 명의 뒤로 숨어버렸다. 은근히 재주가 좋은 것 같다.

"죄송하네요~! 카스미는 수줍음을 많이 타니까~! 그래도 용기를 내서 두 사람을 따라가자고 한 건 카스미거든요! 어찌 됐든 은발 미소년하고 금발 청년의 비에커헉!"

두 사람 중 이오라는 소녀가 뭔가 설명하려 하자 다른 한 사람인 후지농이 옆구리에 손등을 날려서 막았다.

어? 방금 무슨 말을 하려고 했던 거죠?

"저희 바보가 실례했습니다. 아뇨, 중앙광장에서 두 분이 싸우는 걸 보고 정말 흥미로워서 같이 가고 싶어진 마음에 따라온 것뿐이에요."

"아, 네."

후지농이 뭔가 납득할 수밖에 없는 분위기를 내뿜고 있었다.

"세 분 다 정말 사이가 좋으시네요. 예전부터 알고 지낸 사이인가요?"

루크가 묻자 후지농이 고개를 끄덕였다.

"네. 같은 고등학교 문예부예요."

그렇구나, 현실에서 알고 지내는 사이인가. 그래서 어쩐지 서로 말도 편하게 하더라니.

『내가 본 것 중에서는 서로 가장 편하게 지낸 건 레이와 곰 형님이다만.』

그야 폼으로 18년 동안 형제로 지낸 건 아니니까.

……아, 그래도 누나한테는 형처럼 편하게 말을 할 수 없지.

그 누나는……………….

『레이! 왜 그러는가?!』

헛! 한순간 의식이 저 너머로 날아갈 뻔했다…….

『전에도 잠깐 생각한 적이 있다만, 그대의 누님 쪽은 대체 어떻게 된 겐가. 안경 때와 마찬가지로 기억이 보이지 않는 부분에 있는 모양인데…….』

묻지 말아줘. 그 사람은 형보다 더 말도 안 되는 사람이니까. 장르 같은 게 여러모로 다르니까.

"뭐, 어찌 됐든 이제 헤매지 않고 서문으로 갈 수 있겠네."

이 속도라면 5분 안에 도착할 것이다.

단, 말하지 않았지만…… 내게는 두 가지 의문이 있었다.

그것은 둘 다 태극도에 뜬 지도의 정보에 관한 것이었다.

하나는 중앙 투기장. 지금은 많은 〈마스터〉가 갇혀 있는 곳.

그곳에…… 〈초급〉을 의미하는 'Ⅶ'이라는 숫자가 네 개 있었다.

그중 두 명은 피가로 씨와 신우일 것이다. 신우는 피가로 씨에게 쓰러진 상태로 고정되어 있는 모양이니 뜨지 않을지도 모른다.

하지만 그렇게 되면…… 다른 두 사람, 또는 세 사람은 대체 누굴까?

그리고 다른 의문은 지금 향하고 있는 서문 주변.

태극도에 따르면 그곳에는 수십 명의 〈마스터〉가 모여 있다.

그 내용은 'Ⅱ'부터 'Ⅵ'까지 다양하다. 아마도 태극도와 마찬가지로 레이더형 〈엠브리오〉를 지닌 〈마스터〉가 프랭클린의 목적지를 간파하고 동료들과 모여 서문에서 요격할 태세를 갖추고 있을 것이다.

든든하긴 하다. 프랭클린을 막아야 하긴 하지만 척 보기에도 전력이 부족하다는 건 분명하니까.

그렇다, 그래서 정말 든든하다.

──그렇게 서문의 〈마스터〉를 나타내고 있는 표시가 꿈쩍도 하지 않는다는 점을 제외하면.

서문 주변에 있는 〈마스터〉는 마치 정지된 화면처럼 움직이지 않았다.

정확히는 가장 문에 가까운 곳에 있는 'Ⅲ'이라는 〈마스터〉만 조금씩 움직이고 있었다.

그 표시를 보고 나는…… 왠지 기분 나쁜 위화감이 들었다.

◆ ◆ ◆

■결투도시 기데온 서문 주변

레이가 태극도를 확인하기 몇 분 전.

서문에는 왕국의 〈마스터〉들이 약 스무 명 정도 도착했다.

그들은 모두 다 투기장 바깥에 있던 〈마스터〉들이었다. 그리고 클럽인 벨도르벨과 마주치지도 않고 이곳까지 도착한 사람이었다.

"이쪽이 맞지?"

"그래, 역시 프랭클린은 서문을 지나 탈출하려는 모양이야!"

그들은 직업, 또는 〈엠브리오〉의 스킬로 프랭클린의 목적지를 예상하고 잠복하기 위해 먼저 와 있었다.

그 판단은 옳았고, 5분 정도 지나면 프랭클린이 서문에 도착할 예정이었다.

그들은 그런 그를 요격할 계획을 짜고 있었는데…….

"……저건, 뭐야?"

그들의 눈에 기묘한 입간판이 들어왔다. 길 한가운데에 부자연스럽게 서 있었다.

이 대륙의 공용어로 적혀 있었고 〈마스터〉들의 눈에 자동 번역된 내용은.

——『이 너머로 〈마스터〉의 통행을 금지함』이라는 내용이었다.

"수수께끼 같은 건가? 이게 대체…….."

"잠깐! 건너편에 뭔가가 있어!"

간판을 조사하려던 〈마스터〉를 동료가 말리고 간판 건너편을 손가락으로 가리켰다.

간판 건너편에는…… 서문으로 이어지는 길을 가로막는 듯이 거대한 그림자가 하나 서 있었다.

그 거대한 그림자의 이름은 [마셜Ⅱ]…… 아니, [마셜Ⅱ 개량형].

〈예지의 삼각〉이 제조한 인간형 기동병기이자 어떤 사람을 위해 튜닝된 기체.

"저건 드라이프의 〈마징기어〉인데, 정식채용기나 카르디나에 유출된 것과는 형태가 좀 다르네. 아마 〈예지의 삼각〉 쪽 부하일 거야. 거리에서 날뛰고 있는 PK와는 다른 세력이겠지."

"그렇군, 저 녀석은 프랭클린의 퇴로를 확보하는 역할을 맡고 있는 건가."

"일반적인 [마셜Ⅱ]보다 스테이터스가 높아. 그것도 아룡의 두 배 정도로."

"그렇다면 우리들은 충분히 해볼 만하겠군."

〈마스터〉들은 《간파》와 《감정안》을 이용해 기체의 성능을 파악했다.

하지만 그 방법에도 단점이 있었다. [마셜Ⅱ 개량형]에 타고 있는 파일럿의 스테이터스나 스킬은 《간파》할 수 없다는 것이다.

하지만 문제는 없다. 숫자, 전력도 그들이 훨씬 앞서 있으니까.

"〈엠브리오〉를 쓴다 하더라도 우리가 숫자는 훨씬 많아. 지지는 않겠지."

"하하! 탈출구에서 잠복하고 있다가 프랭클린을 울상으로 만들어주자고!"

"'이 너머로 〈마스터〉의 통행을 금지함'…… 훗, 지나가도록 하지!"

그리고 〈마스터〉들은 입간판을 지나쳐 [마셜Ⅱ 개량형]을 공격하기 시작했다.

──마치 그것을 기다리고 있었다는 듯이 [마셜Ⅱ 개량형]의 파일럿이 입을 열었다.

『큐코──《지옥문》.』

『라져..』

그 순간, [마셜Ⅱ 개량형]의 온몸이 얼음 장갑으로 감싸였고── 주위의 광경이 완전히 변했다.

반경 200메텔, 입간판으로부터 서문까지 이어지는 공간이── 얼어붙었다.

그것은 〈마스터〉도 예외가 아니었다.

『《지옥문》, 상대방은 죽는다..』

얼음으로 감싸인 [마셜Ⅱ 개량형]에서 소녀의 목소리로 그런 목소리가 흘러나왔지만 틀린 말이었다.

아무도 죽지는 않았다.

──전부 다 [동결]된 것뿐이다.

"어? 잠깐, 전멸, 어?"

"······〈엠브리오〉의 스킬인가!"

아니, 두 사람이 남아 있었다.

『'100 미만'이었나. 하지만 문제는 없지.』

그들을 제외한 〈마스터〉들이 동결되고 나서 13초가 지난 뒤.

남아 있던 사람 중 한 사람의 하반신이 [동결]되었다.

"이게 뭐야?!"

"이봐, 괜찮아?"

하지만 다른 한 사람은 아직 얼지 않았다.

『**숫자가 적어**. 아마, 지원 직업.』

『[사교] 같은 건가. 그렇다면······ 어쩔 수 없지.』

그런 이야기를 나눈 뒤, [마셜Ⅱ 개량형]은 왼손으로 들고 있던 총기── [LRW03 휴지 그레네이더]를 겨누고 두 사람을 향해 연속으로 발사했다.

충격이 울렸고 폭염이 착탄지점 주위를 휩쓸었다.

폭연이 걷히자 데스 페널티를 받게 된 두 사람의 모습은 그곳에 존재하지 않았다.

그리고 휘말린 주위의 얼음조각들이 부서져 빛의 먼지로 돌아가고 있었다.

그 이외에도 얼음 조각들이 몇 개 먼지로 변했다.

자해── 강제 데스 페널티를 실행한 모양이다. 상대방의 경험치가 되는 것이나 [동결]된 상태에서 《절도》를 당해 아이템을 빼앗기는 것을 경계한 것이다.

하지만 파일럿은 일부러 부술 생각도, 아이템을 빼앗을 생각도 없었지만.

『후우…….』

파일럿은 콕핏 안에서 한숨을 내쉬었다.

일방적인 유린극이었지만 파일럿은 십중팔구 이렇게 될 거라는 것을 알고 있었다.

이렇게 되기 때문에 파일럿은 이곳에 배치되었다.

이 도시를 거점으로 삼고 있는 사람들에게 파일럿과 그 〈엠브리오〉는 천적이니까.

"꽤나 강력한 냉기로군. ——하지만 내게는 통하지 않는다."

동결공간에 그 전까지는 들리지 않았던 목소리가 울렸고, 입간판 건너편에 새로 나타난 사람이 서 있었다.

온몸에 불꽃을 휘감고 있어 척 보기에는 사람인지 어떤지도 불확실한 실루엣.

솟구친 붉은 머리카락과 불타오르는 몸은 기데온에서 널리 알려져 있었다.

"복잡한 조건을 달성함으로써 위력을 높이는 부류의 〈엠브리오〉인가. 하지만! 내 수르트는 왕국 최강의 화속성 〈엠브리오〉다! 어떠한 냉기라 해도 얼어붙지 않아."

그야말로 이 알터 왕국의 결투 랭킹 제7위. 그 이름은…….

"내 이름은 '염노'의 비슈마르! 내 불꽃, 얼릴 수 있다면 얼려봐라!"

비슈마르는 온몸에서 물질화된 불꽃을 마치 화산이 분화하는 것처럼 뿜어내며 [마셜 II 개량형] 쪽으로 돌격했다. 그것에는 한눈에 알아볼 수 있을 정도로 막대한 열량과 위력이 담겨져 있었다.

'염노'의 비슈마르는 그 일격의 파괴력만 따지면 상위 랭커들보다 뛰어나다는 평가를 받는 남자다. 그의 불꽃이라면 일격에 얼음 장갑도, [마셜Ⅱ 개량형]도, 내부에 있는 파일럿까지도 태우고 녹일 수 있을 것이다.

하지만 애초에……

『──당신은 지나갈 수 없어.』

왕국 최강의 불꽃을 두른 남자는── 불꽃을 두른 채 [동결]되어 있었다.

자신의 승리를 의심하지 않는 표정을 지은 채 얼어붙었다.

『내 《지옥문》에, 열량은 상관이 없는데?』

[마셜Ⅱ 개량형]을 뒤덮고 있는 얼음 장갑──큐코는 얼음조각을 보며 그렇게 말했다.

『……기데온의 〈마스터〉는 강하지. 나보다 훨씬 강하고 대인전 경험도 풍부한 베테랑 투성이야. **그렇기 때문에**…… 당신들은 나를 이길 수 없어. 절대로.』

얼음조각에 둘러싸인 채 파일럿──유고는 고개를 저었다.

그렇다. 기데온의 서문을 봉쇄하고 있는 자의 이름은 유고 레셉스.

고즈메이즈 산적단 사건 때 레이와 함께 싸웠던 〈마스터〉이자, 이 게임판에서 '하트'라는 코드로 불리는 〈마스터〉였다.

◆

　[절영] 마리 애들러와 [주악왕] 벨도르벨의 싸움에 결판이 난 것과 같은 시각.

　프랭클린은 다시 유괴한 엘리자베트를 데리고 서문으로 향하고 있었다.

　[나이트 라운지]는 마리가 습격했을 때 입은 부상으로 인해 죽을 뻔했지만 아직 겨우 비행이 가능한 상태였다. 의식을 잃은 엘리자베트도 그 등에 누워 있었다.

　"…………벨도르벨이 탈락했네."

　프랭클린의 단말기 지도에서 벨도르벨을 나타내는 클럽 마크가 사라진 상태였다.

　그 근처에 있던 푸른 광점도 사라졌는데 벨도르벨과 동귀어진 한 건지, 기습했을 때처럼 스킬로 숨어 있을 뿐인지, 프랭클린은 알아볼 수가 없었다.

　"…………흐음."

　프랭클린은 자신의 왼손으로 주먹을 쥐고, 폈다. ……그 동작이 꽤나 느렸다.

　"마비독인가, [쾌유 만능 영약]을 썼는데도 이 정도라니 얼마나 강력한……."

　그는 프랭클린의 목을 벤 그 단검이 아마 마비독에 특화된 특전 무구일 거라고 추측했다.

　그 추측은 맞았다. [비봉검 벨스펀]은 지효성 마비독에 특화된 일화급 무구였다.

"하지만 딱히 내 몸이 손가락 하나 움직일 수 없다 해도 큰 문제는 아니지."

프랭클린에게 〈초급 킬러〉가 입힌 손해는 [나이트 라운지]의 대미지와 벨도르벨의 이탈뿐이었다.

그리고 벨도르벨의 힘을 알고 있기에 그가 그냥 탈락했을 거라고 생각하지는 않았다.

"〈초급 킬러〉에게 나와 싸울 힘은 남아 있지 않다고 봐야 하나? 아무리 그래도 그 정도 예외는 이제 없을 것 같은데…… 〈초급〉 클래스 한두 명은 더 있을 거라 봐야 하나. 그리고……."

〈초급〉 클래스 말고도 예외는 더 있다.

시간이 지나가 중앙광장에서 벌어진 전투의 상세 정보도 프랭클린에게 들어왔다.

루키의 배신과 타도.

이동 중에 그 정보를 자세히 살펴보던 중, 특히 루키 두 명의 활약이 눈에 띄었다.

물론 종합적인 힘만 보면 아직 거리에 어느 정도 남아 있을 상급 〈마스터〉보다 떨어진다.

하지만 이런 녀석들은 방심할 수 없다는 것을 프랭클린은 이해하고 있었다.

게다가 두 루키 중 한 사람은 프랭클린도 잘 알고 있으니까.

"이럴 줄 알았다면 복수할 때 반쯤 재미삼아 강아지 귀를 달아줄 게 아니라 즉사하는 독이라도 먹일 걸 그랬네."

바로 어제 있었던 일이다. '이상한 펭귄 때문에 독을 먹고 데스 페널티를 받았다'라는 글이 인터넷에 올라오면 계획을 실행하기 전에 지장이 생길지도 모른다. 프랭클린은 그렇게 생각하고 잠난, 정보수집만 하고 말았는데…… 그게 문제였다.

그때 해치웠다면…… 프랭클린은 흐름이 어느 정도 달라졌을지도 모르겠다고 생각했다. 만약 그랬다면 〈초급 킬러〉가 나서지 않았을지도 모르겠다고 생각했지만, 아무리 그래도 그건 망상이라며 생각을 접었다.

"〈구 과수원〉 때도 그렇고, 정말 걸리적거리네…… 이제 상관없지만."

프랭클린은 씨익 웃었다.

"데이터는 모였다. [RSK]는 이미 완성되었어. 지금이라면 오히려 직접 박살 내는 것이 후련해지려나. '카메라'도 준비해야지."

그러던 동안 [나이트 라운지]는 서문에 도착했고…… 추락했다.

죽어가면서도 계속 날고 있었으니 그럴 만도 했다. [나이트 라운지]는 주얼로 돌아가지도 못하고 그대로 그곳에서 숨이 끊어져 입자로 변했다.

"7,000만 릴이나 든 몬스터지만 어쩔 수 없지. 다음에는 강도를 올려볼까."

프랭클린은 마비되지 않은 오른팔로 엘리자베트를 안고 서문으로 걸어갔다.

그러자 곧바로 『이 너머로 〈마스터〉의 통행을 금지함』이라는 입간판이 눈에 들어왔다.

"……일본의 옛날이야기? 수수께끼였나? 이런 게 있었지. 정겹네."

프랭클린은 입간판을 살짝 피해서 걸어가며 그 너머에 있던 서문을 보았다.

서문에는 마치 지옥의 문지기처럼 기계병 한 대가 서 있었다.

아니, 실제로 지옥의 문지기인지도 모른다. 문 주위에는 빙결지옥을 연상케 하는 싸늘한 경치가 펼쳐져 있었고, 〈마스터〉들의 말로인 수많은 얼음조각이 세워져 있었으니까.

"장관이네, 장관이야."

프랭클린은 재미있다는 듯이 빙결지옥을 걸어갔다.

프랭클린이 이 지옥에 늘어서 있는 얼음조각처럼 얼어붙을 것 같은 낌새는 보이지 않았다.

냉기조차 느끼지 않았고, 프랭클린이 안고 있는 엘리자베트도 마찬가지였다.

"아, 이거 결투 랭킹 7위인 비슈마르잖아."

프랭클린은 세차게 불타오르는 불꽃을 몸에 두른 채 얼어붙은 남자를 발견했다.

"에잇."

프랭클린은 걸리적거린다는 듯이 얼음조각을 걷어찼다.

비슈마르의 얼음조각은 아무런 저항도 없이 쓰러졌고, 부서져 빛의 입자로 변해 흩어졌다.

너무나도 허무했다.

"얼렸으면 그대로 부수지 그랬어?"

프랭클린은 문앞에 선 [마셜Ⅱ 개량형]…… 유고에게 말을 걸었다.

『……탄약을 절약해두고 싶었으니까요. 그리고 움직여서 부수게 되면 MP를 소비하게 돼요. 지금은 최대한 오랫동안 《지옥문》을 전개해야 하잖아요?』

그 대답을 듣고 프랭클린은 '경험치 정도는 벌어두지', 속으로 그렇게 생각했다.

"그런데 지금 설정은?"

『〈예지의 삼각〉에 소속되지 않은 마스터만요. 그 이외는 대상으로 보지 않아요. 이곳에 있는 〈마스터〉들이 오기 전에 티안 근위기사단이 지나갔고…… 바깥에서 기다리고 있어요.』

"오호, 근위기사단이. 그쪽은 덤비지 않았어?"

『입간판을 준비했고, 저도, 〈마스터〉가 아닌 사람과 싸울 생각이 없다고 말했으니까요.』

"그러는 게 나을지도 모르지. 전쟁 때 말고 티안에게 손을 대면 지명수배를 당하게 되니까. 나는 이미 당했지만 말이야."

〈마스터〉와 〈마스터〉사이의 싸움은 일절 죄를 묻지 않는다는 것이 상식이다. 〈마스터〉의 교통을 제한하고 PK를 거듭한다 해도 죄를 묻는 일은 없다.

"그런데 근위기사단이 기다리고 있다면 특기인 야전으로 나와 싸울 셈인가?"

『어떻게 하실 건가요?』

"됐어. 어차피 이 나라의 티안은 이제 별 볼 일 없으니까."

저번 전쟁 때 나라에 소속된 초급 직업 티안은 드라이프가 전부 쓰러뜨렸다.

프랭클린은 상급 직업 정도라면 큰 장애물이 되지 않는다고 판단했다.

"아, 그렇지. 내가 지나간 뒤에 그 설정을 좀 바꿔둬."

『어떻게요?』

"레이 스탈링도 통과시켜도 돼."

『…………레이 스탈링.』

"그래, 레이 스탈링. 그 금발에 강아지 귀…… 아니, 강아지 귀는 이제 없지. 유도 잘 알고 있는 그는 이곳을 통과해도 돼."

『……어째서요?』

유고가 그렇게 묻자 프랭클린은 악마 같은 미소를 지으면서.

"내가 상대할 거니까, 당연하잖아?"

그렇게 선언했다.

"아무래도 이상한 인연이 있는 애인 것 같으니까 박살 내서 인연을 끊을 거야. 몬스터 준비도 되어 있어."

『……! 설마 [MGD]를?』

그렇게 물은 유고의 목소리에는…… 공포가 섞여 있었다.

설마 [MGD]—— 프랭클린이 〈초급〉과 결전을 벌일 용도로 개발하고 있는 최강의 생물병기를 사용할 셈인가, 그렇게 생각하자 목소리가 떨렸다.

"하하하, 좋네. 그거라면 도시를 통째로…… 아니, **나라를 통째로**없앨 수 있지. 하지만 안타깝지만 이번에는 아니야. 아직 완성이 되지 않았으니까."

프랭클린은 유쾌하게 웃고 말을 덧붙였다.

"그걸 내보내는 건 왕국 다음, 카르디나나 레젠더리아를 상대로 한 전쟁이겠지. 애초에 이번 계획이 실패하면 왕국하고도 정면으로 붙을 테니까…… 왕국을 상대로 [MGD]를 쓰게 될 테고."

『…………』

프랭클린은 엘리자베트를 안고 [마셜Ⅱ 개량형]옆을 지나며 그 얼음 장갑의 표면을 손등으로 살짝 두드렸다.

"그러니까 그가 오면 통과시키고―― 나머지는 전부 저기 있는 녀석들하고 똑같이 만들어."

『……알았어.』

그렇게 프랭클린과 유고의 대화가 끝나자 프랭클린은 문을 나서려 했다.

하지만 유고는 문을 나서려 하는 프랭클린을 돌아보고 말했다.

『언.』

"유. 이쪽에서는 오너라고 불러. 말투도 거의 돌아왔고."

하지만 그 말은 다 하기도 전에 프랭클린에게 제지당했다.

『……네, 오너.』

"그런데 왜?"

『바깥에 있는 근위기사단을 어떻게 하실 생각이세요?』

"네가 신경 쓸 문제는 아니야."

프랭클린은 그렇게 말하고 문을 나갔다.

유고는 그 모습을 그저 바라보기만 했다.

"어라, 어라."

문을 나선 프랭클린을 기다리고 있던 것은 서쪽 필드인 〈잔드초원〉.

그리고 50이 넘는 기병이었다.

"이것도 장관이네."

그들은 모두 [성기사]였다. 엘리자베트의 호위를 맡은 알터 왕국 근위기사단이며 지금은 모두가 프랭클린에게 강한 분노를 드러내고 있었다.

그리고 근위기사단 진형의 선두에 있던 기사—— 알터 왕국 근위기사단 부단장 릴리아나 그란드리아가 프랭클린에게 물었다.

"당신이 프랭클린이죠."

"누군가가 다른 사람으로 착각한 적은 별로 없지."

"엘리자베트 전하를 돌려주셔야겠어요."

"그건 곤란해. 제2왕녀는 없어도 딱히 문제는 없지만 있는 게 더 나으니까."

프랭클린이 그렇게 말하고 웃자, 근위기사단 쪽에서 더욱 강한 분노가 솟구쳤다.

"그렇다면 힘을 쓰게 되겠네요."

"음~? 이쪽에는 왕녀님이 있는데 공격할 수 있어?"

"안심하시길. 저희 근위기사단은 결코 왕족을 상처 입힐 수 없게끔 제약의 마술이 걸려 있으니까요. 전하께서 다치진 않으실 겁니다."

"아, 프렌들리 파이어가 없구나. 좀 부럽네."

"하지만 전하에게 칼날을 겨누는 건 매우 괴로우니 놓아주시면 감사하겠습니다."

"아하하, 싫어."

프랭클린이 메롱, 혀를 내민 직후.

"──《그랜드 크로스》."

──십자 모양으로 빛나는 빛의 격류가 프랭클린의 발치에서 뿜어져 나왔다.

[성기사] 오의, 《그랜드 크로스》. 성속성 빛의 십자 기둥을 상대방의 발치에서 솟구치게 하여 상급 직업 중에서도 손꼽히는 위력으로 격멸시키는 스킬.

엘리자베트를 오른팔로 안고 있던 프랭클린의 몸통 왼쪽 절반을 빛의 격류가 불태웠다.

프랭클린은 기습적으로 사용한 오의로 인해 쓰러지려다……버티고 섰다.

"위험하네, 진짜."

프랭클린이 자신의 가슴팍을 힐끔 보자 그곳에는 [구명의 브로치]가 있었다.

하지만 방금 그 일격으로 인해 부서져버렸다. 죽음에 이르는 일격을 무효화시키는 이 아이템이 발동된 것을 보니 《라이프 링크》에 사용하고 있던 몬스터가 죽은 것 같다는 사실을 깨달았다.

방금 그 《그랜드 크로스》의 위력도 그렇지만 좀 전에 〈초급 킬러〉가 기습했을 때 받은 대미지가 생각한 것보다 막대했던 모양이다.

"오늘은 돈이 꽤 많이 깨지네……."

프랭클린이 그렇게 중얼거리는 동안에도 근위기사단은 일제히 공격을 감행했다.

아무리 〈초급〉인 프랭클린이라 해도 스테이터스는 허약하다.

50명이 넘는 상급 전투 직업의 공격을 맞으면 그 HP는 쉽사리 사라진다.

하지만 그것은.

"아니. 그하고 붙기 전에 마침 딱 좋은 테스트 상대가 왔으니 그걸로 쌤쌤이라고 치자."

프랭클린이 아무것도 하지 않는다면 말이지만.

"《환기—— [RSK].》

——프랭클린은 몬스터 한 마리를 불러냈다.

□■유리 고티에

이것은 나, 유리 고티에의 과거와 현재의 이야기.

나는 프랑스 남부, 이른바 상류로 분류되는 가정에서 태어났다.

아버지는 자기 대에서 막대한 부를 쌓아올린 자산가.

어머니는 전 무대 여배우였고, 자식인 내가 보기에도 자상하며 아름다웠다.

그리고 재색을 겸비한데다 나이 차이가 많이 나는 내게도 따뜻하게 대해주는 자랑스러운 언니.

그것이 내 가족이었고, 바깥에서 보는 대다수의 사람들은 축복받은 환경이라 생각했을 것이다.

하지만 안쪽에서 보는 내게는 다른 것이 보였다.

아버지는 장사의 재능을 가지고 있긴 했지만 욕심이 많았고 거만한데다 어머니를 거칠게 대했다.

어머니는 그런 남편을 참아내며 아이들에게는 애써 힘든 기색을 보이지 않았다.

언니도 내 앞에서는 항상 자상했지만 무언가를 고민하고 있는 것 같았다.

나는 기억하고 있다.

가끔씩 어머니를 따라서 결혼하기 전에 어머니가 활약했다는 극장으로 무대를 보러 갔던 것을.

무대 위의 연극을 보는 어머니의 눈이 즐겁거나 예전 일을 정겨워하기보다는…… 왠지 후회하고 있다는 것을.

나는 기억하고 있다.

언니가 자기 방에서 장래 문제로 인해 고민하고 있었던 것을.

나는 생활하는데 아무런 불편함도 없었다.

어머니와 언니는 물론, 아버지도 내게는 자상했다.

내게 세계는 자상했다.

하지만 나 말고…… 어머니와 언니를 둘러싸고 있는 세계는 점점 나빠지고 있는 것 같았다.

철이 들고 나서 그런 생활이 몇 년 이어졌고…… 부모님은 이혼했다.

그 이유는 언니의 증발이었다.

직접 써서 남긴 편지에 이별한다는 내용이 적혀 있었던 모양이었다. 나는 그 편지를 읽지 않았지만 사건이 아니라 언니가 스스로 생각해서 집을 떠났다는 사실은 명백했다.

나는 이유를 알고 있었기에 슬프다는 느낌은 들었지만 이상하다고 생각하지는 않았다.

몇 년 전까지 언니는 외할아버지에게서 미술을 배우고 있었다.

계기는 언니가 기르던 뒤랑…… 애완동물인 이구아나가 죽었을 때.

슬퍼하던 우리들에게 외할아버지가 뒤랑과 똑같이 생긴 석고조각을 만들어준 것이 계기였다.

외할아버지는 유명한 예술가라는 평가를 받을 정도로 솜씨가 뛰어나진 않았지만, 언니는 석고로 만든 동물 조각을 매우 마음에 들어 했다.

그렇게 외할아버지에게 배우면서, 언니는 혼자서도 석고조각을 만들곤 했다.

외할아버지가 돌아가신 뒤에도 언니는 석고조각으로 동물을 계속 만들었다.

언니가 증발하기 전날, 언니가 만든 석고조각이 전부 부서져 있었다.

그것뿐만이 아니라 외할아버지가 남긴 것도 전부 부서졌다.

범인은 아버지였다. 언니가 만든 석고조각을 부수면서 '너는 언제까지 이런 걸 계속하는 거야', '너는 이미 시집보낼 곳이 정해져 있어', '석고 냄새가 나면 상대방이 싫어할 거다', 아버지는 그렇게 계속 매도했다.

부서진 조각 앞에서 언니는 매우 싸늘한 눈초리로 아버지를 바라보았고, 편지 한 장을 남기고 나갔다.

아버지는 매우 화가 났고, 어머니도 쌓여 있던 울분을 드러내며 서로 너 때문에 언니가 증발했다며 말싸움을 벌였다.

아버지 말로는 '영감의 심심풀이에 어울리며 이상한 취미를 배웠기 때문이다'라고 했다.

어머니 말로는 '당신이 그 아이의 마음을 전혀 알아주지 못했기 때문이다'라고 했다.

그렇게 당연하다는 듯이 두 사람은 이혼했다.

나는 어머니가 데려가게 되었고, 그 뒤로는 다른 지방에서 살게 되었다.

그렇게 어린 시절을 보내며 나는 어떤 생각을 했다.

——내가 지킬 수 있었다면.

어머니를, 그리고 언니를. 내가 그녀들을 괴롭히는 것에서 지킬 수 있었다면 이런 결말에 이르지 않았을 텐데, 어린 마음에 그렇게 생각했다.

마치 어머니를 따라가서 봤던 연극에 등장하는 귀공자처럼, 기사처럼, 그녀들을 지킬 수 있는 남자였다면, 그렇게 간절히 생각했다.

하지만 그것은 **결코 이룰 수 없는 소원**이라는 것을…… 나 자신이 그 시점에서 이해하고 있었고, 그 때문에 답답했다.

◆

부모님이 이혼한 뒤로 몇 년 뒤…… 내 소원은 어떤 것을 통해 이루어지게 되었다.

그것은 게임. 〈Infinite Dendrogram〉이라는 이름의 게임.

신세계와 자신만의 가능성을 제공한다며 선전한 게임 속에서

나(유리)는…… '내(유고)'가 되었다.

나는 〈Infinite Dendrogram〉의 세계에서 드라이프 황국의 [고위조종사(하이 드라이버)] 유고 레셉스가 되었다.

유고는 키가 크고 행동도 귀공자 같다.

그렇게 보이게끔 연극 등으로 공부했기에 분위기 같은 건 노력의 산물이라 할 수 있을까.

아니면 무대 여배우였던 어머니에게서 조금이나마 재능을 이어받은 걸까.

내가 유고에게서 추구했던 것은 어린 시절에 품었던 내 소원의 실현.

여성을 지키는 기사가 되는 것.

그리고 힘없는 여성을 괴롭히는 비극을 타도하는 것.

아름다운 꽃의 가시가 되는 자…… 내가 유고에게서 추구하고 연기하는 것은 그런 인물이다.

여성의 비극을 구원하는 기사가 없으니 나 자신이 기사가 된다.

그것은 어떤 의미로 비뚤어진 소원이었는지도 모른다.

하지만 나는 〈Infinite Dendrogram〉에 들어와서 한 달 동안…… 〈Infinite Dendrogram〉의 시간으로는 세 달 동안 자신에게 그런 임무를 부여하고…… 계속 연기해왔다.

하지만 이번 계획만큼은 내가 유고에게 부여한 역할을 포기할 수밖에 없었다.

〈예지의 삼각〉과 드라이프 황국의 재상파가 공모하여 벌인 것이 이번 계획이다.

계획은 기데온이라는 도시 하나를 휘말리게 할 정도로 큰 규모다. 무고한 백성들에게 비극을 흩뿌리고 왕녀를 유괴하는 것까지 계획에 포함되어 있었다.

원래대로라면…… 내 이념을 형태로 만든 유고라면 클랜을 나오게 되더라도 이 계획에 참가하지 않았겠지만…… 내게는 계획에 참가해야 할 이유가 두 가지 있었다.

첫 번째로는 이 계획을 실행하는 쪽이 장기적으로는 피해가 훨씬 더 적기 때문이다. 이 계획으로 왕국을 굴복시키면 더 이상 피를 흘리는 일 없이 황국과 왕국의 전쟁이 끝난다.

반대로 말하자면 이 계획으로 끝나지 않는다면, 다음에는 피로 피를 씻는 전쟁이 다시 시작된다.

특히 황국의 절반은 그것을 원하고 있으니까.

황국에는 두…… 정확히는 세 파벌이 있다.

그것은 재상파와 원수파, 그리고 황왕파.

내정을 담당하고 있는 비고마 재상이 이끌고 있는 재상파는 저번 전쟁 때 들어간 비용으로 인해 저하된 국력 때문에 고민하고 있었다.

저번에는 황국의 재산을 〈마스터〉에게 잔뜩 뿌리며 대다수를 아군으로 끌어들여 압승했지만, 황국의 재정에도 매우 큰 상처를 입었다. 저번 전쟁 때 결국 왕국을 함락시키지 못했기에 수지를 따지면 완전히 마이너스였다.

그리고 한 번 올려버린 보수 허들은 내릴 수 없다. 내리면 저번 전쟁 때 왕국처럼 〈마스터〉들의 반감을 사서 참전하는 사람이 대폭 줄어들 거라 예상되기 때문이다.

그렇다고 해서 같은 양의 보수를 마련할 수 있는 것은 한 번이한도. 그 한 번에 이긴다 해도 황국의 재정에는 구멍이 뚫린다.

그렇기 때문에 재상파는 전쟁이 다시 시작되기 전에 결판을 내기 위해 이번 계획을 세웠다.

〈예지의 삼각〉도 스폰서인 황국의 재정이 파탄 나는 것을 피하기 위해 오히려 중심이 되어 계획에 협력하고 있다.

그에 비해 군부를 맡고 있는 바르바로스 원수가 이끄는 원수파의 견해는 다르다.

전쟁은 왕국 한 나라를 함락시키면 끝나는 것이 아니라 나중에는 레젠더리아나 카르디나 같은 나라와 연달아 전쟁을 벌이는 것도 충분히 예측할 수 있다, 아니 그렇게 되는 것이 거의 확정적이었다. 그렇기 때문에 지금 황국의 강대함과 군사력, 그리고 〈마스터〉에게 주는 많은 보상으로 어필한다.

그리고 이후에 있을 전쟁을 대비하여 〈마스터〉를 유치하고 전력을 확대시키며 카르디나를 필두로 한 다른 나라를 견제해야 한다는 것이 원수파의 견해다.

드는 비용은 함락시킨 왕국의 국고에서 보충하면 된다는 전략이다.

그 생각에 동조하는 것은 악마군단의 우두머리인 [마장군] 로건 고드하르트. 보다 자신의 힘을 뽐낼 수 있는 싸움을 원하는 인물이었기에 목적보다 수단을 마음에 들어 하며 원수에게 맞장구를 치고 있다.

이 두 가지 생각이 현재 황국을 둘로 쪼개고 있다.

제3의 파벌로써 황왕이 이끄는 황왕파가 드라이프의 앞날을 결정할 정치방향에 대해 아무런 참견을 하지 않는다는 사실 또한, 양 진영의 파벌싸움이 겉으로 드러나는 것과 극단적으로 변하는 것을 가속시키고 있었다.

오너가 말했다. '황왕은 재상파와 원수파, 어느 쪽 방침이라도 상관없다'고. '황왕이 중시하고 있는 것은 과정도, 결과도 아니라—— **목적**이니까'라고.

그 말이 무슨 뜻인지는 이해가 되지 않았지만 양쪽 파벌이 교섭한 결과, 어떤 결정이 내려졌다.

재상파가 진행하는 계획으로 왕국을 병합할 수 있다면 그걸로 끝.

계획이 실패하여 전쟁상태가 계속된다면 원수파가 전권을 쥐고 침공을 다시 시작한다.

원수파의 침공안이 결정될 경우, 틀림없이 두 나라의 피해는 커지게 된다.

황국이 이기더라도 왕국의 군대나 〈마스터〉를 해치우기만 하고 끝나지 않을 가능성이 높다.

오히려 왕국이 이번 작전보다 큰 희생을 치를 가능성도 있었다.

그렇기 때문에 나는 지금 일어난 비극과 나중에 일어날 큰 비극, 둘 중 하나를 선택해야만 했다.

그리고 나는 지금 일어난 비극을 선택했다.

어찌 됐든 내가 참가하지 않더라도 계획은 실행된다. 그렇다면 내가 참가함으로써 조금이나마 계획의 성공 확률을 높이고 이번 한 번에 끝내는 것을 원했다.

그것이 계획에 참가한 첫 번째 이유.

두 번째 이유는 매우 개인적인 것이다.

첫 번째 이유가 유고의 역할로 인한 이유라면 두 번째 이유는 내 이유다.

그것은 계획의 입안자이자 실행자인 그 사람…… 이 〈Infinite Dendrogram〉에서는 Mr. 프랭클린이라 불리는 그 사람을 내가 매우 잘 따르고 있기 때문이다.

나를 〈Infinite Dendrogram〉에 초대한 것은 그 사람이었고, 바로 자신의 클랜에 맞이하여 여러모로 도와준 것도 그 사람이다.

무엇보다, 그 이전에 이유가 있었다.

그 사람을 돕고 싶다. 다시 그 사람과 함께 지내고 싶다.

나 자신의 마음이 계획의 수행자로서 이 땅에 서 있는 이유의 절반이다.

하지만 그것은 의무감 절반, 이기심 절반으로 이 비극을 일으키고 있는 것이나 마찬가지다. 그로 인해 나는 매우 고민했다.

그때, 그 사람은 이번 계획에서 내게 어떤 약속을 해주었다.

──PK나 몬스터가 노리는 것은 어디까지나 〈마스터〉뿐.

몬스터 자체는 원래 〈마스터〉만 노리게끔 그 사람이 만든 것이다.

PK들도 지명수배를 피하기 위해 티안을 노리지는 않을 것이다, 그 사람은 그렇게 말했다.

계획을 진행할 때 티안의 목숨이 위험해지는 사태는 최대한 줄이겠다, 내게 그렇게 약속해주었다.

그 사람에게는 티안의 피해 같은 게 어찌 되든 상관없을 것이다.

하지만 내 심정을 헤아려주고 약속해주었다.

그래서 나는 그것을 믿고 스스로도 계획을 달성하기 위해 온 힘을 다하기로 결심했다.

큰 비극을 피하기 위해.

그 사람과 함께 지내기 위해, 그리고 그 사람의 신뢰를 위해서.

나는──, '얼음과 장미의 기사' 유고 레셉스는 비극을 일으키는 쪽에 섰다.

◆

계획 실행 당일. 중앙 투기장에서 벌어진 [초투사] 피가로와 [시해선] 신우의 싸움에 결판이 나자 계획은 실행 단계로 넘어갔다.

기데온 거리에서 PK들이 〈마스터〉를 사냥했고, 일부 해방된 몬스터도 〈마스터〉를 공격하며 도시를 파괴했다.

나는 그 소동을 의식하지 않으려는 듯이 계획 실행 전에 그 사람이 새롭게 제공해준 [마셜Ⅱ 개량형] 시트에 앉아 눈을 감고 있었다.

계획이 발동된 뒤 10분 정도가 지났고, 내 귀에 수많은 말이 돌바닥을 달려오는 소리가 들렸다.

"저건, 황국의 〈마징기어〉!"

"전하를 구출하는 걸 방해하려는 프랭클린의 수하인가!"

그들과는 아직 거리가 떨어져 있지만 무슨 말을 하는지는 [마셜Ⅱ 개량형]의 장비 스킬인 《집음》을 통해 파악할 수 있다.

모니터 카메라 너머로 보니 그것은 근위기사단 [성기사]들이었다.

근위기사단에 소속되어 있는 것은 모두 〈마스터〉가 아닌 이 세계의 인간.

그렇기 때문에 내 상대는 아니다.

나는 [마셜Ⅱ 개량형]의 팔을 움직여 계획이 시작된 직후에 세워두었던 간판을 손가락으로 가리켰다.

"'이 너머로 〈마스터〉의 통행을 금지함'…… 그렇다면 저희들은 지나가도 상관없는 거죠?"

간판을 읽고 그렇게 물은 것은 눈에 잘 띄는 순백의 갑옷을 입은 여자였다.

내가 사전에 그 사람에게 받은 자료에 따르면 그 여자의 이름은 근위기사단의 부단장을 맡고 있는 릴리아나 그란드리아였다.

그리고 어제, 고즈메이즈 산적단에게서 구출한 아이들을 태운 마차로 기데온으로 달려갔을 때 사정을 설명했던 사람이기도 하다.

『………….』

그녀의 질문에 [마셜Ⅱ 개량형]의 고개를 끄덕이게 하고 문 앞에서 물러남으로써 대답했다.

"알겠습니다. 그렇다면 우리들은 이대로 문을 지나 〈잔드 초원〉에서 프랭클린을 요격합니다."

"그란드리아 경! 저 〈마징기어〉를 방치해도 되는 겁니까!"

"지금 싸우면 우리들에게 불리한 지형에서 눈앞에 있는 〈마징기어〉와 프랭클린에게 협공을 당하게 됩니다. 그리고 저 〈마징기어〉는 프랭클린이 단독으로 기데온의 〈마스터〉를 상대하라는 명령을 내릴 정도의 강자예요. 그런 상대와 싸우면 이긴다 해도 프랭클린에게서 전하를 구출해낼 여력이 남지 않습니다."

"……알겠습니다."

이야기를 주고받은 뒤, 근위기사단이 차례대로 서문을 통과했다. 내 옆을 지나갈 때 기습을 경계하는 사람, 긴장하는 사람, 증오를 담아 바라보는 사람이 많이 있었다.

당연한 거라고 생각했다.

내가 하고 있는 짓은 그런 거라고 이해…… 알면서도 이곳에 있다.

이윽고 가장 마지막으로 근위기사단을 이끌고 있는 릴리아나가 서문을 통과했다.

그녀는 [마셜Ⅱ 개량형] 옆을 지나칠 때 내게 말을 걸었다.

"당신은 레이 씨와 함께 고즈메이즈 산적단에게서 아이들을 구해준 사람이죠."

나는 말을 한 마디도 하지 않았지만 그녀는 눈치채고 있었다.

눈치챈 이유를 나는 전혀 알 수 없었지만 동요한 마음을 겨우 억눌렀다.

"그때는 정말 감사했습니다. ……그리고 이건 근위기사단 부단장이 아니라 제 개인이 드리는 말씀입니다만."

그녀는 그렇게 말하고 말을 끊은 뒤 [마셜 Ⅱ 개량형]의 카메라 아이를…… 모니터 너머에 있는 나를 지긋이 바라보았다.

"레이 씨를 슬프게 하지 말아주세요."

『………….』

나는 그 말에 대답할 수 없었고…… 그저 고개를 끄덕이기만 했다.

근위기사단은 서문을 지나 〈잔드 초원〉에서 그 사람을 요격하기 위해 진형을 짜기 시작했다.

나는 그 사람과 싸울 그녀들이 어떻게 될 것인지 생각할 수도, 무시할 수도 없어서 그저 등을 돌릴 수밖에 없었다.

근위기사단이 지나간 뒤에 온 〈마스터〉들을 전부 처리하자 바로 그 사람이 왔다.

그리고 내게 '레이 스탈링도 통과시켜도 돼'라고 말했다.

들어보니 레이를 직접 쓰러뜨리기 위해서인 모양이었다.

나는 내가 레이와 싸우게 될 거라고 생각했었다.

레이에게는 미리 '서쪽이 진짜다'라고 말해두었다. 그가 내 소

속 클랜을 기억하고 있다면 계획이 시작되었을 때 뭔가 눈치챌 거라고 생각했기 때문이다.

내가 그에게 알려준 이유는 내 마음속에 있는 망설임 때문이다.

하루 동안 함께 행동하면서 알게 되었다. 그는 나와 비슷한 인간…… 비극을 지나치지 못하는 인간이다.

그리고 나와 마찬가지로 이 세계에 있는 사람들의 목숨을 지구의 목숨처럼 느끼고 있다.

나는 이번에 스스로 선택해서 비극을 일으키는 쪽에 섰다.

그는 분명 그것을 막으려 할 테니 나는 그에게 알려주었다.

비극의 일부를 짊어지면서도 죄책감이 들어 비극을 막게끔 돕기도 한다.

내 마음속의 비극을 말리려는 마음, 망설임을 그에게 맡긴 것이다.

그를 내 망설임의 대역으로 삼아, 이곳에서 싸우고 '어느 쪽이 될 것인지' 정하려 한 것이다.

나도 알고 있다. 그저 그를 코인 토스 대신 사용했을 뿐이다.

너무나도 일그러져 있고, 제멋대로이고, 추악하고…… 하지만 그런 선택을 할 수밖에 없었다.

그 사람은 이야기를 끝내고 서문을 나서서 바깥으로 향했다.

이제 곧 근위기사단과의 전투가 시작될 것이다.

생겨날 결과에서 지금은 눈을 돌리고 있다.

그리고 얼마 지나지 않아── 그는 내 앞에 나타났다.

◇ ◇ ◇

□[성기사] 레이 스탈링

눈앞의 광경을 한마디로 말하자면 지옥이었다.

거리의 돌바닥으로 된 길 위에 수없이 늘어서 있는 얼음조각은 언뜻 보기에는 어렸을 때 갔었던 눈 축제 같아서 유쾌한 기분이 들 수도 있었을 것이다.

하지만 그것이 전부 인간 얼음조각, 살아 있는 인간이 얼어붙은 것이라면…….

그 사람들의 왼쪽 손등에 나와 마찬가지로 〈마스터〉라는 것을 나타내는 문장이 있다면…… 무시무시하다는 생각밖에 들지 않았다.

아니, 약간 다르다. 이것과 똑같은 것을…… 사람이 얼어붙은 모습을 어제 봤던 나는 무시무시함 말고 다른 감정이 솟아나고 있었다.

"…………."

내 앞에는 입간판이 하나 있었다.

『'이 너머로 〈마스터〉의 통행을 금지함'이라. 이건…… 경고할 목적으로 세워둔 겐가?』

그것은 경고문이고, 지나가려던 〈마스터〉의 말로가 저 얼음조각일 것이다.

경고가 아닌지도 모르겠다. '못 지나가, 지나가게 하지 않을

거야── 그러니까 여기로 오지 말아줘'…… 그렇게 부탁하는
마음을 나는 그 입간판에서 느꼈다.

그런 생각이 들어버리는 이유는 내가 이 간판과 눈앞에 펼쳐
진 지옥을 만든 녀석을 알고 있기 때문일 것이다.

이 입간판의 의미는 나를 이곳에 부른 것과 모순될지도 모른다.

하지만…… 그 녀석도 잘 알면서 이러한 모순을 품고 있는 건
지도 모른다.

"와줬으면 한 거야? 아니면 오지 말았으면 한 거야? 어느 쪽
이야── 유고."

『……어느 쪽일까, 레이.』

지옥의 중심에 그것이 있었다. 5미터에 달하는 거대한 기계를
창백한 얼음 장갑으로 두른 기체. 두 팔에는 십자가를 본뜬 얼
음 칼날이 있었다.

마치 얼음 교회를 의인화한 것 같은 그것은── TYPE : 메이
든 with 채리엇인 〈엠브리오〉, 코큐토스.

그리고 그 〈마스터〉는…… 나와 함께 고즈메이즈 산적단을
박살 낸 남자, 유고 레셉스. 오늘 낮에 웃으며 헤어진 친구였다.

하지만 그의 목소리는…… 어제, 그리고 오늘 보았던 그와는
너무나도 달랐다.

무언가로 인해 매우 고민하는 듯한 느낌이었다.

"프랭클린…… 네 클랜의 오너는?"

『이 문 너머에 있어. 지금은…… 근위기사단하고 전투 중이지.』

"윽……!"

근위기사단, 릴리아나 일행이 그 녀석과 싸우고 있는 건가.

당연한 거겠지. 프랭클린은 왕녀를 납치했다. 그렇다면 릴리아나 일행은 목숨을 걸고서라도 프랭클린에게 덤벼들 것이다.

그녀는 소중한 것을 지키기 위해서라면 아무리 큰 위험이 있다 해도 발을 내딛는다.

그런 여자라는 건 이 〈Infinite Dendrogram〉에 들어온 그날부터 알고 있었다.

"그럼 우리들도 지나가야겠어."

『자네는 상관없지만, 자네의 동료까지 지나가게 둘 수는 없다. 그게 내…… 역할이니까.』

유고의 〈마징기어〉는 내 뒤에 있던 루크와 카스미 일행을 손가락으로 가리켰다.

그런데 '자네는 상관없다'고?

"어째서 나는 지나갈 수 있지?"

『내가 정한 게 아니야. 그 사람…… 오너가 자네와 직접 싸우고 싶어 하고 있어.』

프랭클린이…… 나하고?

나와 그 녀석의 접점 같은 건 어제 그 녀석이 강아지 귀 약을 먹인 것 정도밖에 없다.

그리고 나는 평범한 루키고 좀 더 강한 사람이 얼마든지 있을 것이다.

그런 나를 어째서 녀석이 신경쓰고 있는 거지?

"어째서?"

『………….』

유고는 대답하지 않았다. 유고도 알지 못하는 건지도 모른다.

『……아무튼, 자네는 지나갈 수 있어. 막고 싶다면, 왕녀를 구하고 싶다면…… 지나가도록 하게나.』

유고는 그렇게 말하고 기체를 움직여 길을 터주었다.

나는 지나갈 수 있다고. 하지만 그러면 이곳에 루크와 다른 사람들만 남게 되는 것과 동시에…….

"레이 씨는 먼저 가주세요."

내가 생각하고 있던 것을 눈치챘다는 듯이 루크가 말했다.

아니, 루크니까. 내 생각을 이해하고 그렇게 말했을 것이다.

"이쪽에도, 저쪽에도, 레이 씨가 신경쓰는 게 있는 거죠? 그럼 레이 씨는 문 건너편으로 서둘러 가주세요. 레이 씨 대신 제가 저 사람과 싸우겠어요."

"루크…….."

내가 걱정하고 있던 것을 둘 다 알고 있는 듯한 말이었다.

이곳에 루크 일행만 남겨두고 가도 되는 걸까.

그리고 눈앞에 있는…… 왠지 위험해 보이는 유고를 내버려두고 가도 되는 걸까.

그런 두 가지 걱정을 떠안고 있는 나를.

"저 사람이 레이 씨가 말했던 '어제 함께 싸웠던 친구'라는 건 알겠어요. 저 사람이 왜 이런 일에 가담한 건지, 마음에 걸린다는 것도 알겠어요. 하고 싶은 이야기가 잔뜩 있다는 것도 알겠어요. 다 아는 상태에서 말씀드리죠. 레이 씨는 지금 앞으로 나아가야 해요."

루크는 내 눈을 지긋이 바라보면서…… 내 등을 떠미는 것처럼 말했다.

"제때 맞춰 가지 못하면 분명…… 레이 씨는 계속 후회하게 될 거예요. 그러니까 레이 씨는 프랭클린을 쫓아가세요."

"……고마워, 루크. …………맡길게."

나는 루크에게 고맙다고 하며 뒷일을 맡겼다.

"제게 맡기세요!"

그리고 나는 실버의 고삐를 쥐고 서문 쪽으로 돌아섰다.

눈앞에 펼쳐진 빙결지옥에 발을 내딛은 순간, 나 자신도 얼어붙지 않을까 하고 한순간 불안했지만…… 발을 내딛어보니 아무렇지도 않았다. 희미한 냉기조차 느껴지지 않았다.

나는 그대로 실버를 타고 빙결지옥을 돌파했다.

『………….』

하지만 그곳을 절반 정도 지나 유고의 기체에 다가갔을 때…… 그 전까지 옆으로 물러나 있던 그 기체가 길을 가로막으려는 듯이 앞으로 나섰다.

"유고."

『…………레이.』

스피커 너머로 들리는 그 목소리는 뭔가 매우 고민한 끝에 쥐어짜낸 듯한 목소리였다.

말할까, 하지 말까, 깊게 고민하는 듯한 침묵이 끝난 뒤 유고는…… 내게 어떤 제안을 했다.

『말을 뒤집는 것 같아 미안하다만…… 한 번만…… 온 힘을 다해 상대해줄 수 없겠나?』

무슨 생각을 하고, 무슨 결단을 내렸기에 유고가 그런 말을 했는지는 알 수 없었다.

하지만 그 말에 대한 대답은 금방 나왔다.

"좋아."

나는 제안을 받아들이고 까만 대검으로 변한 네메시스를 겨누었다.

"네게는 묻고 싶은 것도, 하고 싶은 말도 많지만…… 지금은 우리 둘 다 한 방씩만이다."

『……고맙다(Merci).』

나와 유고의 기체는 서로 마주 보았다. 거리는 15미터 정도. 실버를 타고 있는 내게도, 〈마징기어〉를 타고 있는 유고에게도 있으나 마나한 거리다.

그렇기 때문에 나는 마주 본 뒤 곧바로 실버를 달리게 했다.

뛰어드는 듯이, 스쳐지나가는 듯이, 〈마징기어〉의 오른쪽을 파고드는 듯이 달렸다.

『《모터 슬래시》!!』

유고의 목소리가 스피커에서 울렸고, 〈마징기어〉가 오른손으로 들고 있던 십자 블레이드를 고속으로 휘둘렀다. 그것은 아룡 클래스라는 〈마징기어〉의 힘, 기체 중량을 완전히 실은 일격.

내가 처음 싸웠던 [데미 드래그 웜]의 돌진을 능가하는 위압감이 들었다. 제대로 맞으면 내 몸은 찢어져 나갈 것이다. ……하지만.

『《카운터 앱솝션》!』

"《복수는 나의 것》!!"

《모터 슬래시》의 일격은 네메시스가 전개한 빛의 벽에 막혔고, 내가 날린 복수의 칼날이 〈마징기어〉의 오른팔 빙결장갑을 부수고 내부 프레임을 휘게 만들었다.

일격만으로 이루어진 결투는 그것으로 끝이다. 한순간의 공방이 끝난 뒤, 나와 유고가 서 있던 위치는 역전되었고―― 나는 유고에게 등을 돌린 채 문 바깥으로 실버를 타고 달려갔다.

동료(유고)를 동료(루크)에게 맡기고.

◆ ◆ ◆

■〈예지의 삼각〉 소속 [고위조종사] 유고 레셉스

한순간 교차한 뒤, 나는 레이가 서문 바깥으로 달려가는 모습을 바라보고 있었다.

일격만으로 이루어진 승부. 결과적으로 레이는 상처를 입지 않았고, 내 [마셜Ⅱ 개량형]은 오른팔에 적지 않은 대미지를 입었다. 그것만 놓고 보면 내 판정패일 것이다.

하지만 지금, 나는 레이에게서 중요한 것을 빼앗은 상태였다.

『썼……나.』

《카운터 앱솝션》을.

네메시스의 고유 스킬 중 하나인 그것은 강력한 방어 스킬이지만 발동가능횟수가 스톡 형태라는 말을 레이에게서 들은 바 있다. 어제 [고즈메이즈]와 싸울 때 스톡을 전부 다 썼다면, 방금 그게 시간경과로 회복된 횟수다.

그것을 나와의 대결 때 쓰게 만들었다.

이제부터 그 사람과 싸우게 될 레이에게는 그것이 무시하지 못할 족쇄가 된다.

나는 레이에게 온 힘을 다한 결투를 부탁했다. 그렇게 말하면…… 레이가 진짜로 온 힘을 다할 거라 생각했으니까.

내가 한 짓은 하루 동안이긴 하지만 함께 어깨를 맞대고 싸운 전우를 배신하고, 사지에 보내고, 생명줄마저 끊은 거나 마찬가지다.

괴로운 선택이긴 했지만 나는 그것을 선택했다.

그 사람의 적을 그냥 지나가게 하고 싶지 않았으니까. 죽음을 각오하고 가는 레이를 '나는 아무런 상관이 없어'라는 표정으로 보낼 수는 없었으니까.

정도, 죄의 일부도, 짊어지겠다고 결심한 결과 한 행동이다.

아 정말…… 나는 어째서 이렇게…… 나는…….

『그건 유고에게, 윽?!』

──그 순간, 내 생각과 큐코가 한 말은 맹렬한 충격으로 인해 가로막혔다.

레이의 동료가 데리고 있었던 [트라이 혼 데미 드래곤]의 돌격. 그리고 등에 타고 있던 〈마스터〉의 파상공격이었다.

"──죄송하네요. 빈틈투성이라서."

기체의 자세를 바로잡으려는 내게 그 〈마스터〉와 [트라이 혼데미 드래곤], 그리고 〈엠브리오〉로 보이는 음마는 계속 공격을 가했다. 그 공격은 맹렬하고 거침이 없어서 기습한 기세를 타고 그대로 박살 내려는 의도가 뻔히 보였다.

『비겁해~.』

"어처구니가 없네요. 말했잖아요, 제가 상대하겠다고요. 그쪽이 생각에 잠겨 있든 말든 저하고는 상관없죠."

『후훗, 레이의 동료 같은데 성격이 꽤나 다르군.』

레이가 비합리적인데다 겉과 속이 같고 서투른 남자라고 한다면, 그는 합리성과 계산으로 가득 차 있다.

그 표정은 레이에게 보여주고 있던 것과는 전혀 다르게…… 차가웠다.

표정에 미소 같은 것은 조금도 없고…… 단정한 이목구비가 오히려 무서운 느낌까지 불러일으켰다.

아마 상대방에게 주는 인상을 스스로 컨트롤하고 있을 것이다.

……기사를 연기할 때의 나와 마찬가지로, 그보다 더 위장이 두껍다.

"그럴지도 모르죠. 그래서 제가 레이 씨를 따르는 건지도 모르겠어요. 그리고 아마."

그 〈마스터〉── 루크는 아룡의 등에서 기체 너머로 나를 차갑게 바라보고 있었다.

마치 그 날의 언니처럼.

"저는 당신이 정말 싫습니다."

그가 내뱉은 말을 듣고 나는 의아했다. 그의 〈엠브리오〉로 보이는 음마가 "루크가 누군가를 싫어한다고 한 건 처음이네~"라며 중얼거리는 것을 《집음》으로 잡아냈다.

『……훗, 첫 만남인데 꽤나 미움을 샀군.』

"그렇네요. 하지만 정말 싫거든요, 당신. 너무 망설이고, 너무 취해 있고…… 어디 사는 누군가 같아서요."

『영문도 모를 소리를…….』

"정말로 모르시나요?"

그의 눈은 무언가를 확신하고 말한다는 것을 이해할 수 있을 정도로 강한 힘을 담고 있었다.

그건 마치…… 내가 눈을 돌리고 애매하게 행동한다는 것을…….

『……무슨 소리인지 짐작이 되지 않는군. 되지 않지만…… 어찌 됐든 자네는 여기서 얼어붙게나.』

기체의 자세를 바로잡고 장갑으로 [트라이 혼 데미 드래곤]을 밀어낸 뒤 거리를 벌렸다.

『……그 사람과 그가 아닌 어떤 〈마스터〉라도 이곳을 지나갈 수는 없다. 클랜 〈예지의 삼각〉의 일원으로서…… 그 사람을 지키는 가시로서, 내 모든 것을 지금 걸지.』

"그런가요. 그럼 저도 가지고 있는 모든 것을 통해 당신을 쓰러뜨리고 이곳을 지나가겠어요. 레이 씨의 동료로서…… 그리고 저 자신으로서."

그는 아롱의 등 위에 서서 음마를 거느린 채 나와 마주 보았다.

그리고 서로 노려보는 동안 순간적으로 정적이 찾아왔고, ……나는 그 정적을 깨부수는 말을 꺼냈다.

『──[고위조종사] 유고 레셉스와 〈엠브리오〉 코큐토스.』

이것은 의식이다.

그의 동료를 쓰러뜨린다. 그의 의도를 부순다. 이것은 그러기 위한 의식이자…… '결투'다.

"[포주] 루크 홈즈와 〈엠브리오〉 바빌론, 종마 마릴린, 오드리."

내 말에 그도 맞춰주었다.

『정정당당히.』

그리고 한 호흡 뒤에──.

『"──승부".』

나와 그의 '결투'가 시작되었다.

□과거 루시우스 홈즈

나는 영국의 런던에서 태어났다.

우리 집은 자산가가 아니었고, 귀족도 아니었지만, 그렇다고 해서 빈민도 아니었다.

하지만 결코 **평범**하지도 않았다.

아버지는 미해결사건 전문 흥신소 경영자—— 탐정.

어머니는 미술품 전문 절도범—— 괴도.

나는 탐정과 괴도 사이에서 태어났다. 농담도 그 무엇도 아닌 그저 사실.

아버지는 추리소설의 주인공처럼 미해결사건을 풀어내는 명탐정이었고, 어머니는 영화나 고전소설처럼 세계를 누비며 암약하는 여괴도였다.

양쪽 가문은 몇 대 전부터 탐정, 괴도로 활약해왔다. 홈즈라는 가문 이름은 아버지의 증조할아버지가 탐정을 시작할 때 세계에서 가장 유명한 명탐정에서 따와 바꾼 거라고 들었다.

두 사람이 어디서 만나고 결혼해서 나 같은 아들을 얻었는지, 지금에 와서는 영원한 수수께끼가 되었다.

예전에 아버지에게 '엄마는 안 잡아?'라고 물어보았는데 '탐정이 하는 일은 범죄자를 체포하는 것이 아니라 진실을 밝혀내는 거니까'라는 대답을 들었다. 진짜로 그런가? 신기하게 생각했다.

그리고 어머니는 미술품을 훔치고 귀여워해준 뒤 한 달 이내에 돌려주었다. 굳이 말하자면 비합법적인 수단으로 입수한 주인이 아니라 경찰에 가져다줄 경우가 많았다.

돈이 아니라 훔치는 것 자체가 목적이었던 모양이라 '괴도는 훔치는 게 일이지, 팔아넘기는 건 괴도가 할 일이 아니야'라고 했다. 속마음을 말하자면 괴도는 일하는 사람이 아니라 생각했다.

두 사람 다 자신의 일을 사랑하고 몰두해 있었기에 세 가족이 한데 모이는 경우는 별로 없었다.

부모님은 그렇게 자신의 재능을 발휘하며 활약했기 때문인지 두 사람 다 내가 어렸을 때부터 어떤 사실을 깨닫고 있었다.

──루시우스에게는 파격적인 재능이 있다.

통찰력, 관찰력, 상상력, 손재주, 운동신경, 외모.

그것은 탐정으로서의 재능, 그리고 괴도로서의 재능. 나는 부모님의 재능을 양쪽 다 물려받은 데다, 그것을 능가하는 형태로 드러낸다고 부모님 두 분이 인정해주었다.

그리고 앞서 말한 대로 자신의 일을 열심히 하던 부모님은 생각했다.

──이 재능은 아깝다.

──꼭 탐정(괴도)의 재능을 살려주고 싶다.

──하지만 사랑하는 부인(남편)의 소원도 무시할 수는 없다.

그리고 두 사람은 어떤 제안을 했다.

두 사람이 번갈아가며 내게 영재교육을 시켰다.

아버지는 관찰하는 방법이나 독순술, 세계 각국의 언어와 습관, 인간의 심리를.

어머니는 장치를 해제하는 법, 사람의 사각을 찾아내는 법, 다른 사람을 매료시켜서 조종하는 수법을.

그리고 두 사람이 계획한 기초적인 학습이나 신체 단련.

내가 그러한 기술을 배우는 것은 어렸을 때부터 정해진 일이었다.

단, 나중에 탐정이나 괴도가 되라는 말은 한 번도 들은 적이 없었다. 재능을 살려주긴 하겠지만 어떻게 살아갈지는 스스로 생각하라는 말을 어렸을 때부터 몇 번이나 들었다.

애초에 이런 기술을 배우고 있는 시점에서 탐정이나 괴도로 선택지가 좁아지지만, 행운인지 불행인지 나는 딱히 힘들다고 생각하지 않았다.

지금은 냉정하게 인생을 돌아볼 수 있어서 알게 되었는데, 철이 들었을 때부터 그렇게 배우면 그것이 **평범한 것**이고 자신의 기준이 된다.

하지만 영재교육 안에 포함되어 있던 일반상식이나 사회학, '국내에서 보편적으로 고려되고 있는 가치기준' 덕분에 자신의 기준이 일반적인 것과는 다르다는 사실은 알고 있었다.

자신의 상태가 결코 **평범**하지 않다는 것을 이해하고 있었다.

하지만 최종적인 결론은 '우리 집은 그것이 평범한 것이고 다른 가치관을 지닌 사람 앞에서는 말을 맞춰가며 꾸미면 된다'라는 생각에 이른 걸 보면 나도 역시 부모님의 자식이었던 모양이다.

그렇게 나는 다섯 살 때부터 10년에 걸쳐 영재교육을 받으며 부모님이 지니고 있던 거의 모든 기술을 흡수했다.

혼자서도 공부를 했기에 이 시점에서 종합적인 능력으로는 부모님을 뛰어넘었을 것이다.

이제 몇 년 뒤에는 성인이 되는 나이. '나중에 내가 어떤 미래를 선택할까' 그렇게 생각하고 있던 와중에 어떤 사건이 벌어졌다.

──부모님이 비행기 사고로 돌아가셨다.

드물게도 두 분이 함께 해외로 나갔을 때 비행기가 추락했다는 연락을 받았다.

나는 부모님의 죽음을 슬퍼하는 것과 동시에 '그 두 사람이 그 정도로 죽을까?'라고 냉정하게 생각하기도 했다. 현실을 부정하고 싶었던 것이 아니라 부모님의 능력을 생각해보면 비행기가 떨어지더라도 무사히 탈출할 수 있을 것 같았기 때문이다.

하지만 다음 날, 낙하산과 구명조끼를 입은 어린애 몇 명이 바다 위에서 구조되었다는 뉴스가 나왔다.

아이들은 다들 내 부모님이 타고 있던 그 비행기를 타고 있었다.

뉴스 인터뷰 영상에서 아이들은 '키가 큰 아저씨하고 예쁜 누나가 낙하산을 입혀줬다'라고 말했다.

그걸 보고 나는 납득했다. 아무래도 부모님은 떨어지는 비행기 안에서 자신들의 탈출보다 아이들을 살리는 가능성에 걸었던 모양이라고.

남겨진 나를 위해서라도 자신의 생명을 우선시했으면 좋겠다
는 마음도 있었지만 그와 동시에 약간 자랑스러운 기분이 마음
속에 생겨났다.

그렇게 행동한 부모님을 존경하는 마음이 마음속에서 솟구
쳤다.

왠지 모르겠으나 눈물이 나긴 했지만.

부모님이 돌아가신 뒤, 나는 신변정리를 마치고 숨을 돌렸다.

여러 가지 수속을 밟는 법도 부모님께 배웠기에 아무런 문제
도 없이 토지와 저택, 재산을 계속 쓸 수 있다.

나 혼자라면 죽을 때까지 불편하지 않게 살 수 있지만 아무것
도 하지 않을 수는 없었다.

그래, 나는…… 나는…………?

"…………아."

그때 나는…… 그제야 깨달았다.

지금 내가—— 미래에 대한 비전을 아무것도 가지고 있지 않
다는 사실을.

부모님에게 배운 모든 것을 습득해서 천재라고 칭찬받던 나
는…… 어이없게도 그때 처음으로 깨달은 것이다.

부모님의 가르침에 따라 실력을 쌓고, 부모님에게 사랑받으며
그런 생활이 편하다고 느끼던 나는…… 혼자서 한 번도 아무런
선택을 한 적이 없었다.

전부 부모님이 깔아준 레일대로, 부모님이 내주는 과제를 해

내며 살아왔다.

그래서 혼자서 **살아가는 방식을 선택한다**는 행위를 한 번도 경험해본 적이 없었던 것이다.

언젠가 다가올 미래도 '언젠가'이지 '지금'은 아니었다.

미래의 나는 선택할 수 있을 거라 막연하게 생각하고 있었지만, 지금의 내게는 아무런 지침도 없었다.

부모님의 사랑 속에서 수동적으로 살고 있었던 나는 이렇게 되고 싶다, 그런 미래가 아무것도 없었다.

"나는 어떻게 살아가면 될까?"

마치 황야 한복판에 혼자 던져진 것 같았다.

물은 있다. 식량도 있다. 컴퍼스도 있다. 살아나갈 지혜도, 능력도 있다.

하지만…… 행선지만은 전혀 알 수가 없었다.

동서남북, 어느 쪽으로 나아가더라도 그곳에 뭐가 있을지 알 수가 없었다.

무언가가 있다 해도 뭘 하면 될지 알 수가 없었다.

매우 망설였다. ……망설이고 있지만 선택할 수가 없었다.

아, 이러면 안 된다.

이대로 가다간 나는 결국에…… 그저 살아가기만 하는 존재가 된다.

나는 '어떻게 할까', 그렇게 생각하며 냉정하게 방황했다.

부모님이 뭔가 메시지라도 남기지 않았을까 생각하며 두 사람의 방을 뒤져보기로 했다.

부모님이 돌아가신 뒤에도 여전히 부모님에게서 자신의 행선지를 추구하고 있는 나 자신을 책망하는 목소리가 마음속에서 들리는 것 같긴 했지만 무시했다.

먼저 어머니의 방부터 찾아보았다.

어머니의 방에는 자칫하다가는 방이 전부 불타서 증거를 없애는 함정이 설치되어 있었다.

나는 해제할 수 있었지만 집이 남에게 넘어갔다면 큰 사건이 벌어졌겠는데, 그렇게 남의 일처럼 생각했다.

어머니의 방에는 일을 할 때 쓰는 도구만 있었다.

미술품은 없다. 불타오르는 장치가 있는 방에 보관할 리가 없을 것 같긴 했지만 어머니가 남긴 일기를 읽어보니 지금은 훔친 물건이 하나도 남아 있지 않은 것 같았다.

만약에 어머니가 아직 돌려주지 않은 미술품이 있다면 내가 돌려주러 가야 하니 다행이었다.

혹시 그랬다면 다음에 해야 할 일이 생기게 되는 거니 더 낫다고 해야 하려나.

일을 할 때 쓰는 도구 이외에도 굳이 말하자면 짜던 도중이었던 스웨터 정도밖에 없었다.

그리고 아버지의 방.

이쪽은 자물쇠로 잠겨 있을 뿐, 딱히 함정 같은 것은 없었다. 보통 함정 같은 건 없기 마련이지만.

그리고 금방 눈치챘다. 아버지의 책상에 낯선 물체가 있다는 것을.

그것은 헤드기어형 전자기기였다.

"……이건 〈Infinite Dendrogram〉?"

일반상식으로써 그 게임의 존재는 알고 있었다.

세계적으로 유행하고 있는 다이브형 VRMMO로 유명하지만 나는 훈련과 학습 때문에 놀 시간이 없었고, 게임도 아버지와 체스 정도밖에 하지 않았기에 흥미도 없었다.

"아버지가 플레이한 건가?"

탐정 일이나 나를 가르치느라 바빴을 텐데 놀 시간이 있었을까? 그런 의문이 들었다.

우선 내버려 두고 다른 걸 찾다 보니 아버지의 책상 서랍에 편지 한 통이 들어 있었다.

처음에는 내게 남긴 유언장 같은 건가 싶었는데 좀 읽어보니 아버지에게 온 편지라는 것을 알 수 있었다.

그만 읽을까 하는 생각도 들었지만 살짝 보인 문장 안에 〈Infinite Dendrogram〉이라는 글자가 보였기에 신경이 쓰여서 그대로 계속 읽어버렸다.

아무래도 아버지는 익명인 누군가에게서 〈Infinite Dendrogram〉이라는 게임에 대한 의뢰를 받은 것 같았다.

단적으로 말하자면 '이 게임의 비밀을 파헤쳐주었으면 한다'는 내용이었다. 이 게임의 배경에 어떠한 음모가 있을 거라 의심한 누군가가 많은 돈을 주고 아버지에게 조사를 의뢰한 것 같았다.

그리고 나중에 우편물을 정리하다 보니 그 사람에게서 온 것 같은 편지도 있었다.

아버지의 죽음에 대한 애도와 의뢰 취소, 선금 등은 그대로 받아달라는 내용이었다. 보아하니 의뢰인은 예의가 바른 사람인 것 같았다.

어찌 됐든 내 앞에는 아버지가 남긴 〈Infinite Dendrogram〉 게임기가 있었다.

명탐정이었던 아버지에게 '진상을 파헤쳐주었으면 한다'는 의뢰가 들어온 게임.

매우 흥미로웠고…… 무엇보다 '선택하고 싶다'는 욕구가 솟구쳤다.

이것은 길을 잃은 내 앞에 새롭게 나타난 길 아닐까.

"이 게임의 선전문구는 분명……."

──〈Infinite Dendrogram〉은 신세계와 당신만의 가능성을 제공한다.

……마치 노린 것 같은 말이다.

갈 곳을 잃고 헤매는 누군가에게 이만큼 매력적인 말도 없을 것이다.

그리고 지금 이 순간, 그 누군가는…… 나 자신이겠지.

"그렇다면 제공해달라고 할까."

신세계를.

"조금이라도 보여주면 좋겠는데."

내 가능성을.

"……할까."

나는 아버지의 서재에서 헤드기어를 쓰고── 〈Infinite Dendrogram〉의 세계로 발을 내딛었다.

◇ ◇ ◇

□결투도시 기데온 서문 [포주] 루크 홈즈

『《모터 슬래시》.』

『VAMOOOOOOOOOO!!』

얼음 〈마징기어〉가 좀 전에 본 결투 때 썼던 참격을 이번에는 왼손으로 날렸고, 마릴린은 물리공격 스킬 《트라이 혼 어퍼》로 맞받아쳤다.

──다음, 오른손 대형총기 퀵 드로우, 유탄 발사.

바비, 《리틀 플레어》.

"라져~!"

『으.』

바비가 배운 하급 화속성 마법과 발사된 직후인 유탄이 충돌. 폭발의 충격으로 총구가 파손. 이제 해당 화기를 사용한 공격은 불가능.

　　──다음, 오른쪽 다리 내딛기, 왼쪽 블레이드로 올려베기.

"(리즈, 이동)."

목소리는 내지 않은 채 목에 생겨난 약간의 진동을 입안에 머금었다.

나와 밀착해 있는 리즈라면 그렇게 뼈로 전달되는 진동으로 충분히 의사소통을 할 수 있으니 편하다.

가장 좋은 건 마음속으로 생각하는 것만으로도 연계가 가능한 바비지만.

『……!』

상대방에게 보이지 않는 사각. 내 등에서 장딴지, 아킬레스건을 쓰다듬는 듯이 흘러간 리즈가 지면을 튕겨냈고 땅을 치는 반동을 이용해 내 몸과 함께 뒤로 물러나 블레이드를 회피했다.

그대로 추격당하지 않는 위치까지 물러난 뒤 착지했다.

　　──빈틈, 오른쪽 후방, 2초 동안.

"마릴린, 공격."

『VAMOOOOOOOO!!』

『으, 짜증나.』

마릴린의 돌격이 명중하기 직전에 〈마징기어〉가 돌아서서 두 손의 블레이드를 방패삼아 막아냈다. 도움닫기를 하는 거리도 부족했기에 대미지는 작다.

『껄끄럽군. 마치 내 움직임을 미리 읽고 있는 듯이…… 아니, 그러고 있는 건가.』

정답.

인간형 기계장치인 〈마징기어〉는 인체나 생물보다 가동범위를 파악하기 쉬웠다.

상대방이 어떻게 움직일지 읽어내는 '동태관찰'은…… 아버지와 어머니, 어느 분에게서 배웠더라.

"네. 당신은 속도에 특화된 초급 직업처럼 초음속 전투를 벌이는 것도 아니고, 사라지는 것도 아니니까요."

『홋, 마치 초급 직업과 싸워본 것처럼 말하는군.』

싸웠죠. 열 번 참패를 당했어요.

하지만 지구의 물리법칙에서는 있을 수 없는 속도로 움직이는 그 사람 덕분에 전보다 '동태관찰'의 정확도가 올라갔다.

『이대로 가다가는 불리……한가.』

"그렇네요. [고위조종사]가 지니고 있을 강화 스킬, 그것과 합쳐진 〈마징기어〉의 스펙은 높아요. 하지만 그건 어디까지나 아룡급을 강화한 정도에 그치죠."

그렇다면 아룡인 마릴린도 어느 정도 맞설 수 있다. 그 격돌 때 생겨난 빈틈을 저번 사냥 때 《드레인 러닝》으로 다양한 스킬을 습득한 바비가 노린다.

바비가 지니고 있는 스킬은 우리들이 사냥할 수 있는 레벨의 몬스터가 가지고 있던 것이 대부분이지만 그 숫자는 50개가 넘는다. 숫자만 놓고 보면 초급 직업인 마리 씨보다 더 많다.

나는…… 상대방이 〈마징기어〉 안에 있기 때문인지 [매료]가 통하지 않았기에 표적이 되는 정도밖에 할 수 없다.

하지만 그렇게 나를 노리고 공격하면 그만큼 상대방에게 빈틈이 생긴다.

대부분의 공격을 피하더라도 상대방은 가장 우선적으로 나를 노려야만 한다.

왜냐하면 바비는 내 〈엠브리오〉고, 마릴린은 내 종마니까.

나를 쓰러뜨리면 전부 끝난다. 나 자신이 드러나 있는 급소나 마찬가지다.

그래서 리즈는 공격에 나서지 않고 내 회피운동을 보조하는 것에 전념시키고 있다.

노리고 있는 수도 있으니 상대방에게는 숨긴 채로.

『이대로 계속 가다가는 이쪽의 힘이 먼저 바닥나는 건가…….』

개체로서의 스펙은 상대방이 더 높지만 '동태관찰'과 우리들의 모든 힘을 합치면 이대로 계속 싸워도 이길 수 있는 상대이긴 한데, 문제는…….

『하지만…… 자네는 언제까지 이 《지옥문》에서 얼지 않고 버틸 수 있을까?』

──이미 내 왼쪽 팔꿈치 아래가 [동결]되어 있다는 것.

그것은 틀림없이 이곳에 있는 수십 개의 얼음조각── 나보다 베테랑일 〈마스터〉들을 덮친 공격과 같은 것.

그리고⋯⋯ 오드리도 꺼낸 순간, 절반 정도 얼어버렸기에 바로 주얼 안으로 돌려보냈다.

이 [동결]의 범위는 언젠가 나도 얼음조각이 될 거라고 말하는 듯이 조금씩 퍼지고 있었다.

초 단위로 점점 퍼지는 것은 아니었다. 수십 초에서 백 수십 초만에 한 번, 얼어붙는 범위가 단숨에 퍼지고 있었다.

처음에는 손목 아랫부분, 다음에는 팔 4분의 1, 그리고 팔꿈치까지. 한 번에 얼어붙는 범위는 비슷한 정도였지만 간격은 제각각. 첫 [동결]로부터 39초 뒤에 두 번째 [동결], 두 번째 [동결]로부터 130초 뒤에 세 번째 [동결]이 발생했다.

최대공약수는 13. 《지옥문》이라는 스킬 이름, 그리고 상대방의 〈엠브리오〉는 코큐토스라는 것 같으니 그 13초에 의미가 있는 건가?

『왜 13초에 의미가 있는 거야~?』

그건 말이지, 바비. 단테의 『신곡』에 나오는 코큐토스는 배신자가 떨어지는 최하층 빙결지옥이고, 그곳에서는 그리스도의 열세 번째 제자이자 기독교 문화권 최악의 배신자인 유다가 벌을 받고 있기 때문이야.

그리스도를 배신하기 직전에 최후의 만찬에서 열세 번째 자리에 앉아 있었기 때문이라고도 하지만.

그리고 13이라는 숫자는 기독교 문화권에서는 불길한 숫자니까.

『흠~, 그럼 재수가 없는 〈엠브리오〉구나~.』

적어도 지금 나에게는 재수가 없겠지.

이대로 계속 싸우면 언젠가 이길 수 있을 가능성이 높다.

하지만…… 이대로 가다가는 그 전에 내가 얼어붙어버리기에 그 결과에 도달할 수 없다.

그러니까 이쪽에서도 **비장의 수**를 쓸 필요가 있는데 이《지옥문》이 문제네. 비장의 수를 쓴 직후에…… 저 얼음조각이 된 사람들처럼 온몸이 얼음덩어리로 변할지도 몰라.

그렇다면…… 우선 그 비밀을 풀어보자.

"(리즈, 나는 잠깐 생각에 집중할 테니까, 회피와 방어에 전념. 상대방에게 네가 보이지만 않으면 상관없으니 뒷일은 맡길게.)"

그 직후에 내 몸이 두르고 있던 리즈가 움직이는 대로 오른쪽, 왼쪽으로 마구 솟구쳤다. 흔들리기는 하지만 생각하는데 문제는 없다.

자, 생각해보자.

어지럽게 돌아가는 시야 안에서 눈에 띄는 것은 역시 창백한 얼음.

〈마스터〉가 얼어붙은 얼음조각, 그 얼음조각을 보고 한 가지 신경 쓰이는 게 있다.

그것은 얼음 너머에서 정지되어 있는 표정. 그 표정을 보아 하니…… 그들은 자신이 공격을 당했다는 사실도 깨닫지 못하고 얼어붙어 있다. 처음 한 번에, 온몸이다.

그렇다면 [동결]되는 정도는 네 종류…… 아니, 세 종류다.

조금씩 얼어붙고 있는 나와 한 번에 절반이 얼어붙은 오드리. 서서히 진행되는 [동결].

온몸이 얼어붙은 얼음조각 여러분. 단숨에 온몸이 [동결].

그리고 바비와 마릴린처럼…… [동결]되지 않는 경우.

어떻게 대상을 식별하고 그 위력을 변화시키고 있는 걸까.

그 조건을 알아내지 못하면 리스크가 있는 그건 쓸 수가 없고 언젠가 내 온몸이 얼어붙게 될 것이다.

상대방이 선택한 대상을 제외한 나머지 모두가 얼어붙나?

부정. 그렇다면 바비와 마릴린, 리즈도 동결되어야만 한다.

인간만 얼어붙나?

부정. 오드리도 얼어붙었다.

그렇다면 레벨이나 스테이터스가 높은 상대일수록 위력이 올라가나?

부정. 그렇다면 동격인 마릴린과 오드리의 차이를 설명할 수 없다.

아니면 무작위성에 기반한 위력 변화?

부정. 이것은 무작위성에 기반하고 있지 않다. 운에 모든 것을 맡기고 무작위로 얼어붙게 만드는 스킬이라면…… 요소의 방위에 써먹을 수가 없고, 다수의 강자와 벌이는 전투 때 써먹을 수가 없다.

반드시 어떠한 규칙성과 법칙성이 있다.

『오오오오오오오오!!』

"어라."

〈마징기어〉가 마릴린과 바비의 공격을 피하며 오른쪽 블레이드를 들어 올리고 내게 달려들었다.

아, 거리가 좁혀졌다. 역시 지시를 내리지 않으면 전부 다 읽어낼 수는 없겠지. 어쩔 수 없어.

리즈는 코트로 의태한 부위의 강도를 높여서 견뎌낼 생각인 것 같은데, 미리 계산한 위력과 리즈의 방어태세, 그리고 나 자신의 HP나 END를 고려하면…… 7:3의 확률로 죽으려나?

공격을 당하기까지 2초 남았다. 내가 할 수 있는 것은 없다.

그럼 그 2초 동안 생각하자. 살아남았을 경우에 상황을 해결할 수 있게끔.

『《모.』

사고의 방향성을 바꾸자.

〈엠브리오〉의 이름과 스킬은 전혀 관련이 없는 것이 아니다. 레이 씨의 천벌신(네메시스)이 카운터에 특화되어 있고 마리 씨의 무지개(아르캉시엘)가 여러 가지 색의 탄환을 날리는 것처럼.

『오.』

그렇다면 상대방의 〈엠브리오〉의 이름이다.

상대방의 〈엠브리오〉의 이름은 코큐토스.

그리스 신화에 나오는 '탄식의 강'. 단테의 『신곡』에 나오는 지옥의 최하층 '빙결지옥'.

『터.』

지금 상황이나 《지옥문》이라는 스킬 이름을 생각하면 주로 후자가 주된 모티브라고 추측할 수 있다.

『신곡』에서는 가장 무거운 죄인 '배신'을 심판하는 지옥이자 얼어붙은 마왕이 유다를 필두로 한 배신자를 씹어 먹으며 계속 죽여대는 지옥.

자, 13초의 배수 카운트와 빙결 이외에도 그 이름의 영향을 받는다고 한다면?

『어.』

예를 들면 배신을 한 자에게 보다 큰 효과를 부여한다. 그렇다면 원래 [갈드랜더]의 탈 짐승이었던 오드리가 우리들 중에서 가장 큰 대미지를 입은 이유도⋯⋯ 부정.

그렇다면 얼음조각이 된 〈마스터〉들을 설명할 수가 없다.

설마 그들 모두가 유다 뺨치는 배신자 모임일 리는 없다.

『스.』

그렇다면 지옥답게 카르마 수치. 스테이터스에는 보이지 않지만 사실 악행을 저지른 횟수를 측정하여 반영하는 숨겨진 스테이터스가 존재하며 그것에 기반하고 있는 건가?

부정. 그렇다면 역시 대미지 차이가 제대로 적용되는 것이 아니다. 배신자의 경우와 마찬가지로 여기에 모인 모든 〈마스터〉가 단숨에 얼어붙을 정도로 카르마를 쌓아두었을 리가 없다.

『을.』

불확실. 무엇 때문에 지옥에 가고, 무엇 때문에 배신이라고 하는가.

뭔가 확실하게 나타낼 수 있는 수치로서 배신이 존재한다면 모를까…….

　……확실하게 나타낼 수 있는 수치?

　『래.』

　알고 있다. 그 수치는 존재한다.

　배신이라는 개념에 들어맞는데다 효과의 강약 서열도 매길 수 있다.

　『애.』

　이해했다. 상대방의 스킬의 정체는 이거다.

　'이 수치'에 기반하여 효과의 강약이 결정된다.

　바비와 마릴린은 0. 나는 아까 조금. 오드리는 어제 사냥 때 수십 번.

　그리고 기데온을 거성으로 삼고 있는 숙련된 〈마스터〉라면 100이나 200은 훨씬 넘을 수치.

　『시》.』

　그렇다, 이 《지옥문》이 카운트하고 있는 것은——.

　2초.

　예측했던 타이밍에 날아온 《모터 슬래시》에 제대로 맞았다.

　나는 은빛 머리카락을 약간 흩뿌리며 날아가 기데온 외벽에 격돌했다.

그것은 과거의 기억.

아버지의 서재에서 〈Infinite Dendrogram〉에 로그인한 나는 왠지 모르겠지만 또 서재에 있었다.

이 서재는 아버지의 서재보다 꽤 고풍스러웠다.

"네~, 잘 오셨습니다~."

서재에는 말하는 고양이가 한 마리 있었다.

"관리 AI인 체셔랍니다~…… 왜 그러시죠~?"

나는 그 고양이── 체셔를 지긋이 바라보며 노골적인 부자연스러움을 느끼고 있었다.

부모님의 교육을 받은 결과, 내 세계는 평범한 사람, 그리고 두 부모님과도 다른 방식으로 보이고 있었다. 사람을 관찰하면 마음에 담아둔 진실도, 말 뒤에 숨겨진 비밀도 꿰뚫어 볼 수가 있다.

눈앞에 있는 사람이 말을 하면서 속으로 무슨 생각을 하고 있는지도 알 수 있다.

잘 알고 있는 사람이라면 100번 중 99번은 생각을 읽을 수 있다.

처음 만나는 사람이나 동물이라 해도 어느 정도 마음을 짐작하는 것도 가능하다.

하지만 눈앞에 있는 체셔에게서는 전혀 읽어낼 수 없었다. 사람과 고양이라는 차이 이전의 문제다. 마치 생물조차 아닌 것── 인지를 초월한 것이 고양이 흉내를 내고 있는 듯한 인상을 받았다.

"……그래도 관리 AI라면 그게 보통인 건가?"

"저기~ 왜 그러시죠~?"

"괜찮아. 나는 루시우스 홈즈야. 잘 부탁해."

나는 체셔의 도움으로 튜토리얼을 진행했다.

그리고 캐릭터 작성 단계에서…….

"이름은 루시우스 홈즈를 그대로 쓰시나요~?"

"그러면 안 돼?"

"가능하긴 한데 추천하진 않아요~."

그럼 다른 이름을…… 그렇게 생각하다가 서재에 놓여 있던 어떤 것이 눈에 들어왔다.

그것은 체스판. 마치 두고 있던 도중에 경기 참가자가 사라진 듯한 판 위에는 혼자서 체크를 걸고 있는 말이 있었다.

그것은 성채병(루크)이었다.

"그럼 루크 홈즈로."

체스는 아버지와의 추억. 거기에서 이름을 따오는 거라면 나쁘지 않을 것 같았다.

"네, 네~. 그럼 다음은 외모입니다~."

외모는 그대로 적용했다.

오랫동안 이 외모로 움직이는 걸 전제로 훈련을 받아왔기에 바꾸게 되면 위화감이 든다.

하지만 머리카락 색깔만은 아버지에게 물려받은 금발에서 어머니와 똑같은 은색으로 변경했다.

그렇게 나는 게임을 시작했다.

체셔는 마지막으로 이 세계에서 내가 자유라고 말했다. 뭘 하더라도 자유라고.

이 게임의 진상을 드러낼 것인가, 아니면 비밀을 훔칠 것인가.

아니면 그냥 놀 것인가, 살아갈 것인가.

그것은 인생을 선택하기에 딱 좋은 연습이라 생각했다.

〈Infinite Dendrogram〉에 들어온 첫날.

내 왼팔에 이식된 〈엠브리오〉가 부화했고 바비가 태어났다.

"야호~ 잘 부탁해~ 루크~."

바비는 처음부터 지금과 똑같았다.

단, 의문이 하나 든 것은 내 〈엠브리오〉로서 바비가 태어났다는 것.

내 인격이나 경험에 따라 〈엠브리오〉가 태어나고 변화한다고 들었다.

그렇게 태어난 결과가 바비인 이유가 뭘까, 지금도 답이 나오지 않는 그 의문은 처음부터 생겨난 것이었다.

〈Infinite Dendrogram〉에 들어온 다음 날.

이 세계에서 나는 아직 스킬을 갖추지 못했지만, 내가 현실에서 가지고 있었고 항상 쓰고 있는 기술은 〈Infinite Dendrogram〉 세계에서도 스킬 없이 사용할 수 있다는 것을 깨달았다.

내 기술은 《심리분석》 등의 센스 스킬에 해당하는 모양인데, 그러한 센스 스킬은 현실에서 진짜로 그 기술을 가지고 있는 사람의 기술보다는 뒤처지는 것 같았다.

어찌 됐든 화면 너머로 하는 게임이 아니라 본인이 자기 몸과 마찬가지로 움직이는 아바타라면 내 기술로 사람을 판단할 수 있다.

현실의 나는 사람을 믿을지 여부를 이 기술로 겉과 속을 판단한 뒤 정한다.

겉으로 드러난 얼굴과 마음속. 겉으로 드러난 얼굴이 밝아 보이더라도 마음속이 어두운 사람은 많다.

하지만 그것은 어쩔 수 없는 것이다. 겉과 속이 다른 것은 당연하다.

……그래서 레이 씨와 처음 만났을 때는 솔직히 말해 놀랐다.

왜냐하면 레이 씨는 겉과 속의 **차이가 없었으니까.**

처음 만났을 때도 사실 네메시스 씨보다는 레이 씨를 보고 더 놀랐다.

왜냐하면 보통은 그럴 수 없으니까. 이 〈Infinite Dendrogram〉에서 겉으로 드러난 얼굴(아바타)와 마음속(플레이어)에 차이가 없을 수는 없으니까.

왜냐하면 이 〈Infinite Dendrogram〉은 게임이라는 전제가 있기 때문이다.

연기하는 아바타와 움직이는 플레이어에게는 차이가 있는 것이 당연하다.

그런데 레이 씨는 자신을 좋게 보이려 하지도 않았고, 캐릭터를 연기하려 하지도 않았고, 현실의 콤플렉스를 숨기려 하지도 않았다.

처음에는 내 기술이 ⟨Infinite Dendrogram⟩ 안에 들어온 영향으로 인해 녹슬었다는 생각마저 들었다.

그래서 나는…… 레이 씨라는 수수께끼를 풀고 싶다고 생각했다.

하지만 그 수수께끼는 의외로 빨리 풀렸다.

레이 씨와 이야기를 나누고, 다시 만나고, 함께 싸우고, [고블린] 무리나 [갈드랜더]와 싸웠을 때는 이미 풀린 상태였다.

레이 씨는 레이 씨였다.

올곧고, 겉과 속이 똑같다.

이쪽과 저쪽을, 두 세계를 진심으로 구별하지 않는다.

[고블린] 무리나 [갈드랜더]와 싸웠을 때 보여준 결의는 진짜다. 고즈메이즈 산적단과의 싸웠을 때 희생된 아이들에 대해 이야기하며 가슴 아파하고 슬퍼한 모습도 진짜다.

그리고 지금, 프랭클린에 대해 품고 있을 분노도…… 진짜.

레이 씨는 게임 속에서 '레이 스탈링' 롤플레이를 하고 있는 것이 아니다.

레이 씨는 레이 씨로서 이곳에 있고…… 온 힘을 다해 부딪치려 하고 있다.

그때, 그 자리에서, 자신이 해야만 하는 일을 선택하며 맞서고 있다.

아무리 힘들더라도, 아무리 가능성이 희박하더라도 상관없이.

누구보다도 올곧고, 누구보다도 진지하게…… 그 사람은 살고 있다.

망설이는 나와는 다르게 레이 씨는 항상 자신의 마음이 내린 대답에 솔직했다.

——그야, 뒷맛이 씁쓸하잖아.

항상 후회하지 않기 위해 선택하고 올곧은 마음으로 계속 움직여온 레이 씨.

나는 그런 레이 씨를 받쳐주고 싶다고 생각했다.

내 장래도 선택하지 못하는 나지만, 자신의 모든 마음으로 고난과 맞서는 그 사람을…… 받쳐주고 싶다고 마음이 호소했다.

그렇다, 지금은…… 레이 씨를 위해서, 레이 씨와 함께 이 〈Infinite Dendrogram〉에서 싸우고 싶다.

그러니까…….

◇ ◇ ◇

"당신은 여기서…… 제가 쓰러뜨리겠어요."

눈 깜짝할 새에 머릿속에서 흘러간 회상은 끝.

지금 이 순간 나는 무너진 외벽에서 몸을 일으키고 눈앞에 있던 〈마징기어〉——유고 레셉스와 그 〈엠브리오〉 코큐토스——에게 선언했다.

『……[포주]치고는 지나치게 튼튼하군. 그 일격을 맞고도 멀쩡히 일어설 줄은 몰랐다.』

그렇죠. 저도 살아남을 확률을 3할이라고 계산했는데, 그럼에도 불구하고 대미지가 이렇게 적을 줄은 몰랐네요.

그 원인은 아마도…… 저 〈마징기어〉의 오른팔.

보면 알 수 있다. 얼음 장갑 안쪽의 프레임이 휘어진 상태다.

그것은 레이 씨의 《복수는 나의 것》으로 받은 대미지.

그 영향으로 인해 원래 위력보다 떨어졌고 내가 입은 대미지량이 줄어들었다.

"……질 수는 없겠네요."

『홋, 운 좋게 일격을 견뎌냈지만 다음은 없다. 그리고…….』

알고 있다. 그 [동결]은 이미 내 어깨까지 닿은 상태였다.

방금 일격에 부서지지 않은 건 다행이네요.

『《지옥문》은 확실하게 그 몸을 좀먹고 있다.』

"그렇네요. 저는 당신의 스킬로 인해 체크가 걸려 있다 할 수 있죠."

그렇게 말한 뒤 말을 끊고 숨을 고른 다음.

"저도 중앙광장에서 PK를 물리치면서—— 인간을 몇 명 쓰러뜨려버렸으니까요."

나는 해답의 일부를 말했다.

『……무슨 소리를 하는 거지?』

그는 대답하기 전에 아주 약간 뜸을 들였고…… 그로 인해 내 추리는 단순한 사실 확인이 되었다.

"이건 그런 스킬이잖아요?"

그렇다, 사실 확인이다. 나는 메뉴를 띄우고 유고에게 보여주면서 확인했다.

이 《지옥문》이라는 스킬…… 그 근간을 이루는 화면을.

"전투 이력 화면 부가사항의 종족별 토벌 카운트. 《지옥문》은…… '자신과 같은 종족의 카운트'에 따라 효과가 바뀌는 스킬이죠?"

종족별 토벌 카운트. 거기에는 언데드, 마수, 괴조, 드래곤, 악마, 엘리멘탈, 귀신, 그리고 인간 등의 종족 이름과…… 지금까지 그것들을 쓰러뜨린 숫자가 적혀 있었다.

"자신과 같은 종족을 쓰러뜨린 숫자. 그것이 당신의 빙결지옥(코큐토스)이 가리키는 '배신'이자 당신의 《지옥문》의 위력을 책정하고 있는 것의 정체예요."

『………….』

"제가 '인간'을 토벌한 횟수는 7. 그렇군요, 7인가요? 아, 제 몸이 한 번에 [동결]되는 것도 7퍼센트 정도네요."

오드리의 종족 토벌 카운트 숫자도 내 전투 이력에서 볼 수 있다.

오드리는 괴조이며 어제 사냥 때 같은 괴조를 상당히 많이 쓰러뜨렸다. 그 숫자는 58, 한 번에 절반 이상 얼어붙은 것도 납득이 되었다.

우리들은 지금까지 악마나 드래곤과 싸운 적이 없으니 바비와 마릴린은 '0'이고…… 당연히 얼어붙는 범위는 0퍼센트라는 거다.

그리고…….

──이곳 결투도시처럼 결계 안에서 쓰러뜨린 것도 포함되니까.

──이곳 단골 분들은 수백 명은 죽였겠죠~.

이 결투도시 기데온에 모여 날마다 투기장 결계 안이라고는 해도 인간을 계속 쓰러뜨렸을 숙련된 〈마스터〉들은 100이 넘을 거라 추측된다.

"덧붙여 말하자면 13초 간격으로 걸리는 판정도 마찬가지죠?"

내 경우에는 얼지 않았던 때도 있었고, 다른 〈마스터〉는 처음 한 번에 완전히 얼어붙었다.

"《지옥문》의 스킬 설명은,

'13초 마다 X퍼센트의 확률로 선택한 대상의 육체를 X퍼센트 [동결]시킨다.

X는 대상의 종족별 카운트 중 효과 대상과 같은 종족의 수치 이다.'

이런 건가요?"

다시 말해 내 경우에는 13초마다 7퍼센트의 확률로 몸의 7퍼 센트가 [동결]된다.

같은 종족의 카운트가 100이 넘는다면 100퍼센트의 확률로 온 몸이 [동결]된다.

더 따져보면······ 상대방이 지니고 있는 내성도 어느 정도는 무시하는 거겠죠.

모두 다 [동결] 상태이상 대책이 없었던 건 아닐 테니까요.

"그런 스킬을 지니고 있기에······ 당신은 이곳의 문지기를 맡게 되었어요. 이 결투도시 기데온에 있는 〈왕국〉의 마스터 중 대부분은 투기장을 보고 오는 거니까요. 당신의 스킬은 그런 그들에게 천적일 수밖에 없죠. 탈출 경로에 배치되어 있는 것도 납득이 되네요."

아무리 강하고 많은 상대와 싸운 경험이 있다 하더라도······ 오히려 그것 때문에 얼어붙게 된다.

'배신자'······ 동족을 죽인 자를 얼어붙게 만드는 빙결지옥.

『······대단한 추리지만 상황증거밖에 없군. 우연히 조건이 겹쳤을 뿐이라고도 생각할 수 있지 않나?』

"하하하, 당신의 그 목소리 때문에 확정이네요. 당신, 거짓말을 하거나 둘러대는 게 서툴러요."

얼굴이 보이지 않더라도 이해가 되어버릴 정도로.

"그래서 저는 당신이 싫습니다."

『그런 말을 했었지. 그런데 '그래서'라는 건 무슨 뜻이지? 내가 거짓말을 하거나 둘러대는 걸 잘 하지 못하는 게 무슨 이유가 되나? 자네는 거짓말을 잘하는 사람을 좋아하는 건가?』

나도 모르게 한숨이 나와버렸다.

아직 모르고 있다. ······아니, 알고는 있겠지.

"거짓말을 잘 하는 사람을 좋아하는 건 아니지만······ 당신처럼 마음속으로 망설이거나 둘러대고 있는 게 겉으로 드러나는 사람은 싫어해요."

『……뭐라고?』

어떻게 할까. 말해버릴까?

너무 도발하다가는 시간이…… 아니, 오히려 다소 신랄하게, 길게 말하는 게 낫겠다.

"당신도 레이 씨와 마찬가지로 '이 세계'를 게임이 아니라 '이 세계'로 보고 있는 사람이겠죠. 그런데 그 행동은…… 아, 짜증나."

『……짜증난다고?』

나는 마음속으로 상대방에게 품고 있던 약간의 답답함까지 담아 말했다.

"이번 프랭클린의 게임에 가담하고, 비극의 일부를 떠안고…… 그러면서도 '어쩔 수 없다', '이럴 수밖에 없다'고 하면서 둘러대는 게 목소리와 태도에서 넘쳐나니 짜증나. 해야만 하는 이유를 대며 자기합리화를 하고, '나는 이렇게 지독한 녀석이다'라는 말을 하면서 자기합리화에서조차 변명을 해대는 게 짜증나. 게다가 아까 레이 씨하고 맞붙었을 때도 그렇고. 스스로도 잘 알지 못하고 망설이던 주제에, 레이 씨의 발목을 잡으니 짜증나. 스스로 저질러놓고 죄책감에 허덕이면서도 '그것도 내 죄다'라는 생각에 취해 있는 게 짜증나. 취해 있는 걸로 따지면 스스로에게 취한 채 연기가 지나치게 들어간 말투도 짜증나. 아, 진짜 짜증나네."

말하다가 눈치챈 건데, 나도 생각한 것보다 참 울컥한 상태였구나.

청산유수, 말이 멈추지 않았다.

"교회 같은 디자인도 짜증나! '끝장났다고'!"

『네, 노……!』

『죽여…… 죽여…….』

……그렇구나, '끝났구나'.

그럼 이제 됐나. 마지막이다.

"정말이지…… 갈 곳을 잃은 채 망설이고, 둘러대고, 비극적인 자신에 취해 있고…… '나 자신'을 더욱 악화시킨 것 같은 태도가 진짜 짜증나서 정말 싫어."

정리하자면 상대방에게…… **그녀**에게 하고 싶은 말은 다음과 같은 한 마디다.

"너무 망설인다고── '아가씨'."

『──────.』

내가 한 말이 방아쇠가 되어 창백한 〈마징기어〉가 격발했다.

기세를 살려 달려와서 나를 블레이드의 사정거리 안에 포착할 것이다.

그대로 왼쪽 블레이드를 찍어 누르는 듯이 내려칠 것이다.

약 3초 만에 내 정수리는 두 쪽으로 갈라질 것이다.

리즈의 방어로 견뎌낼 위력이 아닐 테고, 제때 피하지 못할지도 모른다.

피할 필요도 없다.

'충전'은 이미 **끝났다**.

"《유니언 잭》."

그 말을 하는데 2초도 걸리지 않는다.

□결투도시 기데온 서문 주변

시간을 약간 거슬러 올라간다.

결투도시 기데온 서문. 결투도시 기데온과 필드 맵 〈잔드 초원〉을 이어주는 출입구이자 도시 전체를 뒤덮고 있는 대공결계를 뚫을 수 있는 네 개뿐인 출구 중 하나.

그 서문에 수십 개의 〈마스터〉 얼음조각이 늘어서 있었고, [포주] 루크 홈즈와 [고위조종사] 유고 레셉스의 전투가 벌어지고 있었다.

하지만 서문에서 벌어지고 있는 싸움은 그것뿐만이 아니었다.

"카스미! 탱커 소환수가 깨졌어!"

"재구성, 쿨타임까지, 앞으로…… 55초."

레이, 루크와 함께 왔던 소녀 세 명. 루키 〈마스터〉인 카스미, 이오, 후지농, 그 세 사람의 싸움.

그녀들과 대결하고 있는 것은── 육식공룡 같은 몬스터였다.

『VAGUUAAAAAAAAA!!』

217

[PBS(프레퍼레이티브 브루트 사우루스)]라는 이름이 떠 있는 그것은 송곳니를 드러내며 전위를 맡고 있는 이오에게 돌진했다.

"티라노, 사우루스······?"

"굳이 말하자면 알로사우루스로 보이는군요."

"그런 말을 하고 있을 때가 아니라니까~! 저 녀석 분명 위험하다니까~! 저 녀석도 분명 아룡급보다 강할 거라니까~! 후지농, 어떻게든 해봐~!"

"라져. 내가 막을게······ 알마게스트."

이오의 후방에 위치해 있던 후지농이 끄트머리에 회전하는 구체가 달린 지팡이──〈엠브리오〉알마게스트를 겨누었다.

"《머드 크랩》, 그리고《별 복사(스타 프린터)》를 3중 전개."

선언한 직후, 후지농의 발치에 마법진이 하나 생겨났다.

그 마법진을 중심으로 위성처럼 회전하는 마법진 세 개가 전개되었다.

"기동(클릭)."

그녀가 말한 것과 동시에 위성마법진 중 하나가 터지자 [PBS]의 발치의 돌바닥과 흙이 점토처럼 움직여 다리를 붙잡았다.

[PBS]는 돌진하던 기세로 그 바닥을 뿌리쳤지만 자세가 무너져 거칠게 넘어졌다.

"기동, 기동, 기동."

남은 두 위성마법진과 발치에 있던 마법진도 터졌다.

그 직후, [PBS]가 쓰러진 곳 주위의 지면 중 세 곳이 동시에 점액으로 변해 [PBS]를 구속했다.

후지농의 〈엠브리오〉, 알마게스트.

별 모양의 구체가 달려 있는 지팡이인 TYPE : 암즈.

그 능력 특성은 자신이 사용한 마법의 복사, 붙여넣기. 자신이 사용한 마법을 최대 3개까지 위성마법진으로 복사하여 임의의 타이밍에 날릴 수 있다.

단점은 위성마법진이 있는 상태에서는 본인이 움직일 수 없다는 것. 천동설의 대명사인 알마게스트의 이름을 따온 〈엠브리오〉다운 디메리트라 할 수 있다.

후지농이 사용한 《머드 크랩》은 지속성 하급 구속마법이지만 여러 개가 겹치면 아룡 클래스를 강화한 개조 몬스터인 [PBS]의 움직임을 몇 초 정도는 막을 수 있다.

그렇게 생겨난 빈틈에.

"이오!"

"오케이~! 두 쪽으로 갈라주마~! 오륜, 모드 [단쇄]!!"

──**5메텔이 넘는** 자루와 몇 톤은 될 것 같은 거대한 날을 합친 대형도끼를 들고 이오가 돌격했다.

"영차~!!"

이오는 움직일 수 없는 [PBS]의 숨골에 온 힘을 다해 초중량 도끼를 내리쳤다.

중세시대의 처형인이나 신화의 괴물처럼 도끼날이 육식공룡의 목을 찢고, 경추를 부수고, 목을 지난 뒤 기세를 이기지 못하고 돌바닥 지면을 넓게 파괴했다.

아무리 개조 몬스터라 해도 목이 잘린 상태에서는 살아남을 수 없었기에 곧바로 먼지가 되어 드랍 아이템을 남기고 소멸했다.

"이오, 뒤쪽 위……!"

"이미 알고 있어!! 모드 [분쇄]!!"

이오는 돌아서며 자신의 뒤쪽 상공── 어둠을 틈타 날아온 프테라노돈과 비슷한 몬스터를 보았다.

그와 동시에 이오가 쥐고 있던 무기── 〈엠브리오〉 오륜이 변형되었다.

자루의 길이는 5분의 1로 줄어들었고, 그 대신 자루 끄트머리에서 20메텔 정도는 되어 보이는 사슬이 뻗어 나왔다. 그리고 그 끄트머리에는 이오보다 훨씬 덩치가 크고 가시가 달려 있는 철구가 생겨났다.

이오의 〈엠브리오〉 오륜.

여러 형태로 변형하는 초중량 무기인 TYPE : 암즈. 외날도끼 모드 [단쇄], 거대철구 모드 [분쇄] 등 여러 가지의 초중량, 초경도 무기로 변형한다.

레이의 네메시스처럼 사용자가 중량을 느끼지 않는 특성도 있기에 순수하게 공격력에 특화된 〈엠브리오〉이다.

단점은 거대무기이기 때문에 중량을 느끼지 않더라도 동작이 느리고 명중률이 낮다는 것.

이오는 거대철구로 변형한 오륜을 다가오고 있던 프테라노돈형 몬스터에게 휘둘렀다.

프테라노돈형 몬스터는 그것을 피하려 했지만 공중에서 갑자기 누군가에게 붙잡혔다.

『BOBOBOBOBO……。』

마시멜로처럼 생긴 풍선 거인. 〈Infinite Dendrogram〉에서는 [벌룬 골렘]이라 불리는 소환 몬스터다.

"억눌러…… 벌루룬."

카스미는 [소환사]라는 직업을 선택했다.

[소환사]는 자신의 마력으로 전투를 벌일 때마다 몬스터를 만들어내 부리는 직업이다. 벌루룬은 카스미가 지니고 있는 소환수 중 하나로,《물리공격내성》과《부유능력》을 지닌 탱커다.

그렇기 때문에 불러낸 것 자체는 이상하지 않았지만, 이상한 점이 있다면…… 벌루룬이 갑자기 프테라노돈 뒤에 나타난 것이다.

그리고 그것은 카스미의 〈엠브리오〉, 태극도의 힘이었다.

태극도는 〈마스터〉의 위치를 파악하는 레이더형태인 TYPE : 암즈.

단점은 직접적인 전투능력이 전혀 없다는 점.

하지만 태극도에는 레이더 기능말고도 고유 능력이 하나 더 있었다.

그것은 자신의 캐퍼시티 안에 있는 종마, 또는 소환 몬스터를 지도 내 임의의 지점에 순간이동시키는 능력. 자신에게서 멀어질수록 소비하는 MP가 늘어나지만 50메텔 이내라면 그렇게 많이 소비하지도 않는다.

벌루룬에게 눌려서 움직일 수 없는 프테라노돈에게——.

"히이이이이이트ㅇㅇㅇㅇㅇ!!"

이오의 모닝스타가 제대로 맞아 프테라노돈의 온몸의 골격을 분쇄했고, 살을 짓뭉갰다.

그 일격으로 프테라노돈은 즉사했고 [PBS]와 마찬가지로 아이템만을 남기고 먼지로 돌아갔다.

"이제 다섯 마리~!"

"해냈……네…….."

카스미와 후지농이 발목을 잡거나 구속하는데 온 힘을 다하고, 상급 클래스 공격력을 지닌 이오가 공격을 크리티컬 히트시킨다.

세 사람은 이 콤비네이션을 사용해 서문으로 모여드는 아룡 클래스 몬스터를 다섯 마리 쓰러뜨렸다.

아룡 클래스가 하급 직업 여섯 명 파티에 해당하는 전력이라는 것을 생각하면 대단한 것이다.

〈마스터〉일 경우에는 〈엠브리오〉의 능력이 더해지기 때문에 반드시 아룡 클래스를 잡는 데 하급 직업 여섯 명이 필요하진 않지만 그럼에도 불구하고 그녀들의 성과는 컸다.

세 사람이 각각 서로의 특성을 잘 알고 있어서 단점을 커버하며 장점을 살리고 있기 때문이다. 레이와 루크라는 예외를 제외하면 중앙 투기장에서 출진한 루키들 중에서는 그녀들이 종합 전투력 면에서 가장 뛰어났다.

그렇지 않다면 계속 모여드는 개조 몬스터를 물리칠 수 없었을 것이다.

"후우~, 겨우 숨을 돌릴 수 있겠네~!"

"안 돼…… 아직…… 루크 군…… 싸우고 있으니까…… 원호……."

그렇다, 그녀들은 원래 루크와 유고가 전투를 벌이기 시작하면 원호하러 나설 예정이었다.

하지만 몬스터가 차례차례 서문에 나타났고 그쪽에 대응할 수밖에 없었기에 지금 같은 상황이 되었다.

"그랬지~! 어떻게 되었어?!"

"왠지 모르겠지만 멈춰 서서 이야기를 하고 있어. 여기에서는 안 들리는군."

"좋아! 내 모드 [폭쇄]로……."

이오가 그렇게 말하며 오륜을 제3형태로 변형시키려 했지만 카스미와 후지농 두 사람이 말렸다.

"안…… 돼……."

"지금 공격하는 건 악수인 것 같군. 잠시 상황을 지켜보자. 카스미, 주위에 다른 〈마스터〉 반응은?"

"없……어. 바깥에 있는 레이 씨도…… 아직, 괜찮아. ……프랭클린도 ……있긴 하지만."

"그렇구나."

"좋았어~! 지금 드랍 아이템을 줍자~! 아룡 클래스니까 대박일 거야~!"

이오는 그렇게 말하며 주위에 떨어져 있는 아이템을 주우러 달려갔다.

"이오…… 또 무언가가 올지도…… 모르니까…… 조심……."

"분배는 시장에 팔아서 머릿수대로 나누고~! 아, 보스 상자에서 내가 장비할 수 있는 갑옷 같은 게 나오면 욕심날지도 몰라~! [야만전사]니까 장비할 수 있는 아이템이 별로 없어서~!"

"말을…… 안…… 들어줘……."

이오는 아이템을 줍는데 정신이 팔려 있었고, 카스미는 울상을 지으며 그 모습을 보고 있었다.

그리고 후지농만이 어떤 의문을 품고 있었다.

"드랍 아이템……? 잠깐, 애초에 어째서…… 아이템이 나오는 거지? 테이밍 몬스터는 쓰러뜨려도 아이템을 드랍하지 않는 시스템일 텐데?"

원래대로라면 있을 수 없는 일에 대한 의문.

테이밍되어 사람의 지배를 받는 몬스터는 쓰러뜨려도 아이템을 드랍하지 않는다, 이 〈Infinite Dendrogram〉의 시스템적인 규칙 중 하나.

"그 이전에 보통은 치명적인 대미지를 입기 전에 주얼로 돌아가게끔 설정해둘 거야. 일부러 그 설정을 해제해두었다 해도 역시 아이템이 떨어지는 이유가……."

저 몬스터를 프랭클린이 만들었고, 그가 지배하고 있는 몬스터라는 사실은 분명하다.

그렇기 때문에 왕국 쪽 〈마스터〉인 후지농 일행을 없애려 하고 있으니까.

"혹시 저것들은 테이밍 몬스터가 아니고, 명령조차 내리지 않았고…… 만든 단계에서 입력했다면…… 그렇다면 프랭클린이

한 짓은…… 설마, 그런 짓을 하면…….”

후지농의 머릿속에서 어떤 추측이 형태가 되려 했을 때.

───────■■!!

공기가 찢어지는 것처럼 울려 퍼진 격돌음을 듣고 세 사람이 돌아보았다.

얼음의 지옥……《지옥문》내부에서 난 굉음. 격발한 〈마징기어〉가 움직인 뒤 루크에게 온 힘을 다해 블레이드를 내려쳤기에 난 충격음.

소리가 난 뒤, 그 지옥 안의 어느 곳에도 은발 미소년…… 루크의 모습은 없었다.

그뿐만이 아니라 그가 데리고 있던 〈엠브리오〉인 바비의 모습도, 종마인 마릴린의 모습도 보이지 않았다.

루크가 쓰러진 것으로 인해 〈엠브리오〉와 종마가 사라졌다.

세 사람은 그렇게 생각하고 나서 눈치챘다.

“누구?”

카스미가 의아해하는 목소리가 정적의 세계에 흘렀다.

루크 일행의 그림자 세 개는 그곳에 존재하지 않았다.

그 대신── **처음 보는 누군가**가 그곳에 서 있었다.

『무슨 일이…… 일어난 거지?』

이곳에서 유고는 그 누구보다 큰 의문을 품고 있었다.

적인 루크의 말에 화가 나서 블레이드를 내리쳤다.

하지만 루크에게 날린 블레이드는 막힌 상태였다.

눈앞에 있는 누군가가 오른손으로 들고 있는 길다란 무기로 인간을 초월한 힘을 지닌 〈마징기어〉의 블레이드를 막아내고 있었다.

눈앞에 있는 누군가── 루크가 아닌 누군가가.

등에는 악마의 날개. 몸에는 용의 비늘. 머리에는 악마의 뿔.

오른손에는 용의 뿔을 세 개 겹친 은빛 돌격창.

그 은발의 미소년이 나이를 몇 살 먹은 듯한 얼굴…… 처음 보는 미청년.

『자네는…… 누군가?!』

유고가 묻자 그것은 살짝 미소를 지으며…… 대답했다.

"《유니언 잭── '용마인'.》

미청년── '용마인'은 자신을 그렇게 소개하고 〈마징기어〉에게 다가가 걷어차서 날려 보냈다.

10톤이 넘는 중량을 지니고 있는 〈마징기어〉.

그 다리가 땅에서 떨어졌고, 뒤쪽으로 몇 메텔이나 날아가고 있었다.

『큭……!』

유고가 경악과 물리적 충격으로부터 자세를 다잡으려고 착지했다. 그와 동시에 〈마징기어〉의 품속으로 파고들어와 있던 '용마인'의 왼손이 〈마징기어〉의 흉부장갑에 닿아 있었다.

"《리틀 플레어》."

영거리에서 발사된 화속성 마법이 흉부의 빙결장갑을 융해시켰고, 〈마징기어〉의 내부에도 충격을 전달했다.

『이건…… 그 〈엠브리오〉가 쓰던 마법 스킬!』

하지만 '용마인'의 《리틀 플레어》의 위력은 바비가 쓰던 것보다 몇 단계 위였다.

"《트라이 혼 어퍼》."

'용마인'이 다시 거리를 좁히고 들고 있던 용각창을 올려쳤다.

유고는 그 기술도 본 적이 있었다. 뿔과 창이라는 차이가 있지만 마릴린이 〈마징기어〉에게 날렸던 공격이다.

유고는 오른쪽 블레이드로 튕겨내려 했지만 버텨내지 못하고 블레이드 가운데가 부러졌다.

『더 이상은……!』

그 직후, 유고는 허리에 장착하고 있던 [스모크 디스차저]를 기동시켰다. 단숨에 시야를 가리는 효과를 지닌 연막이 전개되었고 '용마인'의 움직임이 약간이나마 둔해졌다.

『《모터 슬래시》!!』

남아 있던 왼쪽 블레이드로 혼신의 일격을 날렸지만 '용마인'은 그 공격이 올 것을 알고 있었다는 듯이 뒤로 뛰어 피했다. 그 움직임은 유고가 이 싸움에서 몇 번이나 본 적이 있었다.

『그렇군…… 그런 건가.』

유고는 '용마인'의 움직임을 보고 확신한 뒤 입을 열었다.

『자네는…… 그인가. 그리고 지금은 〈엠브리오〉, 몬스터와 **융합한 상태고**. 그게 마지막으로 사용한 스킬의 효과겠지?』

유고가 한 말에 '용마인'── 루크는 미소로 대답했다. 방금 전의 유고와 마찬가지로 스킬의 상세 내용을 맞췄다고 해서 '정답'이라고 대답할 필요는 없다.

하지만 그것이 정답이라는 것은 사실이었다.

이것이야말로 〈엠브리오〉 바빌론이 제3형태에서 획득한 스킬, 《유니언 잭》.

〈마스터〉와 〈엠브리오〉, 종마의 **삼신융합 스킬**.

레이의 영향을 받고 '힘을 합쳐 함께 싸우는' 두 사람의 모습에 동경을 품었기에 생겨났으며 그들과는 비슷하면서도 다른 모습.

《유니언 잭》은 세 사람의 스테이터스와 스킬을 겸비한 마인 하나를 만들어낸다.

다시 말해 용(마릴린)의 스테이터스와 마(바비)의 스킬, 그리고 인(루크)의 지혜를 모두 지닌다는 뜻이다.

그렇기 때문에 그 이름은 '용마인'. 지금 루크가 사용할 수 있는 가장 강한 비장의 수이다.

『그렇게 강한 스킬을…… 아무런 준비도 없이 발동할 수 있는 건가?』

유고의 의문은 올바르다.

융합, 합체 계열 스킬은 《유니언 잭》 말고도 존재하지만 전부다 융합 전에 어느 정도 충전할 시간이 필요하거나 합체 그 자체에 시간이 걸리곤 해서 효과가 늦게 발휘된다. 그게 융합, 합체 계열 스킬의 단점인데…….

"스킬 발동 준비? 하고 있었는데요, 계속."

루크는 유고의 질문에 일부러 미소가 아닌 말로 대답했다.

그 말을 듣고 〈마징기어〉 콕핏에 있던 유고의 생각이 무의식적으로 회상으로 변하려 하는 것을 눈치채고 그 틈을 타 다시 접근해서 공격을 가했다.

『윽!』

"아까보다…… 더 잘 보이네요."

요격하는 칼날을 피하고 다리 부분 관절 부분을 노리고 창을 찔러 넣었다.

원래 강도가 높은데다 빙결장갑으로 내구도가 올라간 상태이기에 금방 부서지지는 않았다.

하지만 《유니언 잭》에 의해 스테이터스가 합쳐진 결과, 마릴린을 능가하는 힘을 얻은 루크에게 빙결장갑이 조금씩 부서지고 있었다.

"자, 언제일까요? 저는 언제부터 준비를 하고 있었을까요? 생각해보세요."

부드러운 말과 함께 '용마인' 루크가 맹렬하게 공격했다.

정답을 말하자면 루크가 '체크'라고 말했을 때부터 바비는 《유니언 잭》을 사용하기 위해 충전을 시작하고 있었다.

그리고 바비가 『끝장났다고』라고 하며 끝났다는 것을 나타내는 말을 했을 때는 이미 충전이 끝난 상태였다. 그것은 두 사람이 사전에 정해둔 암호였다.

몸이 서서히 [동결]되어가던 루크가 어째서 오랫동안 자신의 추리에 대해 말했을까.

사실을 확인하고 《유니언 잭》을 발동시키기 위한 시간을 벌기 위해서.

마리와 벌인 모의전에서 사용했을 때는 아홉 번째 전투와 열 번째 전투 사이에 준비를 마쳤다.

실전에는 그 시간을 어떻게 만들 것인가, 그것이 루크의 걱정거리였는데…… 이번에 루크는 약간의 책략과 화술로 그 시간을 만들어냈다.

"눈치채셨겠지만 이제 《지옥문》은 제게 효과가 없어요."

그 말대로 '용마인'으로 변한 루크의 왼팔은 이미 얼음의 주박에서 풀려난 상태였다.

그뿐만이 아니라 얼어붙을 것 같은 낌새는 조금도 없었다.

"지금 제 종족은 인간이 아니고, 제가 쓰러뜨린 적이 있는 종족도 아니겠죠. 그러니까 《지옥문》도 효과를 발휘할 수 없어요."

드래곤과 악마가 융합한 결과, 지금 루크의 종족은 키메라로 변했다.

키메라를 쓰러뜨린 적이 없는 루크에게 빙결지옥인 《지옥문》

은 그저 배경에 불과하다.

루크는 자신의 종족을 바꿈으로써 《지옥문》의 심판에서 벗어난 것이다.

"지금부터는…… 단순한 힘겨루기입니다, 유고 레셉스."

『《지옥문》에 의미가 없고, 자네의 힘도 단독으로 내게 닿는다는 건가. 그로 인한 힘겨루기…… 좋다. 받아들이지, 루크 홈즈.』

루크는 뛰어서 물러나 거리를 벌렸다.

도망치기 위해서는 아니다. 지금 보유하고 있는 공격용 스킬 중에서 가장 큰 위력을 지니고 있는 마릴린의 돌진공격 스킬을 발동하는데 필요한 도움닫기 거리를 얻기 위해서다.

그러자 유고와 코큐토스, 〈마징기어〉도 자세를 취했다.

발동시키는 것은 《모터 슬래시》나 총기, 화기를 이용한 공격이 아니었다.

코큐토스의 고유 스킬 중에서 유일한 직접공격형 스킬. MP의 소모가 크기에 장시간 결계를 유지하기 위해서 사용하지 않고 있었지만 일이 이렇게 되니 결계를 유지하는 것보다는 눈앞에 있는 적이 살아서 프랭클린에게 가지 못하게 하는 것을 우선시하기로 결심했다.

그렇다, 유고는 이미 확신하고 있었다.

눈앞에 있는 상대가 지나치게 위험한 상대이기에 결코 레이의 원군으로 보내서는 안 된다는 것을.

(……그는 위험해. 힘의 강약 문제가 아니야. 사람을 지나치게 꿰뚫어 보는 그가 '그 사람'과 만나게 해서는 안 돼. 여기에

서, 내가…… 쓰러뜨린다.)

찾아온 정적. 그것은 마치 진동을 전달하는 공기마저 얼어붙은 것 같았고.

소리없는 빙결지옥 안에서 '용마인'과 〈마징기어〉는 서로 마주 본 채 정지했다.

수없이 늘어선 얼음조각 안에서 그들도 이상한 형태의 예술품 중 하나인 것처럼 서 있었다.

팽팽해진 분위기는—— 서문 너머에서 들린 머나먼 폭발음으로 인해 찢어졌다.

누가 낸 소리일까, 지금 이곳에 있는 두 사람은 알 수가 없었다.

하지만 두 사람은 그 소리를 신경 쓰지 않았다. 서문을 보지도 않았다.

그저 폭발음을 전달하는 공기진동을 계기로—— 내달렸다.

'용마인'은 은빛 용각창을 겨눈 채 땅에 닿을 듯이 낮은 자세로 돌바닥을 질주했다.

아룡 마릴린의 돌진을 융합으로 인해 상승한 스테이터스와 바비가 지닌 패시브 스킬로 다중강화시켰다.

이미 그것은 아룡의 영역을 벗어나 순룡조차 꿰뚫는 필살의 격창.

——《트라이 혼 그랜대셔》.

〈마징기어〉는 잃었던 왼쪽 블레이드를 재구축.

하지만 그것은 방금 전까지처럼 얼음으로 형성된 블레이드가 아니었다.

열기에 일그러진 공기로 인해 희미하게 형태가 보이는 그것은 순수 열량의 블레이드.

《지옥문》으로 흡수한 열량을 공격 에너지로 변환시키는 코큐토스의 비장의 수.

──《연옥문》.

그리고 두 사람은 교차했고── 서문의 싸움에 결판이 났다.

◇

그 결판을 보고 있었던 것은 세 사람.

카스미, 이오, 후지농, 이 세 사람만이 그 자리에서 두 사람의 싸움을 바라보고 있었다.

"아……."

교차한 뒤, 쓰러진 것은 루크였다.

서로가 가장 위력이 강한 스킬을 주고받은 결과, '용마인'의 창이 〈마징기어〉의 콕핏을 꿰뚫는 것보다 먼저 '용마인'이 한계에 도달했다.

빈사 상태가 될 정도로 대미지를 입어 '용마인' 변신이 풀렸고 바비와 마릴린이 땅에 쓰러졌다.

루크도 만신창이였다.

"위력에서…… 밀렸나요."

한 마디로 말하자면 루크는 운이 없었다. 만약 《지옥문》의 먹잇감이 된 〈마스터〉 중에 왕국 최강의 염열 사용자인 비슈마르가 없었다면 흡수 열량을 사용하는 《연옥문》의 위력도 그렇게까지 올라가지 않았을 것이다.

그랬다면 바비가 지니고 있는 내성과 '용마인', 아룡 이상의 스테이터스로 버텨냈을지도 모른다.

『…………』

하지만 유고 쪽도 결코 상처 없이 끝난 건 아니었다. 기체 앞쪽의 빙결장갑은 박살 났고, [마셜 II 개량형]의 흉부장갑도 크게 일그러진 데다 콕핏까지 뚫려 관통되었다.

유고도 자신의 시야에 뛰어들어 온 은빛 창끝을 보고 있었다. 격파하는 것이 조금만 늦었다면 내부에 있던 유고가 데스 페널티를 받았을 것이라는 사실은 의심의 여지가 없다.

하지만 아직 [마셜 II 개량형]은 건재하다. 코큐토스의 매체인 〈마징기어〉가 아직 남아 있다면 《지옥문》은 계속 전개시킬 수 있다.

그 증거로 인간으로 돌아와 쓰러져 있는 루크도 다시 조금씩 [동결]되기 시작하고 있었다.

『다음은…… 저 세 사람인가.』

그리고 유고의 시선은 카스미 일행 쪽으로 향했다.

──그 작은 동작이 오늘 밤 유고의 가장 큰 악수였다.

──상황을 확인하는 것보다, 무엇보다 먼저 루크의 머리를 짓밟아 부숴버렸어야 했다.

──왜냐하면, 루크라는 소년은.

"직접 쓰러뜨릴 체력이 남아 있지 않다면, 해치라도 열어줬으면 좋겠어…… '리즈'."

──항상 여러 가지 꿍꿍이를 품고 있으니까.

루크가 말한 직후, [마셜Ⅱ 개량형]의 해치가 세차게 개방되었다.

"뭐, ……앗?!"

경악한 유고가 본 것은 해치 개폐 버튼 위에서 꿈틀대고 있는 은빛 액체금속.

미스릴 암즈 슬라임인 리즈. 결투를 시작할 때 자기소개에서도 숨겼고, 전투 중에도 유고에게 들키지 않게끔 몰래 움직이던 것.

리즈야말로 용각창 표면에 코팅되어 있던 은빛의 정체이자 창이 꿰뚫는 것과 동시에 콕핏 내부로 숨어든 존재. 그대로 내부에 있는 유고를 벨 예정이었지만 《연옥문》의 열량으로 인해 몸의 대부분이 증발되어 그럴 힘이 남아 있지 않았다.

그래서 리즈가 할 수 있었던 것은…… [마셜Ⅱ 개량형]의 해치 개폐 버튼을 누르는 것뿐.

그것만으로도 충분했다. 해치가 열리고 유고와 그들을 가로막는 것이 없다면……

　"──《수컷의 유혹(메일 템테이션)》."

　"──《새끼 음마의 유혹(리림 템테이션)》."

　[포주]와 음마의 진가가 발휘된다.

　"체크메이트."

　그 한마디와 함께 서문의 싸움은 결판이 났다.

■???

알터 왕국 근위기사단.

왕족을 가장 가까운 곳에서 모시며 수호하는 기사들의 이름.

입단하기 위해서는 기사 계통 상급 직업 [성기사]를 습득하는
것이 최소한의 조건이다.

그리고 역대 기사단장은 모두 다 기사 계통 초급 직업 [천기사
(나이트 오브 셀레스티얼)]의 자리에 올랐다.

[천기사]인 역대 기사단장은 당대 최강의 기사에게 주어지는
국보—— 황옥마를 타고 항상 왕국 기사들의 선두에 서 있었다.

최강의 기사가 이끄는 가장 품격 있는 기사들.

알터 왕국 근위기사단이야말로 '기사의 나라' 알터 왕국을 대
표하는 기사단이었다.

그렇다. **이었다.** 지금 근위기사단은 과거형으로 일컬어지는
존재다.

영광스러운 알터 왕국 근위기사단은 덴드로그램 시간으로 반
년 전에 괴멸되었기 때문이다.

항간에서는 제1차 기강전쟁이라고도 부르는 드라이프 황국과
벌인 전쟁에서 근위기사단은 어떤 군단과 싸워 전체 인원 중 6할

을 잃었다.

게다가 그것은 엄밀하게 말하면 단 한 명의 적과 벌인 싸움이었다.

적의 이름은 [마장군] 로건 고드하르트.

드라이프 황국에 세 명…… 당시에는 두 명밖에 없었던 〈초급〉 중 한 사람.

[마장군]은 전위 전투와 군단지휘, 양쪽에 적성을 지니고 있는 초급 직업이다.

그리고 산 제물(비용)을 바쳐 악마를 소환하는 악마술사이기도 하다.

"'나, 지금 소유한 수많은 생명을 바친다'.

'지옥의 덮개를 열고, 기어나오거라 군세.'

──《콜 데빌 레지먼트》."

[마장군]은 전쟁 때 3천 마리가 넘는 악마를 소환했다.

강인하고 사람을 잡아먹는 그 악마군단에게 왕국 쪽의 병사 만여 명이 사망했다.

요격하러 나선 [성기사]들로 이루어진 근위기사단마저 100명이 넘는 희생자를 냈다.

피해가 커지자 근위기사단장 [천기사] 랑그레이 그란드리아는 악마 무리 속으로 돌진하여 악마들의 우두머리이자 발생지인 [마장군]과 단독으로 결전에 임했다.

아니, 약간 다르다. 단독은 아니었다. 정확하게 말하자면…… [마장군]이 있는 곳까지 살아서 도착한 것이 그 혼자밖에 없었다고 해야 한다.

　소수정예…… 레벨이 한계치에 도달한 상태였던 당시 부단장 등, 근위기사단 중에서도 손꼽히는 강자들이 돌파를 시도한 결과, [천기사]만이 살아남아 [마장군]이 있는 곳에 도착한 것이다.

　[천기사]와 [마장군]의 싸움은 매우 치열했다.

　티안 중에서도 전위 최강급이라는 평가를 받던 [천기사]는 〈엠브리오〉의 보정으로 인해 유리한 [마장군]과 맞서면서도 전혀 밀리지 않았다.

　[마장군]이 이끌고 있던 악마도 소환자를 도우려 [천기사]에게 달려들었지만 전부 쓰러졌다.

　"왕국의 대지를 더 이상 동포의 피로 물들일 수는 없다! 로건 고드하르트, 네놈을 쓰러뜨리고 악마를 없애주마!"

　"큭! 젠장……!

　백병전에서는 [천기사]가 [마장군]보다 뛰어났다. 그대로 싸움이 진행되었다면 [천기사]가 승리하여 악마의 군세를 없앨 수 있었을지도 모른다. 하지만…….

　『아, 여보세요~. 장군 각하 잘 지내시나요? [수왕(저쪽)]은 벌써 [대현자(아크 와이즈먼)]를 처리했는데요~? 네? 각하는 아직 안 끝났다고요? 오히려 질 것 같다고요? 그거 참…… 큰일이네요오, 장군각하(웃음).』

　[마장군]을 도발하는 듯한 소리가 상황을── [마장군]의 의식을 바꾸었다.

　"──나를 얕보지 마라, **프랭클린!!**"

그 직후, [마장군]은 자신이 장착하고 있던 장비 중 하나를 뜯어냈다.

그것은 예전에 [마장군]이 일화급 〈UBM〉을 토벌하고 얻은 특전무구.

"'나, 지금 유일한 지보를 마친다!'

'영겁의 지보를 양식 삼아 단 한 번 뿐인 힘을 내게!'

'신대로부터 오거라, 끝없는 악마!'

──《콜 데빌 제로 오버》!!"

[마장군]은 특전무구를 대가로 삼아 신화급 〈UBM〉에도 필적하는 악마를 소환했다.

신화급 전력의 투입으로 인해 전력의 우위는 단숨에 역전되었고, [천기사]는 살해당했다.

그와 동시에 그의 애마이자 국보였던 황옥마도 파괴되어……사람과 물건, 왕국의 두 선두가 사라진 순간이었다.

두 사람이 결판을 낸 뒤에 추격타를 가하는 듯이 국왕 엘도르제오 알터가 자리잡고 있던 본진을 [대교수] Mr. 프랭클린의 개조 몬스터 군단이 습격.

국왕을 포함하여 본진에 있던 모든 사람이 말 그대로 먹잇감이 되었다.

이렇게 근위기사단은 [마장군]에게 동료와 우두머리를 잃었고, [대교수]에게 주인을 잃었다.

황국과 정전한 뒤, 근위기사단을 재편성할 때 사망한 근위기사단장의 딸이자 제5위 실력자였던 릴리아나 그란드리아가 부단장에 취임하였다.

그와 동시에 근위기사단을 지휘하는 입장도 맡게 되었다.

그녀가 부단장이 된 것은 살아남은 사람들 중에서는 그녀가 가장 뛰어난 실력을 지니고 있었기 때문이다.

그리고 부단장에 그친 것은 [천기사]를 이어받지 못했기 때문이다.

역대 단장들은 모두 다 [천기사]였다. 반대로 말하자면 [천기사]가 아니면 근위기사단의 단장이 될 자격이 없다고 나라가 판단한 결과이다.

릴리아나도 능력이 약하지는 않았지만 아직 초급 직업에 미치지는 못했다.

기사단 전체의 레벨도 저하된 상태라 오의인 《그랜드 크로스》나 비오의인 《성별의 은광》을 사용할 수 있는 [성기사]의 숫자는 다섯 손가락에 꼽히는 정도에 불과했다.

그렇게 기사단장의 지위와 [천기사]의 자리는 공백이 되었다.

또한 군주인 왕을 지키지 못했기 때문에 그 지위도 떨어졌다.

안팎의 비판, 그리고 무엇보다 살아남은 근위기사들 스스로가 자신의 무능력함을 부끄러워했다.

기사를 그만둔 사람, 기사단을 나간 사람, 다른 기사단으로 옮긴 사람이 많았기에 근위기사단의 규모는 더욱 축소되었다. 가장 규모가 컸을 때는 300명 정도였던 근위기사단도 지금은 50명 정도밖에 남지 않았다.

하지만, 남아 있는 사람들에게는 강한 의지가 있었다.

많은 동료들을 죽인 [마장군]이나 주군을 살해한 [대교수]에 대한 복수일까?

아니다. 그런 마음도 어느 정도는 있지만 그들의 근간에 있는 의지를 생각하면 가벼운 정도에 불과하다.

그들이 진정 원하고 있는 것은 '다음에야말로 지켜내겠다'라며 자신에게 부여한 소원이었다.

군주가 남긴 세 왕녀를, 이 알터 왕국의 민초를, 목숨과 바꿔서라도 이번에야말로 지켜낸다. ……그들이 원하는 것은 그것이었다.

곤경에 처한 상태에서도 그들은 자신의 의지로 기사로서 행동하고 있었다.

◆

그렇기 때문에 지금, 그들은 달려갔다.

온 힘을 다해, 자신이 지니고 있는 모든 힘으로, 한계조차 뛰어넘어 눈앞에 있는 괴물── [RSK]에게 덤비고 있었다.

모든 것은 눈앞에 있는 적을 쓰러뜨리고 엘리자베트 왕녀를 구하기 위해서.

그렇다, 그들은 지금 그야말로 기사 이야기의 한 페이지와도 같이 빛나고 있었다.

"그래, 빛나고 있지. **풍전등화**라는 의미로."

나── [대교수] Mr. 프랭클린의 눈앞에는 50명에서 숫자가 더욱 줄어든 근위기사단이 굴러다니고 있었다. 아직 움직이고 있는 것은 몇 명에 불과하다.

나머지는 모두 내 [RSK]가 쓰러뜨렸다.

[RSK]── 금이 간 살덩이 구체와 그것을 받치는 열 개의 촉수로 구성된 특제 개조 몬스터. [이빌 차일드(사신의 사생아)]와 [로퍼]의 상위 개조종이다.

촉수가 있긴 하지만 거기에는 딱히 재미있는 기능을 넣지 않았다.

넣어도 상관은 없지만 원래 표적이 표적인만큼 넣어봤자 소용없겠지.

스킬 구성이나 생체조직의 구조가 복잡하기 때문에 일반적인 《몬스터 크리에이션》으로는 제조하는 것이 불가능하다.

뭐, 내게는 〈초급 엠브리오〉의 필살 스킬인 《개태신소(판데모니움)》이 있으니 만들 수 있었지만.

특제이긴 하지만 [RSK]는 어제 하루 만에 만든 급조품 몬스터다.

제대로 문제없이 생존, 활동할 수 있는지 테스트할 필요가 있었다.

결과는 산더미처럼 쌓인 근위기사단의 시체다.

"테스트는 양호. 공격기능이 좀 약하지만 그건 어쩔 수 없겠지."

화력이 약해서 쓰러진 뒤 시체처럼 보이는 근위기사단들도 의외로 살아 있을 것 같다.

나중에 숨통을 끊긴 하겠지만.

"린도스 경! '겹쳐서' 갑니다!"

"알겠소!!"

아직 움직이고 있는 근위기사── 부단장인 릴리아나와 제3 위인 린 뭐시기가 뭔가 할 모양이었다.

두 사람은 각각 [RSK]의 12시와 3시 방향── 십자포화 포지션으로 이동했다.

""《그랜드 크로스》!!""

그 직후, 하늘을 찌를 듯한 빛이 [RSK]의 발치에서 뿜어져 나왔다.

그들이 날린 것은 [성기사]의 오의 《그랜드 크로스》. 성속성 빛의 격류를 지상에서 십자 형태로 분출시켜 그 에너지로 적을 불태우는 강한 기술이다.

그들은 그것을 완전히 같은 타이밍에 발동시킴으로써 위력을 제곱으로 끌어올리고 있었다.

저 '겹치기 그랜드 크로스'는 강하다. 순룡이라도 속성에 따라서는 한 방에 끝난다.

[RSK]도 성능만 보면 순룡 클래스니 보통 상황에서는 위험하다.

"하지만 의미가 없거든."

──'겹치기 그랜드 크로스'를 맞은 [RSK]는 아무런 상처도 입지 않은 채 그곳에 서 있었다.

[RSK]의 몸에는 그을린 자국이 하나도 없었다. 모기가 문 정도의 피해도 입지 않았다.

[RSK]는 짜증난다는 듯이 촉수를 휘둘렀고, 구체에 난 수많은

균열── 눈꺼풀을 뜨고 광탄을 날려 두 사람을 요격했다.

"말도 안 돼⋯⋯! '겹치기'가 통하지 않는다고?!"

"린도스 경, 아직입니다! 포기하기는⋯⋯ 일러요!"

"⋯⋯! 알겠소!!"

그렇게 그들은 말을 타고 달리며 다시 공격하기 시작했다.

보아하니 아직 포기하지 않은 모양이다. 소용없는데 말이지.

"너희들이 [성기사]만 아니었다면⋯⋯ 괜찮은 승부가 되었을 텐데."

뭐, 그랬다면 다른 작품을 꺼냈겠지만.

적어도 성속성 검기를 주로 사용하는 [성기사]에게는 이길 방법이 없다.

그야 그렇게 만들었으니까.

물리 대미지를 경감시키는 《머티리얼 배리어》와 《성속성 무효》.

덤으로 《염열 무효》와 《독 무효》, 《쇠약 무효》, 그리고 《어지러움 무효》.

그렇게 잔뜩 쌓아두긴 했지만 다른 방어 효과는 '그것'의 덤에 불과하다.

그렇다, 그를 위해 준비한 '그것'의.

"크크크크크큭. 얼른 오면 좋겠는데."

그런 내 소원이 하늘에 닿았는지는 모르겠지만.

옆쪽에서 [RSK]를 거대한 불꽃이 덮쳤다. 그것은 맹렬한 기세로 날아드는 화염방사── [장염수갑 갈드랜더]의 장비 스킬 《연옥화염》.

물론 《염열 무효》가 달린 [RSK]에게 대미지를 입힐 수는 없었다.

하지만 지금 중요한 것은 《연옥화염》이 날아왔다는 사실.

다시 말해, 그가 왔다는 사실.

"왔다…… 왔다왔다왔다!"

예정보다 약간 늦었지만, 그가 왔다!

"괜찮아?!"

그리고 그—— 레이 스탈링이 [RSK]와 근위기사단이 있는 전장에 도착했다.

——그게 최고로 웃겼다.

"레이 씨?! 여긴 왜……!"

여긴 왜?

어리석은 질문이야, 어리석은 질문. 관찰하고 있던 나는 알고 있다. 그는 그야말로 진짜배기 히어로 같은 동기로 움직이는 인간이다. 눈앞에서 누군가가 불행해질 것 같으면 자신의 실력이나 리스크를 무시하고 구해주려 한다.

"어린애가 유괴당하는 것처럼 뒷맛이 씁쓸한 사건은 싫어하거든."

그러니 당연하게도 오늘 밤 이런 상황이 되면…… 이곳에 올 수밖에 없다.

"……오는 김에 저 녀석을 날려버리러 왔어."

"아, 그런 생각까지 했구나. 재미있네. 재미있어."

자신의 실력이나 리스크를 생각하지 않는다는 건 알고 있었다.

하지만 설마 내게…… 〈초급〉 상대로 이길 생각을 하고 온 건가?

그는 나를 보고 있었다. 그 시선에 담겨 있는 건 적의? 증오? 짜증?

아니네, 순수하게…… 화를 내고 있다.

"히핫."

나도 모르게 이상한 웃음소리가 나왔다.

그는 매우 진지하다. 이 〈Infinite Dendrogram〉 안에서 저 정도로 진지한 사람은 그 애와 [명왕(킹 오브 타르타로스)]…… 그리고 거울 속의 나 정도밖에 본 적이 없다. 역시 메이든의 〈마스터〉다.

아니, 저런 사람이니까 메이든의 〈마스터〉인 건가?

정말 좋다. 마음에 들었다.

──꺾어주는 보람이 최고겠어.

"**플라밍고**, 어제 몫까지 포함해서 빚을 갚아주지."

"아하하, 그럼 나는 저번 주에 진 빚을 갚도록 하지. **강아지 귀 군.**"

어서 와, 레이 스탈링.

[RSK(네 천적)]가 기다리고 있다고.

□결투도시 서부 〈잔드 초원〉 [성기사] 레이 스탈링

"배우는 모였고, 무대도 갖춰졌다. 후훗."

뭐가 재미있는지 프랭클린은 참을 수 없다는 듯이 웃음소리를 흘렸다.

지금 저 녀석은 공중에 떠 있는 대좌형 몬스터를 타고 있다.

프랭클린의 발치에는 엘리자베트 왕녀가 쓰러져 있다.

그리고 대좌형 몬스터는 눈에 보이는 배리어로 감싸여 있었다.

"자, 레이 군! 저걸 주목!"

프랭클린은 그렇게 말하고 밤하늘의 어떤 점을 손가락으로 가리켰다.

그곳에는 눈이 하나 달린 얼굴에 박쥐 날개가 돋아나 있는 몬스터가 떠 있었다.

"저건 [브로드캐스트 아이]. 간단히 말하면 생중계용 몬스터야. 저것이 본 영상, 들은 소리를 수신기 역할을 맡고 있는 몬스터에게 보내고, 수신기 역할을 맡은 몬스터는 수신한 영상을 입체영상으로 공중에 띄우지."

살아 있는 카메라라는 건가.

"현재, 저것이 보고 있는 영상은 기데온 전체에 홀로그램으로 뜨고 있거든. 정상적으로 기능을 발휘하고 있다면 중앙 투기장을 필두로 기데온 각 지역…… 그리고 왕도에도 이곳의 광경이 뜨고 있을 거야."

"왜 그런 짓을 하지?"

내가 묻자 프랭클린은 싱글거리며 오른손 손가락을 하나 폈다.

"첫 번째 이유. 왕국의 모든 사람이 사태가 어떻게 되어가는

지 파악할 수 있게끔 하기 위해서. 이런 중계가 없으면 그들은 과정을 알지 못한 채 결과만 남게 되지. 그럼 곤란하거든."

프랭클린은 그렇게 말하고 말을 끊은 다음.

"나는 이 나라의 마음을 꺾고 싶으니까."

매우 유쾌하다는 듯이 웃었다.

"자신들이 믿고 있는 사람들이 어떻게 해보지도 못한 채 내 술책에 빠지고, 이 결투도시가 망가지는 모습을 보여주지 않으면 의미가 없거든. 알겠지? 자고 있던 동안에 죽으면 공포를 느끼지 못해. 그러니까 깨어나게 만든 다음, 자신의 목이 졸리는 모습을 보여줄 필요가 있다고."

"……논리적인 것 같긴 하지만 기분이 나빠지는 생각이군."

"크핫. 뭐, 이 이유가 필요한 건 내가 아니지만 말이야. 그리고 두 번째."

프랭클린은 왼손의 손가락을 하나 폈다.

"여기까지 나를 쫓아온 녀석들을 구경거리로 만들기 위해서."

"……이봐."

"하하하, 아니, 전부 계획대로 되었다면 이곳에는 아무도 없어야 하거든. 결국 이곳에는 근위기사단이 있고, 네가 있어. 정말 걸리적거려서 견딜 수가 없네. 플랜 A가 지체되고 있어. 그러니 장애물을 없앨 겸 방해꾼의 무참한 패배를 왕국 전체에 보여주면서 구경거리로 만들려 했거든."

"너, 역시 성격이 안 좋구나. 그리고 서문을 빠져나오면 방해할 사람이 아무도 없을 거라니, 예상을 꽤나 어설프게 한 것 같은데."

그리고 계획대로 진행되었다 하더라도 프랭클린의 계획을 방해하는 사람은 반드시 있었을 것이다.

"그 입간판 내용이 사실이라면 유고(그 녀석)는 〈마스터〉를 제외한 사람들을 통과시키고 있는 거잖아? 그렇다면 내가 이곳에 오지 못하더라도 릴리아나 같은 사람들은 이곳에 올 수 있었을 텐데?"

"…………아니지. 너만 없었다면 그녀는 이곳에 없었을 거야."

그렇게 말한 프랭클린에게서 미소가 사라졌고, ……왠지 찌르는 듯한 날카로운 눈초리로 나를 보고 있었다.

하지만 그것은 아주 잠시뿐, 다시 실실거리는 미소가 얼굴에 달라붙었다.

"자, 시작해볼까. [RSK], 테스트는 끝이다."

그 말이 들린 것과 동시에 릴리아나 일행과 싸우고 있던 몬스터가 나를 보았다.

보면 볼수록 기분 나쁜 몬스터였다. 사이즈는 갈드랜더와 비슷한 정도지만 외모는 지금까지 싸워왔던 어떤 몬스터와도 달랐다. 수없이 금이 가 있는 살색 구체에서 검푸른 멍이 든 피부를 연상케 하는 두꺼운 촉수가 열 개나 뻗어 나와 있었다.

"호러 영화 같은 녀석하고는 어제 싸워 본 적이 있는데……저 녀석은 악몽에나 나올 것 같구나."

애매하면서도 공포를 부추기는 듯한…… 저 괴물은 그런 기분 나쁜 느낌을 주고 있었다.

『그렇구나. 하지만 나는 저쪽이 언데드보다 싸우기 편하다. 그런데 레이, 알고 있는가?』

알고 있어. 용기를 내서 온 건 좋은데 상황이 꽤 위험하다.

『서문에서 전투를 벌이지 않았다면 《카운터 앱숍션》과 《복수는 나의 것》 콤보도 노릴 수 있었을 텐데 말이다. 그러지 못하는 이상 저 녀석이 [갈드랜더]나 [고즈메이즈]처럼 뛰어난 화력을 지니지 않기를 기도할 수밖에 없겠지.』

선수로 날린 《연옥화염》도 통하지 않았고.

주위에 근위기사단 사람들이 쓰러져 있는 이상 《지옥독기》도 사용할 수 없다.

[성기사]로서의 순수한 역량을 따지면 나보다 더 뛰어날 것 같은 릴리아나 일행이 밀리고 있으니 내가 평범하게 공격해봤자 승산은 희박하다…… 아니, 거의 없는 거나 마찬가지다.

'그것'도…… 이 상황에서는 쓸 수 없다.

이렇게 된 이상 항상 그랬듯이 《복수는 나의 것》으로 끝내는 걸 노릴 수밖에 없나…….

"…………."

정말 《복수는 나의 것》을 써도 될까?

『레이?』

이건 단순한 감이다.

하지만 지금까지 마주쳤던 강적과의 싸움에서도 느꼈던 감각.

[RSK], 눈앞에 있는 그 몬스터에게서는 시각적인 불쾌함과 동시에…… 이상한 오한 같은 게 느껴졌다.

그것은 내가 싸웠던 상대 중에서도 최악의 상대였던 [고즈메이즈]와 비슷하지만 다른 것이었다.

그 합체 언데드가 모든 산 자를 증오하고 있다면 눈앞에 있는 괴물은 마치…….

"레이디스 앤드 젠틀맨!"

프랭클린이 내 생각을 가로막으려는 듯이 소리쳤다. 그 녀석은 [브로드캐스트 아이]…… 녀석이 생중계용이라고 했던 몬스터를 바라보았다.

"이 영상을 보고 계신 결투도시 여러분, 그리고 왕국 여러분! 아까 뵙고 또 뵙습니다, 아니면 처음 뵙겠습니다! [대교수] Mr. 프랭클린입니다아. 오늘 밤 지금부터 제 게임의 클라이맥스를 보여드리겠습니다아!"

프랭클린은 그렇게 말한 다음 품속에서 30년 정도 전 휴대 단말기…… 스마트폰과 비슷한 기계를 꺼냈다.

"이것은 바로 결투도시에 숨겨져 있는 몬스터의 해방 스위치입니다!"

"……윽!"

"이 스위치에는 타이머 기능이 달려 있어서 앞으로 652초 뒤에 모든 몬스터를 해방하는 전파를 발신하게 되어 있습니다아! 그중 몇 마리는 투기장에서 나오려고 결계를 공격한 근육뇌들 때문에 사전 해방되었지만요."

"모든 몬스터의 해방?! 잠깐만요, 그러면……!"

릴리아나가 절박한 표정을 짓고 있었지만 프랭클린은 더 활짝 웃으며 대답했다.

"그렇습니다. 아롱 클래스 이상인 몬스터 500마리. 그것이 일제히 결투도시를 습격하겠죠. 일단 〈마스터〉가 아닌 인간은 습격하지 않게끔 설정해두었지만 〈마스터〉는 공격할 테고 건물도 주저하지 않고 부술 겁니다. 이 도시는 얼마나 부서지게 될까요오?"

그 녀석이 하고 있는 말도, 이곳의 상황도 기데온에 나오고 있었다. 프랭클린은 '자기 옆에 놓여 있는 시한폭탄'의 카운트를 보여줌으로써 공포를 부추기고 있다.

"자, 이 스위치 말인데요…… 얍."

프랭클린은 그렇게 말하며 바로 옆에 있던 [RSK] 쪽으로 스위치를 던졌다.

그 직후, 마치 클리오네가 먹이를 먹을 때처럼 [RSK]의 살색 구체가 열렸고 스위치가 그 안으로 들어가 버렸다.

"이제 600초 정도 뒤에 스위치가 신호를 발신할 텐데요…… 그걸 막으려면 이 [RSK]를 쓰러뜨릴 수밖에 없습니다."

프랭클린은 그렇게 말하고 말을 끊은 뒤…… 일부러 거창하게 움직이며 릴리아나를 가리켰다.

"싸움에 도전하는 건 근위기사단 부단장 [성기사] 그란드리아 경! 근위기사단 제3위 [성기사] 린도스 경!"

두 사람을 가리킨 다음.

"그리고! 이 중에서 유일한 〈마스터〉…… [성기사] 레이 스탈링 군입니다아!"

나도 손가락으로 가리켰다.

"[성기사] 세 사람이 결투도시를 지켜낼 수 있을 것인가! 모든 것이 이 세 사람의 어깨에 걸려 있습니다!"

그 녀석은 구경거리로 만들어주겠다는 의도에 맞게, 그리고 과잉 연출을 덧붙여 그렇게 말했다.

"그러니까."

그리고 그 녀석은 마지막으로 한 마디.

"——도시가 없어지면 이 세 사람을 원망해주세요."

매우 유쾌하다는 듯이 웃으며 말했다.

『저 녀석, 성격이 최악이로구나!!』

동감이지만 지금은 그런 말을 하고 있을 여유가 없다.

살색 괴물 구체는 이미 행동을 시작하고 있었다. 구체의 표면에 새겨진 수많은 균열. 그것들이 일제히 상처가 벌어지듯이 개방되었고 안에서 눈을 찌를 듯이 눈부신 빛이 뿜어져 나왔다.

마치 카메라 플래시를 계속 퍼붓는 것 같아 똑바로 바라볼 수가 없었다.

"눈속임?!"

"레이 씨! 저 빛을 틈타서 공격이 와요!"

그 충고보다 더 빨랐을까. 그때는 이미 나를 태우고 있던 [실버]가 뛰어가고 있었다.

"큭!"

그와 동시에 내가 있던 곳의 지면에 무언가가 부딪혔고 폭발했다.

그것은 눈부신 빛 뒤에 숨어서 날아온 광탄.

위력을 따지면 내가 젬으로 몇 번 쓴 적이 있는《화이트 랜스》
의 세 배 정도.

하지만 그 정도다. 피하지 못하고 한 방 맞았지만 충격은 그렇
게 크지 않았고 HP도 1할 정도밖에 줄어들지 않았다.

『이 정도라면 해볼 만하겠……군!』

그렇다. 해볼 만하다, 할 수 있다. 이대로 공격을 맞으면서 회
복하고 대미지를 축적시킨 다음《복수는 나의 것》을 맞추면 이
길 수 있다.

릴리아나 일행의 전투를 멀리서 보았기에 알고 있다. 상대방
은 물리공격을 막아내는 배리어를 항상 전개하고 있고 성속성
공격과 불꽃에도 매우 높은 내성을 지니고 있다.

하지만 축적된 대미지의 두 배에 해당하는 고정 대미지를 입
히는《복수는 나의 것》이라면 문제없이 대미지를 입힐 수 있다.

그럴 것이다. 그럴 텐데…….

어째서…… 이렇게 불안함이 사라지지 않는 걸까.

『궁지에 처했을 때 그대의 감은 잘 맞으니까, 저 조잡한 놈에
게 뭔가가 있을지도 모른다. 하지만…….』

하지만 쓸 수 있는 수단이《복수는 나의 것》밖에 없다면 그걸
로 끝내는 걸 노릴 수밖에 없다.

"아, 그렇지. 내가 타고 있는 이 아이의 배리어는 지금 [RSK]
하고 연동되어 있거든. 그러니까 왕녀님을 구하려 해도 [RSK]를

쓰러뜨려야만 해."

……그렇다는 모양이다.

『이제 싸울 수밖에 없다는 겐가.』

"그래…… 가자!"

『알겠다!』

나는 [실버]를 타고 달리며 [RSK]와 맞섰다.

항상 이동하면서 상대방의 광탄을 피하거나 맞으면서 이쪽에서도 공격을 가했다.

대검으로 가한 공격은 표면에 전개되어 있는 배리어로 인해 무효화되었다. 《연옥화염》도 마찬가지였다.

하지만 저 미지의 괴물이 지니고 있는 힘의 일부라도 알아내기 위해 계속 견제 공격을 가했다.

그와 동시에 회복마법 스킬과 아이템으로 HP도 회복시켰다. 지금은 5,000이 넘는 내 HP와 《성기사의 가호》가 더해진 내구력, 그리고 상대방의 낮은 화력.

그러한 요소가 겹쳐져 순조롭게 대미지를 축적시키고 있었다.

그렇다, 순조롭게 진행되고 있는데…… 역시 위화감이 들었다.

『축적대미지가…… 뭐지? 아니, 틀림없이 저놈인데…….』

"네메시스?"

『그, 그래, 미안하구나. 좀 묘한 느낌이 들어서 말이다.』

묘한 느낌이란 축적 대미지일 것이다. [고즈메이즈] 때도 그랬지만 네메시스는 대미지를 입힌 상대방을 감지할 수 있는 감각을 지니고 있다.

"묘하다니, 어떻게?"

『틀림없이 저 [RSK]라는 괴물에게서 입은 대미지가 축적되고 있는데…… 그게 흩어져 있다는 이미지다.』

흩어져 있다고?

『그대의 세계로 예를 들자면 암세포가 몸 전체로 전이한 CT 사진을 보고 있는 듯한 느낌이라 할 수 있겠지.』

"……몸 전체?"

하지만 그래도 [RSK]가 대미지를 축적시키고 있다는 건 마찬가지 아닌가?

『그래, 그 말대로다…….』

그렇게 들린 텔레파시는 미지의 감각으로 인해 네메시스가 불안해하고 있다는 것을 알려주었다.

"……한 번 써보자."

『아직 치사 대미지량에는 한참 못 미치는 것 같다만.』

"그러니까. 내 감하고 네 감각, 양쪽 다 저게 이상하다고 말하고 있어. 승부를 내려는 타이밍에서 뜻밖의 사태가 생기는 것보다는 지금 확인해두는 게 나아."

『……알겠다!』

"실버!"

내가 배를 차는 것과 동시에 고삐를 당기자 실버는 그에 따라 [RSK]를 향해 단숨에 달려가기 시작했다.

수많은 광탄의 비를 피하며 나아가자 우리들과 [RSK] 사이의 거리가 0이 되었다.

촉수 중 하나를 날려버릴 생각으로 대검을 휘둘렀다.

그리고 나와 네메시스의 비장의 수이자 유일한 결정타를 사용했다.

"『──《복수는 나의 것》!!』"

《복수는 나의 것》은 지금까지 많은 적을 쓰러뜨려 왔다.

최초의 적, [데미 드래그 웜].

불꽃과 독의 삼면귀, [대장귀 갈드랜더].

인간의 죽음과 악의의 결정체, [원령우마 고즈메이즈].

많은 강적을 쓰러뜨렸고, 우리들이 가장 신뢰하는 스킬.

그 스킬은 지금 미지의 괴물인 [RSK]에게도 날아가──

『말도 안 돼…….』

──작은 상처도 입히지 못했다.

대검은 [RSK]의 표면에 미끄러질 뿐, 아무런 파괴도 가져다주지 않았다.

그 직후에 [RSK]의 균열에서 날아온 광탄이 무방비했던 우리들에게 직격했다.

몇 발을 맞아 내 HP가 3할 이상 깎여나갔지만 그런 건 중요하지 않다.

"어째서……."

《복수는 나의 것》은 상대방에게서 입은 대미지를 두 배로 만들고 온갖 방어를 무시하고 되돌려주는 스킬이다.

지금까지 대미지를 축적시킨 상대방에게 날려서 통하지 않은 적은 한 번도 없다.

하지만 저 [RSK]에게는 전혀 통하지 않았다.

"──아, 멋진 표정이네."

그렇게 도취된 듯한 목소리가 내 귀에 들렸다.

"프랭클린……!"

우리들을 내려다보고 있는 프랭클린의 저 표정. 그것은 여전히 미소였지만…… 좀 전까지 보여주던 끈적끈적한 미소가 아니라 매우 유쾌해서 어쩔 수가 없다는 웃음이었다.

"아하하, 멍해졌네. 영문을 모르겠지? '왜? 어째서? 우리들의 《복수》는 모든 것에 통하는 필살기 아니었어? 네메에몽~!'이라고 말하고 싶은가? 안경 때문에 ○진구 역할을 맡게 된 레이 구운?"

"……큭!"

"아, 또 놀랐네. 좋아. 좋아."

방금 저 녀석이 이야기한 안경 이야기는 자신을 플라밍고라 소개해했던 프랭클린과 헤어진 다음, 나와 네메시스 단둘이서 이야기했던 내용이다.

그걸 저 녀석이 파악하고 있다는 건…….

"……너, 그 약에 귀가 돋아나게 하는 것 말고도 뭔가 넣었구나."

"정답이야."

프랭클린은 그렇게 말하고 품속에서 약병 하나를 꺼냈다.

그것은 내가 어제 먹었던 것과 똑같은 약병이었다.

"네게 먹게 한 그 약. 그건 [열화 만능 영약(레서 에릭실)]과 [강아지 귀약]의 칵테일이었는데."

그 녀석이 약병 뚜껑을 열고 내용물을 자신의 손바닥에 뚝뚝 떨어뜨리자…….

"──사실 약 말고 다른 것도 들어 있었어."

손바닥에 유리구슬 정도 크기의 물체가 남았다.

"이 아이는 [PSS(피핑 스파이스 슬라임)]. 액체 형태에 전투력은 없고 사람의 위장의 소화력이라도 24시간 정도만에 사라져버리지. 하지만 존재하고 있는 동안에는 복용한 사람의 스테이터스와 스킬 정보, 그리고 말한 음성정보를 내게 계속 가져다주거든."

녀석은 '의심을 사지 않게끔, 상대방의 로그아웃을 방해하지 않게끔 조작하느라 고생했지만', 그렇게 웃으면서 말하고 있었고 나는 그 말과 행동으로 인해 입을 막았다. 넣으려면 좀 제대로 된 걸 넣으라고…… 뒤늦게 [슬라임]을 먹었다는 생각에 기분 나쁜 느낌이 솟구쳤다.

"네 수법은 이미 전부 파악하고 있어. 〈엠브리오〉 네메시스의 스킬 세 가지. [장염수갑], [자원주갑], 진짜 황옥마 등의 아이템. 《성별의 은광》을 필두로 한 네 자신의 스킬. 사용할 수 있는 전술에 대해서도 [대사령] 메이즈, [고즈메이즈]와 벌인 전투를 통해 알고 있지."

그것은 내가 지니고 있는 모든 것이다.

그것을 전부 들켰다고?

"그리고 이 [RSK]는 네가 지니고 있는 모든 능력에 맞춰져 있어."

"맞, 춰져……?"

"《복수는 나의 것》은 통하지 않아. 상태이상 같은 것도 걸리지 않지. 《연옥화염》은 통하지 않아. 《지옥독기》도 통하지 않아. 《성별의 은광》도 통하지 않아. 만약에 《그랜드 크로스》를 쓸 수 있게 되었더라도 통하지 않아. 네 레벨에서 가하는 일반 공격도 통하지 않아. [RSK]는 너와 맞붙으면 무적이고 최강이야. 그렇지, 왜냐하면……."

프랭클린은 말을 끊고 빛나는 듯한 미소를 지으며 선언했다.

"──[RSK(레이 스탈링 킬러)]는 너를 쓰러뜨리기 위한 몬스터니까."

"…………나를 쓰러뜨리기, 위한?"

[레이 스탈링 킬러]?

프랭클린이 나를 쓰러뜨리기 위해서만 존재하는 몬스터를 준비했다고?

"그러니까 어떻게 하더라도 너는 반드시 지게 될 거야. 이 [RSK]를 만드는데 1억 릴이 들었지만 말이야. 그래도 어쩔 수 없지. 돈은 승리를 위해 쓰는 거니까."

"어째서……?"

어째서 프랭클린, 〈초급〉이 나를 상대로 그렇게까지 힘을 쓰지?

너하고는 어제 만났을 뿐이잖아?

아니면 유고하고 관련이 있나?

"어째서? 응, 신기하지. 어째서 〈초급〉인 내가 훨씬 격이 떨어지는 널 상대로 거액을 투자해서 이런 대책까지 내세운 건지 신기하겠지."

프랭클린은 그렇게 말하고 웃음을 거둔 뒤…… 이렇게 말했다.

"그건 말이지, 내가 너에게 한 번 **졌기 때문**이야."

그 눈초리는 무서울 정도로 진지해서 내가 꿰뚫리는 것 같은 느낌이 들었다.

"네가 나한테? 그게…… 언제인데?"

내 의문이 최대치가 되려던 순간, 프랭클린은 아래쪽을…… [RSK]에게 공격을 가하고 있던 릴리아나를 손가락으로 가리켰다.

"저기 있는 릴리아나 그란드리아의 암살계획. 내가 세웠던 그 계획을 분쇄한 게 너니까 대책을 세운 거지."

릴리아나의 암살계획을 내가 분쇄…… 그건.

"너만 없었다면 그 곰인간도 없었을 테니 [데미 드래그 웜] 50마리가 확실하게 릴리아나를 해치웠을 거야. 계획을 무너뜨리고 나를 패배하게 만든 건 너다, 레이 스탈링."

곰인간── 형.

[데미 드래그 웜] 50마리──〈옛 레브 과수원〉.

──그때, 안경을 쓴 오빠가 '이 향이 있으면 바깥에 있는〈과수원〉에 갈 수 있어'라고……

떠오른 것은 그때 밀리안느가 했던 말.

…………그런, 건가.

"나는 나를 지게 만드는 녀석을 **용서하지 않아**. 나를 일그러 뜨리는 녀석을 **용서하지 않아**. 그러니까 두 번째는 철저하게 대책을 짜고 더할 나위 없이 무참하게 지게 만들 거야. 두 번 다시 내 앞에 설 수 없게 만드는 거지. 너도 그렇게 될 거야. 여기에서 지고 왕국 전체의 구경거리가 되어줘어어어!"

광기까지 느껴지는 표정과 목소리로 프랭클린이 소리쳤다.

그렇구나. 네가 내게 분노와 원한을 품고 있다는 것도, 그 원인도 잘 알았다.

그래, 알고말고.

"네가 내 대책을 세운 이유는 알겠어."

──그러니까, 네가 **그걸** 꾸몄다는 거지?

"하하하, 이해한 모양이구나아아?"

"그래. 그리고…… 너를 두들겨 패야만 한다는 것도."

"……뭐?"

프랭클린이 신기하다는 표정으로 나를 보았다.

아니? 딱히 신기할 건 아무것도 없잖아.

"나는 말이야, 어린애가…… 밀리안느가 휘말리게 되었던 그 사건 때 생각한 게 한 가지 있거든."

그렇다, 그때 생각했던 것.

"'어린애가 이런 꼴이 되게 만든 녀석은 한 방 두들겨 패준다' 라고."

범인은 알 수 없었고, 밀리안느와 릴리아나는 무사했다.

그래서 제쳐두고 있었는데…… 나는 그걸 꾸민 녀석을 용서한
게 아니다.

"그러니까 범인이 너라는 걸 안 이상…… 책임은 져야겠다,
프랭클린."

"…………."

"다시 한 번 말해주지."

나는 수갑을 낀 손으로 가리키며 프랭클린에게 선언했다.

"──나는, 너를, 두들겨 팰거야. 목 씻고 기다려라, 〈초급〉."

"해봐라…… 초보(루키)!"

말을 주고받은 다음, 나와 프랭클린 사이를 가로막으려는 듯
이 [RSK]가 움직이기 시작했다.

저 녀석은 〈초급〉이 나를 쓰러뜨린다는 목적으로만 만든 몬
스터다.

그렇구나, 릴리아나 일행이 고전했던 이유도 이해가 된다.

"[성기사]이기 때문인가……."

나와 같은 직업이라서 나에 대한 대책이 그대로 들어맞아버린
다. 불행한 일치다.

그녀들이 [성기사]가 아니었다면 프랭클린도 다른 몬스터를
꺼냈겠지만.

……저 녀석은 지금도 마음만 내키면 몬스터를 추가로 내보낼
수 있어.

하지만 '내 마음을 부러뜨리고 완전히 패배하게 만드는 것'과 '도시를 지키는 사람이 몬스터 한 마리에게 어떻게 해보지도 못하고 당한다'는 구도 때문에 꺼내지 않을 뿐이다.

[RSK]를 쓰러뜨려도 다시 몬스터를 추가로 내보낼 것이다.

하지만 그렇다 해도 [RSK]를 쓰러뜨리면 도시에 숨어 있는 몬스터 해방을 저지할 수 있고 배리어가 사라지면 왕녀를 구할 기회도 생겨난다.

"다시 말해 지금 해야 할 일은 변하지 않아. [RSK]를…… [레이 스탈링 킬러]라는 바보 같은 이름의 망할 몬스터를 쓰러뜨리기만 하면 되는 거지."

『그러기 위해서는 어째서 《복수》가 통하지 않았는지 알아야 한다만…….』

"그건 이미 짐작하고 있어."

『어?』

"지금부터 그걸 확인할 거야."

나는 고삐를 당겨서—— 실버를 멈춰 세웠다.

『레이?!』

나는 오른쪽 눈을 감고 왼쪽 눈만 떴다. 정지한 상태에서 급소에 제대로 맞는 것을 피하기 위해 왼손으로 얼굴을 가리고 그 틈새로 [RSK]를 바라보았다.

녀석은 지금도 균열에서 빛과 함께 수많은 광탄을 쏘아대고 있다. 당연히 그런 녀석을 똑바로 바라보면 따가운 빛으로 인해 눈이 타버리게 된다. 태양을 망원경으로 계속 바라보는 거나 마찬가지다.

하지만 나는 왼쪽 눈 망막이 타는 데도 불구하고 빛이 발생한 곳…… 녀석의 균열 안쪽에 있는 것을 보려 했다. 말 그대로 눈이 타오르는 빛 속에서 실체는 전혀 보이지 않았다. 하지만 그럼에도 불구하고 보여야 하는 것을 보기 위해 눈을 계속 뜨고 있었다.

그곳에 반드시 있으리라 확신하고.

그리고──.

"그럴 줄 알았어."

내가 **그것**을 확인한 것과 동시에 광탄이 내게 명중했다.

좀 전에 맞았던 대미지까지 합쳐서 HP가 5할 이상 깎여나갔다.

"레이 씨! 《포스 힐》!"

공격을 맞은 내게 릴리아나가 약간 떨어진 곳에서 회복 마법을 걸어주었다.

내가 사용할 수 있는 것보다 더 뛰어난 회복마법으로 인해 내 HP는 바로 9할 정도까지 회복되었다.

『레이…… 이 바보! 반쯤 자살행위 아니냐?!』

"레이 씨! 아무리 그래도 방금 같은 행동은 너무 위험해요!"

아, 스테레오로 엄청 혼나고 있네.

"미안…… 그래도 그런 보람은 있었어. 보였으니까."

릴리아나의 회복마법으로도 아직 왼쪽 눈은 회복되지 않았다.

하지만 그 대가로는 충분한 것을 얻었다.

"빛 속에 이름이 보였어."

『이름?』

"저 빛나는 균열 안에 [RSK]와는 다른 몬스터의 이름 표시가 희미하게나마 보였어."

『그건, 설마…….』

"──[RSK]는 한 마리가 아니야. 우리들을 공격하고 있는 건 다른 몬스터야."

◆ ◆ ◆

〈Infinite Dendrogram〉에는 [이빌 차일드]라 불리는 몬스터가 존재한다.

그들 종족의 특징은 '종족으로서 특정한 형태를 지니지 않는 것'이다.

슬라임 종족처럼 형태가 정해져 있지 않다는 뜻이 아니다.

[이빌 차일드]는 육체의 부위와 기관을 자유롭게 돋아나게 할 수 있는 몬스터다.

태어났을 때는 전부 다 살덩이 구체지만 환경에 따라 '돋아나게 하는' 부위를 바꿀 수 있다.

적이 많은 지역에서는 위험을 감지하기 위해 수많은 귀와 눈을 갖춘다.

절벽이 많은 지역에서는 암벽을 붙잡기 위해 수많은 손을 갖춘다.

필요에 따라 만들어낸 것이긴 하지만 자신의 세포를 분열시켜서 신체기관을 여러 개 만들어내는 모습은 인간의 미적 기준으로는 봐줄 만한 것이 아니다.

그리고 노리기 편한 사냥감으로 아이──동물뿐만이 아니라 인간이나 [이빌 차일드]의 새끼까지 포함한다──를 먹는 습성도 있어 [이빌 차일드]라는 이름으로 불리며 기피하는 몬스터다.

프랭클린은 [RSK]를 만들 때 [이빌 차일드]의 신체기관을 분열시키는 능력을 기반으로 삼자고 생각했다. [이빌 차일드]가 분열시킬 수 있는 신체기관은 귀와 눈, 손과 발뿐만이 아니라 광탄을 발사하는 공격기관 같은 것도 돋아나게 할 수 있다.

프랭클린은 거기서 한 단계 더 나아갔다.

공격기관으로써 '다른 몬스터를 만들어내는' 능력으로 개조한 것이다.

분열하여 돋아난 공격기관이 [RSK]의 일부가 아니라 [RSK]와는 다른 몬스터라고 인식될 정도로 분열을 강화한다. 그리고 그렇게 만들어낸 공격기관 몬스터가 다른 개체이면서도 [RSK]의 지휘에 완전히 따르게끔 조정했다.

보통 그 정도까지 원래 형태에서 벗어난 몬스터는《몬스터 크리에이션》으로 만들 수 없다.《몬스터 크리에이션》은 연구자 계통의 스킬이고 기본적으로는 몬스터의 소재를 대량으로 모아 같은 종류의 몬스터를 만드는 스킬이다. 만들 때 추가 소재를 이용해 어느 정도 스테이터스를 변경하거나 스킬을 추가할 수는 있지만 그 폭은 적다.

하지만 프랭클린이 지니고 있는 〈초급 엠브리오〉 판데모니움의 필살 스킬, 《개태신소》는 그것을 가능케 했다.

결과적으로 생겨난 것은······ 공격기관 몬스터 생성 스킬 《권속생성》과 수많은 무효화 스킬을 지닌 채 본체는 **아무것도 하지 않는** 몬스터 [RSK]였다.

공격기관을 다른 몬스터로 만드는 것에는 의미가 없다.

무효화 스킬도 무효화 되지 않는 속성으로 공격하면 문제가 없다.

그렇기 때문에 수고가 많이 들긴 했지만 [RSK]는 단순한 순룡 클래스 몬스터다.

──어떤 〈마스터〉 한 명을 제외하면.

"다른 몬스터? 하지만 《환기》로는 [RSK] 한 마리만 불러냈어요."

"그러면 소환된 뒤에 저 눈꺼풀 안에서 몬스터를 만들어낸 거 아닐까. 식물 계열 몬스터 중에서도 동료를 늘리는 녀석이 있으니까."

포기를 나눠서, 또는 씨를 날려서 몬스터를 만들어내는 몬스터는 기데온으로 오던 도중에 몇 번 본 적이 있다.

"거기에 무슨 의미가······."

"그래, 보통은 똑같지. 저 녀석이 공격을 하든, 다른 몬스터가 공격을 하든, 일어나는 일은 똑같아."

하지만 그 수단의 차이는 내게만은…… 나와 네메시스에게만은 결정적인 차이가 된다.

"저 [레이 스탈링 킬러]는 나를 쓰러뜨리기 위한 몬스터야. 그리고 나와 네메시스의 비장의 수는 상대방에게서 받은 대미지를 돌려주는 카운터인《복수는 나의 것》."

그렇다, 다시 말해…….

"대미지를 상대방에게 되돌려주는 스킬은──'그 녀석이 공격하지 않는다면 아무런 효과도 발휘하지 않는다'라고 할 수 있으니까. 우리들에게 맞서려면 **아무것도 하지 않는 것**보다 더 좋은 수단은 없어."

그것이 불발의 이유. 우리들에게 대미지를 입히고 있는 것은 어디까지나 [RSK]가 만든 몬스터이지, [RSK]는 아니다.

그렇기 때문에《복수는 나의 것》은 쓸 수 없다, 아니, 써도 의미가 없다.

0인 대미지는 아무리 곱해봤자 0이다.

그리고 저 빛은 여러 몬스터의 집합체라는 사실을 시각적으로 은폐하기 위해 뿜어내고 있을 것이다.

아무튼 수수께끼는 풀렸다.《복수는 나의 것》으로는 [RSK]를 쓰러뜨릴 수 없고, 공격용 몬스터를 아무리 쓰러뜨려봤자 다시 생겨날 것이다.

"절망을 다시 확인하는 건 끝났나?"

"프랭클린……."

"아, 참 빠르네. 상황을 이해하지 못하고 좀 더 허둥댈 거라 생각했어. 뭐, 이해하더라도 의미는 없겠지만 말이야!"

프랭클린은 그렇게 말하고 다시 웃었다.

저 녀석이 말한 대로 [RSK]의 비밀을 알아봤자 의미는 없긴 하다.

그건 사실이지만…….

"우리들의 《복수》가 통하지 않는 이유가 있어서 **안심**했어."

"……안심?"

내가 한 말을 듣고 프랭클린이 웃음을 거둔 뒤 눈살을 찌푸렸다.

"〈초급〉인 너라도 이유 없이 무적인 몬스터 같은 건 만들 수 없었던 거니까."

"…………."

플레이어, 〈마스터〉, 〈엠브리오〉의 도달점.

최종 제7형태에 도달한 100명도 되지 않는 최강층.

그런 사람도 무적의 존재는 만들어내지 못했다.

"그렇다면 해볼 방법은 있지. 아무리 0에 한없이 가깝더라도…… 가능성이 그곳에 있다면 그걸 붙잡는 걸 포기하진 않을 거야."

예전에 형이 가르쳐준 말을, [고즈메이즈]와 싸울 때 떠올렸던 말을 꺼냈다.

"크핫, 포기하지 않는 건 상관없지만 남은 시간은 270초도 안 돼. 4분 정도만에 뭘 할 수 있지?"

나는 [검은 대검] 상태인 네메시스를 들고 [RSK] 쪽으로 겨누었다.

"저 녀석에게 이길 거야."

"……흥."

자, 이제 4분 남았나. 내게는 아직 유효타가 없다. 릴리아나와 린도스 경도 마찬가지다.

《복수는 나의 것》뿐만이 아니라 《연옥화염》도 통하지 않는다. 적이 상태이상 계열 스킬을 쓰지 않으니 《역전은 나부끼는 깃발과 같이(리버스 애즈 플래그)》도 쓸 수가 없고, [RSK] 주위에 사람들이 쓰러져 있어서 나도 《지옥독기》를 쓸 수가 없다.

아니, 그 녀석이 한 말이 맞다면 써도 효과가 없는 건가?

"……?"

──《복수는 나의 것》은 통하지 않는다.

──상태이상 같은 건 걸리지 않는다.

──《연옥화염》은 통하지 않는다.

──《지옥독기》는 통하지 않는다.

──《성별의 은광》도 통하지 않는다.

──만약에 《그랜드 크로스》를 쓸 수 있게 되더라도 통하지 않는다.

프랭클린이 한 말인데…… 이 말에는 두 개 정도 **구멍**이 있다.

하나는 내가 가지고 있는 스킬에 대해 일부러 '통하지 않는다'고 선언한 것.

말하지 않고 내버려 두면 내가 그 스킬을 시험해보는 동안 남은 시간을 허비하게 만들 수 있다.

내가 하나씩 시험해보다가 헛수고하는 것을 보고 즐길 수도 있었을 것이다.

그런데…… 일부러 말했다고?

그냥 신이 나서 말이 헛나온 건지, 아니면 다른 이유가 있는 건지.

다른 하나는…… 그 녀석이 내세운 대책이 완전하지 않다는 것.

"……아, 그렇구나. 24시간이라고 했었지."

내 정보를 송신하고 있던 [PSS]의 유지기간은 어제 아침부터 24시간.

그렇다면 모르더라도 이상하지는 않다.

하지만 이거 하나만으로는 아마 저걸 이길 수 없을 것이다…… 아니.

녀석이 했던 말의 구멍 중에서 먼저 생각했던 것하고 합치면…… 가능하려나.

『레이?』

"기사회생할 수단이 하나 있어. 아마 프랭클린은 모를 거야."

『…… '그것'인가.』

"'그거'야. '그거'하고 도박을 하나 더 겹치면 저걸 이길 수 있을지도 몰라. 예상이 빗나갔을 때 리스크가 좀 크긴 하지만 말이야. 아마 반쯤 자폭하는 형태로 지게 되겠지."

『이대로 지는 것보다 더 큰 리스크가 있는 게야?』

"그렇긴 하네. 하지만 아직 문제가 있어."

나는 [RSK]를…… [RSK]의 발치를 바라보았다. 그곳에는 [RSK]에게 당한 근위기사단 몇 명이

쓰러져 있었다. 그들을 어떻게든 구해내지 않는 한, 이 방법은 쓸 수 없다.

내가 그들을 구하기 위해 움직이려 했을 때.

"뭔가 방법이 있는 것이지?"

[RSK]와 싸우고 있던 린도스 경이 내게 말을 걸었다.

"모 아니면 도지만…… 잘 되면 몬스터 해방은 어떻게든 해볼 수 있을 것 같네요."

"내가 뭔가 도울 수 있는 건 없나?"

그 말을 들었을 때 나는 스스로도 눈을 동그랗게 뜨고 있다는 것을 느꼈다. 저 사람과 만난 적은 어제와 오늘 아침, 두 번밖에 없지만 〈마스터〉에게 좋은 감정을 품고 있는 것 같지 않았기 때문이다.

"……무슨 말을 하고 싶은 건지는 알겠다. 하지만 내 개인의 호불호는 사소한 문제지. 중요한 것은."

"기데온에 있는 사람들과 왕녀님이죠."

"그렇다."

린도스 경은 그렇게 말한 뒤 웃었고, 나도 웃으며 대답했다.

"그래서, 나와 그란드리아 경이 할 수 있는 게 있나?"

"2분 이내에 [RSK] 발치에 있는 근위기사단 분들을 이동시켜 주세요. 최소한 100미터…… 메텔 밖으로."

아마도 '모으는 데' 2분은 걸릴 것이다.

"그리고 저 녀석을 저곳에서 움직이지 못하게 하다가…… 제가 다가가면 반드시 물러나 주세요."

"지시가 많군. 하지만 알겠다. 들으셨소? 그란드리아 경!"

"네! 구조는 맡겨주세요!"

"그렇다면 내가 움직임을 막도록 하지!"

두 사람은 그렇게 말한 뒤 [RSK]의 발치 쪽으로 이동했다. 릴리아나는 [RSK]의 광탄을 피하며 근위기사단 사람들을 구해냈고, 린도스 경은 혼자서 [RSK]를 붙잡아두고 있었다.

나보다 숙련된 [성기사]인 두 사람을 보고 있자니 순수한 감동이 느껴졌다.

"우리들도 가자…… 실버!"

실버가 내 목소리에 대답하며 울었다.

"《바람발굽》…… 발동!!"

그리고 나는 실버──[황옥마 제피로스 실버(백은지풍)]의 장비 스킬을 기동시켰다.

◇ ◇ ◇

□결투도시 기데온 서부 〈잔드 초원〉

레이의 선언과 함께 레이가 타고 있던 실버가 스킬을 발동하자 그 모습이 일그러졌다.

《바람발굽》으로 압축공기 배리어를 전개함으로써 빛이 일그러진 결과다.

"……어째서 지금?"

그 스킬을 본 순간, 프랭클린은 놀라움과 의문이 담긴 목소리로 말했다.

알지 못하던 것을 보았기 때문은 아니었다.

이미 알고 있었던 것을 '왜 지금 쓰는 것인가'라는 생각 때문이었다.

"저건 '이동과 방어'용 스킬인데?"

레이가 [황옥마 제피로스 실버]를 입수했을 때, 그의 몸 안에는 [PSS]가 기생하고 있었다.

당연히 정보는 얻어두었다. 《바람발굽》이라는 스킬에 대해서도 파악하고 있다.

압축공기 배리어와 공중보행능력…… 다시 말해 비행능력 추가.

그것들은 기승 계열 특수 장비나 몬스터가 가끔씩 지니고 있는 계통 스킬이다.

대책은 마련해두었다. 공격기관인 권속을 온몸에 배치하여 다수의 광탄으로 격추시키는 것이다. 《바람발굽》이 공격수단이라면 그에 맞는 방어기능을 넣었겠지만 그럴 필요도 없었다.

"딱히 이상한 부분은 없으니 저걸 사용해봤자…… 딱히 아무런 소용이 없잖아?"

《감정안》으로 [실버]의 장비 스킬을 확인하면서 자신의 생각을 말했다.

스스로 확인하려는 듯이…… 지금 알 수 없는 불안함이 있다는 것을 둘러대려는 듯이.

──결론부터 말하자면 프랭클린의 판단은 틀리지 않았다.

──《바람발굽》은 압축공기 배리어와 공중이동 스킬이다.

──원래는 그리 대단한 것이 아니다.

──어떤 장비와 조합하는 것을 제외하면.

"──[고즈메이즈]!!"

레이가 다시 말했다. 그 말에 대답하는 듯이 그의 다리에 장착된 흑자색 가죽 부츠가 움직이는 망자(리빙 데드)처럼 신음하며 깜빡였다.

"MP(마력)를…… 토해내라!!"

그 순간, 레이의 부츠── [자원주갑 고즈메이즈]는 보라색 마력을 공중에 방출했다.

원래 마력은 무색, 투명한 에너지임에도 불구하고 [자원주갑]에서 방출된 그것은 무시무시한 보라색이었다.

그 이유는 그 마력이 [자원주갑]의 《원념교환》으로 인해 저장된 마력이기 때문이다.

주위의 원념, 어두운 감정을 저장하여 착용한 사람의 SP와 MP로 변환하는 스킬이기 때문이다.

그 마력량은 매우 방대해서 일반적인 마법 계통 상급 직업은

가볍게 뛰어넘을 정도다.

상급 직업은커녕…… 마법 계열 초급 직업과도 필적한다.

"……이봐, 이봐."

그 에너지를 보고 프랭클린은 살짝 뒤로 물러났다.

MP로 따지면 수십 만, 레벨이 한계치에 달한 상급 마법 직업 수십 명 분량의 막대한 수치.

"그 스킬, 인가?"

프랭클린은 레이를 조사했기에 [자원주갑]의 《원념교환》도 알고 있었다.

그렇기 때문에 지금 이해할 수 없었던 것은 저 막대한 마력의 기반이다.

"저렇게 많은 원념이 대체 어디에서………… 빌어먹을."

프랭클린은 그렇게 말하다가 눈치채고 욕설을 내뱉었다. 눈치 채버렸다.

"나인가……!"

원념이, 어두운 감정이, '프랭클린이 일으킨 게임으로 인해 발생했다는 것'을.

수많은 개조 몬스터와 PK가 마구 날뛰었고, 지금도 중계를 통해 몬스터가 도시에 해방될 거라고 겁을 주고 있다.

그로 인해 생겨난 기데온에 있는 수만 명의 사람들의 '공포'. 그것이 거리를 뛰어가던 동안 저 [자원주갑]에 저장되었고, 지금 마력으로 변환되고 있는 것이다.

[고즈메이즈]의 성질로 인해 죽은 자의 원념이 가장 좋은 에너

지이며 산 자가 발산하는 공포라는 감정은 그에 미치지 못한다.

하지만 그것이 수만 명 분량이라면 공기에 발산되는 것을 흡수하기만 해도 막대한 양으로, 수십 만이나 되는 MP로 변한다.

(내 실수인가? 아니, 이건 피할 수 없었던 요소다. 잠깐, 지금 문제는…….)

《원념변환》의 MP를 《연옥화염》이나 《지옥독기》, 《역전은 나부끼는 깃발과 같이》에 쓴다는 것은 프랭클린도 예상하고 있었다.

문제는 그것들이 무의미한 현재 상황에서 막대한 마력을 개방한 이유다.

그리고 그 답은 곧바로 나타났다.

[자원주갑]으로부터 해방된 마력이 [실버]에게 흡수되었기 때문이다.

그 직후에—— 맹렬한 바람이 불었다.

그 바람은 북쪽에서, 남쪽에서, 서쪽에서, 동쪽에서, 모든 방향에서 불어왔다.

아니, 그것은 바람이 아니었다. 주위 일대의 공기가 [실버]를 중심으로 모여들고 있는 것이다.

'탄 사람의 MP를 소비함으로써 압축공기 장벽을 전개하는' 《바람발굽》이라는 스킬의 진가를 발휘하기 위해서.

수십 만에 달하는 MP를 사용해서 주위의 공기를 계속 압축시켰다.

이윽고 레이의 모습이 [실버]와 함께 보이지 않게 되었다. 그곳에는 칠흑의 구체가── 압축된 끝에 바깥의 빛이 투과되지 않게 된 압축공기 배리어가 있었다.

"……윽!"

그 구체를 본 순간, 프랭클린은 모든 것을 파악했다.

막대한 MP로 만들어진 압축공기 배리어가…… 배리어 같은 것이 아니라는 사실도.

"[RSK], 움직여! 이동이다!"

저 구체는 빛을 통과시키지 않는다.

그렇다면 안에서도 바깥을 볼 수 없다. 이동만 하면 레이가 [RSK]를 따라잡을 방법은 없다.

"그렇게 둘 순 없지!!"

하지만 피하려는 움직임을 막는 듯이 한 [성기사]── 린도스 경이 행동하고 있었다.

"《그랜드 크로스》!!"

린도스 경은 온 힘을 다해 견제 공격을 날렸다. 성스러운 빛은 눈앞에 있는 [RSK]에게 아무런 아픔도 주지 못했다.

하지만 그걸로도 충분했다. 대미지를 입지 않더라도 성스러운 빛의 압력으로 인해 움직임이 둔해졌다.

모든 것은 레이가 날릴 일격을 맞추기 위해서.

"치잇!! 《환……!"

프랭클린은 위기를 타파하기 위해 곧바로 새로운 개조 몬스터를 내보내려 했다.

하지만 그것을 실행하기도 전에── 칠흑의 바람이 [RSK]에게 달려갔다.

린도스 경은 재빨리 궤도에서 물러난 뒤 그대로 거리를 벌렸다.

자유로워진 [RSK]는 물러나려했지만 너무나도 느렸고.

──칠흑의 구체가 [RSK]에게 격돌했다.

하지만 [RSK]의 몸에는 닿지 않았다.

[RSK]가 전개한 《머티리얼 배리어》에 가로막힌 상태였다.

그렇다, 아무리 높은 밀도로 압축되었더라도 결국에는 배리어

다. 공격력이 올라가는 건 아니다.

[RSK]는 그 사실을 미약한 사고 능력으로 이해하는 것과 동시

에 안심했고…… [RSK]를 만든 사람은 '피하지 못했다'고 말하며

혀를 찼다.

"──《바람발굽》, **해제.**"

그 목소리는 압축공기 배리어 안에서 생겨났고, 그 안에서만

들렸다.

하지만 그 말이 만들어낸 것은 모두의 눈에 보였다.

까만 구체가 사라졌고── 그 직후에 **대폭발**이 일어났다.

그 폭발은 《머티리얼 배리어》 따위는 종잇장처럼 찢어발기며

[RSK]에게 직격했다.

◇ ◇ ◇

레이 스탈링이 그 현상을 발견한 것은 우연이었다.

아침에 《바람발굽》을 테스트하던 중에 써먹기가 불편한 압축 공기 배리어를 어떻게든 효과적으로 활용할 수 없을까, 그렇게 생각하던 때였다.

압축공기 배리어는 레이의 MP를 한계까지 소비해도 〈넥스 평원〉에 있는 몬스터의 공격에 뚫리는 정도. 레이는 그 이유가 자신의 낮은 MP에 비례하여 압축공기 배리어의 성능도 낮게 나오기 때문이라는 결론을 내렸다.

하지만 레이는 '그래, [자원주갑]과 조합해서 써보자'라는 생각을 해냈다.

어제와 오늘, 《원념변환》으로 회수한 MP가 그럭저럭 쌓여 있었기에 레이는 '이걸로 《바람발굽》을 쓰면 더 강력한 배리어가 되지 않을까?'라고 생각했다.

그 생각은 들어맞았고, 비교도 되지 않을 정도로 강력한 배리어가 생겨났다. 몬스터가 몰려와도 전혀 뚫지 못했다. 주위를 볼 수 없게 된다는 단점도 있었지만 써먹기 나름이라고 생각했다.

그렇게 실험을 마친 뒤 레이가 《바람발굽》을 해제하고 주위에 있는 몬스터와 싸우려 한 순간…… 실버 주위가 **폭발**했다.

파열이라고 해도 될지도 모른다. 피어오르는 흙먼지와 산산조각이 난 몬스터가 비처럼 쏟아져 내리는 가운데 레이와 네메시스는 동시에 고개를 갸웃거렸다.

하지만 이유는 간단했다.

《바람발굽》이 만들어낸 배리어는 어디까지나 공기를 모아서 압축한 것이다.

그렇기 때문에 《바람발굽》을 풀어도 모은 공기가 사라지는 것은 아니다. 모인 공기는 《바람발굽》이라는 그릇을 잃은 순간, 주위로 확산되고—— 결과적으로 폭발을 일으킨다.

풍선이 터지는 것을 수백, 수천 배 규모로 만든 거나 마찬가지다. 폭탄과의 차이는 거기에 살상용 쇳조각이 섞여 있지 않다는 것에 불과했고 폭압만으로 생물의 몸을 쉽사리 찢어발길 수 있었다.

생각해보면 당연한 결과였다.

다행히 실버는 그 폭발에 휘말리지 않는 구조인 모양이라 레이와 네메시스는 무사했다. 그렇지 않았다면 데스 페널티를 받았을 것이다.

하지만 몬스터의 피와 살점, 그리고 흙이 뒤섞여 쏟아져 내리는 주위의 참상은 앞으로 사용하는 것을 주저하게 만드는데 충분했다. 레이는 네메시스와 이야기를 나눈 뒤 자신들 말고는 무차별적으로 폭발에 휘말리게 만들어버리는 이 운용방법을 봉인하기로 했다.

결국 그날…… 실험했을 때보다 아득하게 많은 MP로 사용하게 되었지만.

◇ ◇ ◇

[자원주갑]의 내부에 저장된 수십 만에 달하는 MP를 전부 《바람발굽》에 사용할 경우 해방했을 때 일어나는 폭발이 얼마나 큰 위력을 보일지는 레이도 짐작이 되지 않았지만.

"……보아하니 그 녀석의 배리어를 부수기에는 충분한 위력이 나온 모양이네."

레이의 눈앞에 [RSK]가 몸통 위쪽 절반이 날아가고 내장을 드러낸 채 땅에 쓰러져 있었다.

피해는 [RSK]뿐만이 아니었다.

주위의 지면이 파헤쳐져서 이미 〈초원〉이라고 할 수 없는 상태로 변했다.

레이의 짐작을 훨씬 뛰어넘은 위력. 사람 근처에서 사용했다면 엄청난 대참사가 벌어졌을 것이다.

"……역시 근위기사단 사람들이 쓰러져 있는 상태에서는 쓸 수 없는 스킬이었구나."

릴리아나 일행은 괜찮을까? 레이가 그렇게 생각하고 돌아보니 무사하다는 것을 확인할 수 있었다.

"자."

레이는 [RSK] 쪽으로 돌아섰다.

아직 끝나지 않았다. [RSK]는 빛의 먼지가 되지 않고 아직 살아 있다.

레이도 《바람발굽》의 해제로 일어나는 폭파만으로 [RSK]를 쓰러뜨릴 수 있을 거라 생각하지 않았다.

"······그건 할 수 있구나."

그리고 [RSK]는 조금씩 스스로 재생하기 시작하고 있었다.

어제 상대했던 [고즈메이즈]처럼 살이 부풀어 올라 부족한 몸을 다시 구축해나갔다.

자신의 몸에서 몬스터를 만들어내는 상대, 이 정도는 레이도 짐작하고 있었다.

그래서 레이는 지금 끝장을 내러 나섰다.

"······갈까."

레이는 실버를 타고 재생하고 있는 [RSK]에게 달려갔다.

[RSK]의 재생속도는 부피가 커지는 것과 동시에 속도가 빨라졌고, 상처가 조금씩 아물기 시작했다.

그리고 재생하면서 다른 기능도 회복되었는지 다시 균열이 열렸고, [RSK]에게 다가오는 레이에게 광탄을 연달아 쏘아댔다.

하지만 광탄의 숫자는 좀 전보다 적었다.

《바람발굽》의 폭발로 인해 몸통 위쪽 절반에 있던 권속은 전멸했고, [RSK] 본체는 아직 재생 중이다. 권속을 만들어내는 것에는 에너지를 쓰지 못했다. 당연히 탄막이 옅을 수밖에 없었다.

"뚫고 나가라······ 실버!"

실버는 공중을 질주하며 광탄의 비를 피해 [RSK]에게 달려들었다.

"늦지 마라······!!"

[RSK]에게 달려든 순간, 레이는 실버 위에서 뛰어내렸다.

그리고 [RSK]의 마지막 상처에── 왼팔을 찔러 넣었다.

미지근한 살이 팔을 압박하는 기분 나쁜 감촉이 들었지만 팔을 박살 낼 정도로 압력이 세지는 않았다.

"[갈드랜더]!!"

레이는 왼쪽 수갑── [장염수갑]의 화염분사구를 [RSK]의 내부에서 개방시켰다.

『……소용없어. 《연옥화염》도, 《지옥독기》도 통하지 않는다고 아까 말했을 텐데.』

그것은 레이에게 이미 익숙한 프랭클린의 비웃음 섞인 목소리.

모습은 보이지 않았지만 프랭클린의 목소리만이 주위에 메아리치고 있었다.

『방금 그 공격은 놀랐지만, 그건 이제 못 쓰잖아?』

"그래. [고즈메이즈]에 저장되어 있던 MP는 다 썼으니까 이제 똑같은 방법은 쓸 수 없어."

『그렇다면 너는 이제 어찌 해볼 수가 없겠구나.』

프랭클린은 그렇게 말하며 웃었지만.

"그렇지도 않아. 이대로 이 녀석을 태울 테니까."

레이도 미소를 지으며 그렇게 대답했다.

『……어째서 그런 쓸데없는 짓을 하는 거지? 《연옥화염》은 네가 왔을 때 썼지만 전혀 통하지 않았잖아.』

그렇다, 프랭클린이 말했듯이 좀 전에 날린 《연옥화염》은 통하지 않았다.

"하지만…… 이 녀석은 **어디에 쏴도** 무효화시킬 수 있는 거야?"

『………….』

레이가 한 말을 듣고 프랭클린의 말이 멈췄다.

"예를 들어 몸의 '안쪽'이라면 불꽃도 통하지 않을까?"

레이는 몸의 표면만 무효화될 가능성은 충분히 있다고 생각했다.

"애초에 진짜로 **뭘 어떻게 하더라도** 무효화시킬 수 있다면 '무효화시킬 수 있다는' 정보를 가르쳐줄 리가 없지. 너는 성격이 안 좋으니까."

그게 첫 번째 이유.

어떤 약점이 있는 게 아니라면 그런 말을 하지 않을 것이라는 레이의 직감.

『소.』

"소용없는지 어떤지는…… 지금부터 확인해보자고."

그리고 레이는 남아 있는 모든 MP를 [장염수갑 갈드랜더]에 쏟아부었다.

『잠──.』

"──《연옥화염》, 전력방사!!"

[RSK] 내부에서 귀신의 불꽃이 미쳐 날뛰었다.

[RSK]의 몸 안에 가득 차고, 수많은 균열에서 뿜어져 나왔고, 레이가 팔을 찔러 넣고 있는 상처에서도 역류했다. [RSK]의 살점도, 공격용 권속도, 중추신경도, 레이의 왼팔도, 모든 것을 집어삼키는 검붉은 불꽃이 [RSK]에게서 뿜어져 나왔다.

"끈기대결을 해보자고, 천적 씨!!"

『■■■■■……!!』

입이 없는 몸으로 소리 없는 비명을 지르며 [RSK]가 절규했다.

레이를 뿌리치려고 온몸을 흔들고, 촉수를 휘두르며 떨쳐내려 했다. [RSK]는 내부가 불타오르는 이상사태로 인해 레이를 공격하지 않는다는 금기를 스스로 깨고 있었다.

하지만 레이는 오른손으로 쥐고 있던 대검을 [RSK]의 눈꺼풀 중 하나에 찔러 넣은 뒤 버렸다.

촉수가 등을 때렸지만 내구력으로 버텨냈다.

타오르는 왼팔, 두들겨 맞고 있는 등, 눈에 띄게 감소하고 있는 HP.

하지만 레이는 불꽃을 멈추지 않았다.

불꽃이 멈추는 것은 나나 [RSK]가 죽었을 때라고 이미 정해두고 있었다.

하지만 그의 유한한 HP와 MP는 바닥나려…….

"[고즈메이즈]!!"

그렇게 말한 순간, 레이의 마음속에 뚜렷한 생각이 있는 것은 아니었다. 하지만 그는 지금 자신의 부츠가 되어 [RSK]를 짓밟고 있는 원념의 괴물을 부르고 있었다.

그리고 [고즈메이즈]는 그 한 마디로 일을 해냈다.

다시 말해 지금 고통과 분노라는 어두운 감정 덩어리가 된 [RSK]를 상대로 한 《원념변환》.

[RSK]가 뿜어내는 거대한 원념을 직접 흡수한 뒤 MP로 변환하여 레이에게 돌려준다.

MP로 인해 불꽃의 기세가 강해졌고, 레이는 자신에게 회복마법을 계속 걸었다.

뿜어져 나온 불꽃은 [RSK]의 고통으로 변했다.

[고즈메이즈]는 고통을 흡수하여 MP로 변환시켰다.

그것은 마치 영구기관과도 같은 모습이었다.

하지만 영구함이라는 것은 없다. 부서지지 않는 것도 없다.

긴 건지 짧은 건지 불확실한 시간이 흐른 뒤…… 어떤 것이 부서졌다.

세차게 타오르는 검붉은 불꽃 안에서── 한 그림자가 무너져 내렸다.

◇ ◇ ◇

그날 밤, 기데온에 살고 있던 티안들은 공포에 사로잡혀 있었다.

거리에는 흉악하게 생긴 괴물들이 돌아다녔고, 〈마스터〉들끼리 벌이는 싸움으로 인해 건물도 부서지곤 했다.

집 안에 틀어박힌 사람, 긴급 피난처로 지정되어 있는 시설로 가는 사람, 골목에서 몸을 웅크린 채 떨고 있는 사람. 투기장에서 같은 입장에 처한 동료에게 불안하다고 이야기하는 사람.

그런 그들의 공포를 부추기기 위해서인지 영상 몇 개가 기데온 상공에 떠올랐다.

그것은 백의를 입은 괴인과 거대한 괴물의 모습.

그리고 그에 맞서는 [성기사] 세 명의 모습.

괴인은 말했다. 그들이 시간 안에 괴물을 쓰러뜨리지 않으면 수많은 괴물이 기데온을 파괴할 것이라고.

사람들의 공포는 커졌고, 그들은 절망의 시간을 기다리는 죄수가 되었다.

하지만 절망이 다가오는 와중에도 그들에게는 희미한 희망이 있었다.

영상 안에서 그들이 싸우고 있었기 때문에.

거대한 괴물에게 고작 세 명이 계속 도전하고 있었기 때문에.

그들의 모습은 절망에 맞서는 희망 그 자체였다.

이윽고 [성기사] 중에서 유일한 〈마스터〉인 청년이 괴물과 함께 불꽃에 휩싸였다.

그가 내뿜고 있는 불꽃은 괴물뿐만이 아니라 그 자신도 태우고 있었다.

그리고 괴물의 거대한 촉수가 몇 번이고 그를 두들겼다.

하지만 그는 포기하지 않았다. 멈추지 않았다.

그렇게 하고 있는 사람에게도, 보고 있는 사람에게도, 길면서도 짧은 시간이 지나.

한—— 거대한 그림자가 무너져 내렸다.

촉수 열 개가 무너져 내렸고, 구체 같은 모양의 살덩이는 까맣게 탄 내부를 드러낸 뒤…… 이윽고 모든 것이 빛의 먼지가 되어 사라지기 시작했다.

그렇게 바람에 쓸려가 사라지는 빛 안에 한 청년의 모습이 있었다.

그의 왼팔은 그가 내뿜은 불꽃으로 인해 탄화되어 있었다. 촉수로 인해 수없이 타격당한 온몸은 너덜너덜했고, 몸에 걸치고 있던 장비도 원래 모양을 알아볼 수 없었다.

하지만 그 눈에는 힘이 남아 있었다.

그 오른손으로는 그의 몸을 받쳐주는 듯한 까만 대검을 들고 있었다.

그는 남아 있는 힘을 쥐어 짜내 오른손을 들어 올렸다.

공포 한가운데에 있는 기데온 사람들에게 공포는 사라졌다고 나타내는 듯이.

아니면 자신의 승리를 나타내는 듯이.

결투도시에 살고 있던 사람들이 몇 번이나 봤던 투기장의 영웅들처럼, 그는 오른팔을 들어 올리고 있었다.

그리고 다음 순간…… 기데온은 환호성에 휩싸였다.

To be Continued

고양이 "이겼다! 프랭클린 편 완결! 매번 찾아뵙는 관리 AI 체셔입니다~!"

우 "끝내지 마라. 4권에서는 나설 차례가 없었던 [시해선] 신우다."

고양이 "곰 형님은 여러 가지 사정으로 인해 쉽니다~."

우 (여러 가지 사정……?)

고양이 "이번 후기, 우선 독자 여러분께 공지사항부터."

고양이 "이마이 카미 선생님이 그려주신 만화판 인피니트 덴드로그램."

고양이 "제1권이 절찬리에 발매중입니다!"

우 "이미 읽으신 독자 분들도 많이 계실 것 같지만."

고양이 "1권은 니코니코 정화에 '마지막화인가?'라는 코멘트가 잔뜩 달린 5화까지 수록되어 있습니다."

고양이 "'우리들의 싸움은 지금부터다'!"

우 "그러니까 끝내지 말라고."

고양이 "예정대로라면 코믹파이어에서 단행본에서 이어지는 6화를 공개하고 있을 겁니다!"

고양이 "원작과 함께 그쪽도 즐겨주시면 감사하겠습니다."

우 "자, 만화판 공지도 끝났으니 다시 제4권 이야기로 돌아가자."

고양이 "응. 후기를 시작할 때 그렇게 말씀드렸지만 작중 사건은 아직 끝나지 않았습니다."

우 "후반전…… 프랭클린 편의 마무리를 그리는 것은 다음, 제5권이 되겠군."

고양이 "네. 하지만 WEB 버전 프랭클린편 후반전은."

고양이 "4권과 합쳐서 한권으로 내기에는 너무 길고, 그것만으로 한 권을 내기에는 너무 짧은 상태라서."

고양이 "다음 제5권은 WEB 버전의 후반전에 내용이 추가됩니다."

우 "그 내용에 대해서는 작가의 진지한 코멘트 타임이다."

독자 여러분, 구입해주셔서 감사합니다. 작가인 카이도 사콘입니다.

이번에는 이 4권에서 사건을 끝내지 않고 5권으로 이어지는 형태로 만들었습니다.

이렇게 된 것은 『잘라내지 않는 게 나은 파트까지 잘라내면서 억지로 한 권에 담기보다는 내용을 추가해서 나누어내는 것』을 선택한 결과입니다.

그리고 프랭클린 편에는 많은 캐릭터가 등장하고, 많은 장면이 존재합니다.

서적화를 하면서 최대한 많은 캐릭터로, 많은 장면으로, 타이키 씨의 멋진 일러스트가 붙은 형태로 보여드리고 싶다고 생각한 것도 나누어내는 것을 결정한 이유입니다.

하지만 이 선택도 '4권에서 시리즈를 끝내야만 한다'는 상황이었다면 불가능했을 것입니다.

독자 여러분께서 받쳐주신 덕분에 앞으로도 속간 예정이 잡혔기에 이런 선택을 할 수 있었습니다.

이런 점에 대해서도 여러분께 깊은 감사를 드립니다.

4권에 대한 이야기도 조금 하도록 하겠습니다.

이번 권은 『비슷하지만 다른 사람』들이 각자의 전장에서 각자의 싸움을 하는 이야기입니다.

둘 다 창작을 위해 덴드로를 시작한 만화가인 마리와 작곡가인 벨도르벨. 둘 다 레이의 친구이자 망설이고 있는 유고와 루크. 그리고 가능성을 잡기 위해 모든 것을 쓰는 레이와 이기기 위해 모든 것을 쓰는 프랭클린.

비슷한 것 같으면서도 다른 사람들끼리 양보할 수 없는 것을 위해 싸운 것이 이번 권이라 할 수 있습니다.

그 결판을 좌우한 것은 힘의 크기가 아니고, 자신의 승리를 이끌기 위한 지략도 아니며, 정신이 부딪친 결과일지도 모릅니다.

천적에게 도전한 레이도 마찬가지로 불굴의 정신으로 불꽃 속에서 승리를 손에 넣었습니다.

그 결말인 마지막 장면을 타이키 씨의 일러스트와 함께 이번 권 마지막에 배치할 수 있었던 것도 책을 나누었기 때문이고, 나아가서는 독자 여러분 덕분이라 생각합니다.

앞으로도 독자 여러분의 기대에 부응할 수 있게끔 정진하도록 하겠습니다.

다음 권에서는 앞서 말씀드린 것처럼 WEB 버전에 내용을 추가하게 됩니다. 지금까지는 주로 순서 정리와 인칭, 장황한 문장을 수정하는 정도였기에 수록 분량에 대폭으로 내용을 추가하는 건 처음하게 되는 작업입니다.

　　추가된 내용, 그리고 이 사건의 결말을 기대하시면서 5권을 기다려주시면 감사하겠습니다.

카이도 사콘

고양이 "그렇게 되었으니 5권까지 잠시 기다려주세요."

우 "발매 시기는 이미 정해져 있다만."

고양이 "……헉! 인피니트 덴드로그램 제5권은……!"

우 "제5권은 이번 가을에 발매될 예정이다. 잘 부탁한다." (일본 현지)

고양이 "이번에는 말할 수 있을 것 같았는데! 이 도둑고양이~!!"

우 "고양이는 너잖아. 그런데 체셔."

고양이 "나는 지금까지 다음 권 예고를 한 번도 못했는데, 투덜투덜……. 그런데 왜?"

우 "곰은 왜 이번 후기에 나오지 않은 거냐?"

고양이 "5권 때문에 대기중이래."

우 "…………벌써부터?!"

안녕하세요. 천선필입니다.

이번 인피니트 덴드로그램 4권, 재미있게 읽으셨는지 모르겠습니다.

이번 4권은 저번 3권의 본편 내용에서 바로 이어지며 쭉 달려온 듯한 내용이었습니다. 프랭클린의 게임이라는 제목처럼 그가 세팅한 게임판 위에서 벌어지는 세 번의 결투가 주된 내용이었는데요. 계속 달리기만 하면 지치게 되니 중간중간에 회상이나 다른 곳에서 일어난 일들을 보여주기도 한 것 같습니다.

그렇게 중간에 들어간 내용 중에서는 카스미, 이오, 후지농 일행의 내용이 마음에 들었습니다. 특히 이오의 밝고 활기찬 모습이 매우 귀엽게 나온 것 같아서 왠지 마음이 훈훈해지는 느낌이 들었거든요. 아무래도 이 작품의 주된 요소 중 하나가 바로 〈엠브리오〉라 할 수 있으니 어느 정도 밝혀진 주요 인물의 〈엠브리오〉가 아닌 다른 〈엠브리오〉의 내용도 흥미롭네요. 앞으로도 어떤 〈엠브리오〉가 등장하고 어떤 모습을 보여줄지 기대됩니다.

〈엠브리오〉 이야기가 나왔으니 이번에 제대로 설명이 나온 마리 이야기도 빼먹을 수는 없을 것 같네요. 마리는 저번 3권에

수록된 외전에 이어서 이번에도 맹활약을 보여주었습니다. 움직이게 된 동기를 보면 모 카리스마★갸루 아이돌처럼 오해를 살 것 같기도 합니다만…… 어찌 됐든 멋진 모습을 보여주었으니 상관없겠죠. 네.

그나저나 자신이 창작한 것을 가상 세계에서나마 실체화할 수 있다는 걸 생각하면 작중 인물들에게 〈Infinite Dendrogram〉은 정말 꿈만 같은 게임일 것 같습니다. 작중 현실 세계의 기술수준, 생활수준이 어느 정도인지는 자세한 묘사가 없기에 섣불리 판단할 수는 없지만…… 적어도 지금 우리가 살고 있는 세계의 기술력, 컨텐츠를 생각하면 그야말로 1권 초반에 나왔던 '꿈' 그 자체일 것 같네요.

개발자들은 대부분 게임을 좋아하는 사람들이기에 그런 꿈을 품고 있는 사람들도 많습니다. 저도 한때는 그랬고, 제 주위에 있던 사람들도 그랬죠. 하지만 할 수 있는 것, 만들 수 있는 것에 한계가 있기에 결국 만들 수 있는 것만 만들게 됩니다. 그게 결코 비관적이기만 한 것은 아닙니다만…….

그런 의미에서는 이번 4권에 등장한 벨도르벨과 비슷하면서도 다르다는 생각이 드네요. 이상적인 창작물을 추구하면서도 이루지 못하고 있다는 면은 비슷하죠. 하지만 기술을 지니고 있지만 자기 마음속에 이상적인 모습이 없는 벨도르벨, 그리고 저와 제 지인들은 그 반대라 할 수 있을 것 같습니다.

　그런 생각을 하며 이번 4권을 마무리지었습니다. 본편 내용의 끝에 달린 'To be Continued'라는 문구, 그리고 작가 분의 후기를 보면 아시겠지만 프랭클린 편은 5권으로 이어질 것 같습니다. 이번 4권에서 내용이 깔끔하게 끝나지 않은 것은 약간 아쉽긴 하지만, 작가 분 말씀대로 일러스트와 함께 레이의 승리로 책이 끝나는 연출은 개인적으로도 매우 마음에 들었습니다. 5권에서는 연재본에 없는 내용도 대폭 추가된다고 하니 기대하셔도 좋을 것 같습니다.

　이번 후기는 약간 길어진 듯하네요. 감사의 말씀드리고 항상 그랬듯이 별 영양가가 없는(……) 후기를 마치려 합니다.

　항상 고생이 많으신 소미미디어 담당자 분 및 관계자 여러분. 감사드립니다. 제가 부족한 탓에 매번 수고를 끼쳐드리는 것 같아 송구할 따름입니다.

　그리고 아버지, 어머니, 누나. 감사합니다. 조만간 또 내려가서 함께 좋은 시간 보냈으면 좋겠네요.

　언제나 독자 여러분께 제일 감사드리고 있습니다. 예전부터 지금까지 제가 일을 할 수 있게 해주신 건 독자 여러분의 도움이 가장 컸기 때문이라고 생각합니다. 진심으로 감사드립니다.

건강 조심하시고 항상 행복하시길 바랍니다.

감사합니다.

천선필

Infinite Dendrogram 4
© 2017 Sakon Kaidou
Originally published in Japan in 2017 by HOBBY JAPAN Co., Ltd.

인피니트 덴드로그램 4 프랭클린의 게임

2017년 11월 8일 1판 1쇄 인쇄
2017년 11월 15일 1판 1쇄 발행

저   자 카이도 사콘
일 러 스 트 타이키
옮 긴 이 천선필
발 행 인 유재옥
본 부 장 조병권
담당편집자 김민지
편   집 권오범 김다솜 김민지 박찬솔 박은정 이문영 정영길 조찬희
라이츠담당 오유진
디 지 털 홍승범 박지혜
발 행 처 ㈜소미미디어
인쇄제작처 코리아피앤피
등   록 제2015-000008호
주   소 서울시 마포구 토정로222, 403호 (신수동, 한국출판콘텐츠센터)
판   매 ㈜소미미디어
마 케 팅 한민지
전   화 편집부 (070)4164-3962, 3963 기획실 (02)567-3388
           판매 및 마케팅 (070)4165-6888, Fax (02)322-7665

ISBN 979-11-6190-175-6 04830
ISBN 979-11-5710-725-4 (세트)

카나미는 어제도 구르고 오늘도 구르고 내일도 구릅니다!

이세계 미궁의 최심부를 향하자
7

와리나이 타리사　지음
우카이 사키　일러스트
박용국　올림

——언젠가 깨질 평온.
운명의 혈맥이 순환하기 시작한다——

◆초판한정◆
책갈피
쇼트스토리 & 설정일러스트 리플릿
증정

©Tarisa Warinai/OVERLAP
Illustration by Saki Ukai

"——일어나세요!!"

무투대회가 끝나고, 드디어 라스티아라 일행과 진정한 재회에 성공한 카나미.

어지간한 화약고보다 더 위험한 그녀들과 함께, 카나미 파티는 리빙 레전드호를 타고 바다로 나선다. 목적지는 『본토』── 모든 것은 팰린크론과의 대결에 종지부를 찍기 위해.

팰린크론을 물리칠 실력을 쌓기 위해 들어간 미궁에서, 카나미는 〈셀레스티얼 나이츠〉 하인의 모습을 간직한 소녀와 조우하는데……?!

"만나서 반가워요──제 이름은 와이스 하이리프로페."

그녀는 대체 누구인가. 『미궁』이란 대체 무엇인가?

카나미는 진실을 찾아서 미궁으로 재돌입한다──.

14세와 일러스트레이터
1

무라사키 유키야 지음
미조구치 케이지 일러스트 · 기획
천선필 옮김

절대로 펑크내면 안 된다고——
진짜 몇 번이나 말씀드렸는데요!!

마감 절대 준수

"라이트노벨 삽화는 한 권에 30만 엔. 세금, 집세, 컴퓨터를 살 돈도 이걸로 때우지."
페티시즘의 최전선을 달리는 프로 일러스트레이터 쿄바시 유우토는 라이트노벨 삽화—— 특히 배꼽에 심혈을 기울이고 있다. 유유상종이라 했던가, 주위에도 이상한 사람들 투성이라…… 거유와 술을 정말 좋아하며 껄렁한 성격인 베테랑 일러스트레이터 쿠라야마 니시키. 미치광이 같은 작가들 때문에 날마다 마음고생이 심해서 가끔씩 매도하는 목소리와 새까만 피를 내뱉는 편집자 나가이 케이고. 항상 미소를 짓고 있는 훈훈한 미인 일러스트레이터 사에키 아스미는 '스토커 청소기'라는 별명 때문에 고민한다. 그리고 열네 살 코스플레이어 노기 노노카, 이벤트가 끝난 뒤에 유우토의 방까지 와서 말도 안 되는 것을 뒤집어 써버려서——?! 이상과 현실, 그리고 욕망에 휘둘리는 일러스트레이터의 리얼한 일상을 대공개!

인피니트 덴드로그램

4 프랭클린의 게임

카이도 사콘 지음
타이키 일러스트
천선필 옮김

"이것이, 〈Infinite Dendrogram〉의 세계…….

그날, 유고 레셉스, 유리 고티에는 처음으로 〈Infinite Dendrogram〉에 로그인한 뒤 드라이프 황국의 수도인 황도 반델헤임에 도착했다.

"대단해…… 냄새나 기온도 현실하고 차이가 없……?"

많은 플레이어들이 그랬듯이 그녀는 〈Infinite Dendrogram〉이 오감에 호소하는 압도적인 리얼리티에 놀란 동시에 강한 위화감을 느꼈다.

(왠지 시점이 높은 것 같은데…… 아.)

그리고 그녀는 떠올렸다.

지금 그녀는 주니어 하이스쿨 학생인 유리 고티에가 아니라 그녀의 이상을 형태로 나타낸 남자…… 유고 레셉스라는 사실을.

현실과의 신장 차이는 30센티미터에 가까운데다 키와 다리 길이의 비율도 바뀌었기에 현실과의 위화감을 떨쳐낼 수가 없어서 걷기가 힘들었다.

그리고…….

"……없어."

가슴을 만지작거렸다. 그곳이 있는 것은 당연하게도 남자의 가슴팍이었다.

그건 딱히 상관없다. 애초에 큰 편이 아니기 때문에 단단하거나 부드럽다는 차이에 불과했다.

문제는 아래쪽이다.

"⋯⋯⋯⋯있네."

만져보진 않았지만 사타구니 쪽에 현실에는 결코 없는 물건을 걷기만 해도 실감할 수 있었다.

(이게 진짜 남자의 물건과 똑같은 건지는 모르겠지만⋯⋯ 감각은 있네.)

대체 어떻게 여자인 내게 남자 성기의 감각을 심어준 거지? 그녀는 그렇게 생각하니 〈Infinite Dendrogram〉의 수수께끼 같은 기술력 때문에 소름이 돋았다.

로그인했을 때 튜토리얼을 맡은 담당 AI가 했던 말을 떠올렸다.

『──성별이 현실과 다르면 위화감이 크니까 주의하세요.』

(그래, 공작부인이라는 관리 AI가 그렇게 말했었지.)

실제로 지금 그녀는 그 위화감을 충분히 맛보고 있었다.

"하지만 이런 것 때문에 좌절할 수는 없잖아."

그녀에게는 〈Infinite Dendrogram〉에서 어떻게든 시험해보고 싶은 게 있으니까.

그러기 위해 그녀는 어느 정도 위화감이 있더라도 참겠다고 결심했다.

"응. 우선 말투부터 바꿔야지. 좀 더 여자를 지키는 기사답게."

그렇게 말한 다음 연습을 좀 했다. 현실에서도 몇 번 무대 연기 흉내를 낸 적이 있었기에 말투 쪽은 체격보다 더 빠르게 익숙해질 수 있었다.

"이제 됐어. 슬슬 합류해야겠군. 황도 모험자 길드 안이었지."

그녀가 생각한 기사다운 말투로 혼잣말을 한 다음, 그녀가 살짝 웃었다.

"훗. 분명 지금 내 모습을 보면 놀라겠군."

그렇게 상대방의 반응을 약간이나마 기대하면서 유리…… 유고는 만나기로 한 곳으로 향했다.

그것이 그녀가 유고 레셉스로서 내딛은 첫걸음이었다.

그 뒤로 자기뿐만이 아니라 상대방도 현실과는 전혀 비슷하지 않은 외모였기에 합류하는데 몇 시간이나 걸렸다는 것은 또 다른 이야기다.

"음~. 어쩌지?"

그날, 마리는 천지의 어떤 마을에 있는 자기 방 책상 앞에서 고민하고 있었다.

이 무렵, 마리는 아직 은밀 계통 초급 직업 [절영]이 아니라 상급 직업인 [영(影, 그림자)]이었고, 천지의 어떤 닌자 마을에 머무르면서 수행이라는 이름의 퀘스트를 수행하고 있었다.

그녀가 자신의 작품의 주인공인 마리 애들러를 완전히 롤플레이하기 위해서는 가장 그럴싸한…… 닌자 같은 스킬이 필요하다는 이유 때문이었다.

그리고 지금 그녀가 책상 앞에서 고민하고 있는 이유도 스킬 때문이었다.

하지만 그 고민은 은밀 계통 스킬이 아니라 그녀의 〈엠브리오〉인 아르캉시엘이 새롭게 얻은 스킬 때문이었다.

"《홍환총(아르캉시엘)》…… 스킬로 할 수 있는 건 매우 확실해. 하지만…….."

아르캉시엘의 필살 스킬은 기본능력인 탄환생물 생성, 발사 강화다. 보다 강력한 탄환생물을 만들고 발사할 수 있다.

세다가 탄환으로 사용할 그림을 그릴 때 그림물감의 종류에만 맞는다면 어느 정도 탄환생물의 능력 방향성도 컨트롤할 수 있다. 비용이 많이 들긴 하지만 사용 용도의 폭이 넓은 스킬이다.

"그래도…… 음~."

그럼에도 불구하고 마리가 고민하고 있는 이유는 단순히 이 스킬이 '마리 애들러에게 어울리지 않기' 때문이다.

그녀가 그린 〈인투 더 섀도우〉의 마리 애들러는 이른바 기교파 살인청부업자이며 지혜와 기술을 사용해 터무니없는 능력과 특이한 형태를 지니고 있는 살인청부업자들과 맞붙는 스타일이었다.

하지만 이번에 얻은 《홍환총》 같은 스킬을 써버리면 마리 자신이 터무니없는 쪽으로 넘어가버리게 된다. 평소에 쓰는 탄환 생물도 '이건 평소에 쓰는 총 대신 쓰는 거다. 코스에서는 아슬아슬하게 벗어나지 않았다'라는 상태였기 때문에 필살 스킬은 완전히 벗어난 거라 할 수 있었다.

"강하다는 건 알겠지만 이걸 계속 쓰면 내 마음속의 마리가 엇나가버릴 것 같으니까……."

롤플레이를 하고 있는 마리의 말투가 아니라 플레이어인 이치미야 나기사의 평소 말투로 자신의 고민에 대해 혼잣말로 말했다.

"……데이지 롤플레이라면 이런 걸 고민하지 않아도 될 텐데."

데이지, '폭살의 데이지 스칼렛'은 인투 더 섀도우의 등장인물이다. 이야기 초반에 등장한 캐릭터이고, 흡혈귀지만 안개 대신 폭염으로 변신할 수 있어서 터무니없는 살인청부업자 중 한 사람이다.

작중에서 마리 애들러에게 패배했지만 흡혈귀라서 되살아난 다음 다시 죽고…… 이런 걸 반복하던 와중에 동료가 되었다. 그리고 동료가 된 뒤에도 보통은 새로운 적에게 당해 한 번 정도는 죽는 역할을 맡은 캐릭터였다.

취급은 그런 식이었지만 인기가 나름대로 있었고, 초반부터 함께 해왔기에 나기사도 애착이 가는 캐릭터였다.

"데이지라면………… 아."

그런 데이지를 떠올린 나기사는 어떤 생각을 떠올리고 붉은색 과 까만색 그림물감으로 그림을 그리기 시작했다.

몇 분 뒤 완성된 그것은 '폭살의 데이지 스칼렛' 그 자체였다.

"……이거네요!"

나기사…… 마리는 완성한 그림을 보고 고민을 떨쳐냈는지 밝은 표정을 지었다.

그리하여 필살 스킬 《아르캉시엘》은 그녀의 마음속에서 '〈인투 더 섀도우〉의 작중에서 동료가 된 터무니없는 살인청부업자를 발사하는 것'을 통해 롤플레이까지 고려한 사용방식으로 굳어졌다.

요즘에는 내가 황국이 왕국을 병합시키기 위한 음모를 꾸미는 시간이 늘어난 것 같다.

이렇게 된 것도 저번 전쟁 때 끝장이 나지 않았기 때문이다.

상대방의 주력을 박살 내긴 했지만 완전히 함락시키기 전에 카르디나가 개입했다.

그러니 이번에는 카르디나가 개입하기 전에 결판을 내야만 한다.

"그러기 위해서는…… 우선 한 명 죽여둘까."

표적의 이름은 릴리아나 그란드리아.

현재 근위기사단의 부단장…… 실질적인 리더이자 [성기사].

전력을 따지자면 확실히 말해 전혀 위협적이지 못하다.

아버지가 그 [천기사]였고 나이와 현재 실력을 고려하면 재능은 있겠지만, 다음 전쟁까지 위협이 될 정도로 강해질 가능성은 거의 없다.

하지만 그녀에게는 인망이 있다.

왕국의 왕녀들과는 부모님 대부터 교류가 있었던 모양이고, 왕국 기사들의 신임도 두텁다.

그리고 아무래도 핏줄에 좀 골치 아픈 부분이 있는 것 같다.

더더욱 문제가 되는 것은 그녀의 인망이 티안뿐만 아니라 〈마스터〉들에게도 통한다는 것이다.

지금 왕국의 클랜 랭킹 제2위는 그녀와 왕녀들의 팬클럽이 합체한 〈알티미어, 엘리자베트, 테레지아, 릴리아나 연합〉. 통칭 〈AETL 연합〉이다.

어처구니없긴 하지만 왕국 쪽 〈초급〉이나 후소 츠쿠요 휘하의 〈월세회〉가 나오지 않았던 저번 전쟁 때 가장 큰 적은 그 녀석들이었다.

……아, 숫자가 많진 않았지만 결투 랭커도 '가면기병' 마스크드 라이저나 '염노' 비슈마르 같은 녀석들이 나오긴 했었지. 뭐, 그건 소수니까 제쳐두도록 하고.

"깎아낼 수 있는 전력은 깎아두고 싶지."

저번에는 〈AETL 연합〉 때문에 쓸데없이 전력이 소모되었고 침공도 늦어졌다.

녀석들이 싸울 이유를 깎아내 주지.

추모전이라며 불타오르는 녀석도 있을지 모르겠지만 의욕이 사라지는 녀석들도 그만큼 있을 것이다.

녀석들의 절반 정도는 그녀를 그냥 마음에 드는 NPC(티안)이라고 생각할 뿐이니까.

"전력을 고려하면 사실 제1왕녀 같은 녀석들도 죽여두고 싶지만 그건 황왕이 절대로 허가하지 않을 테니까……."

그리고 제1왕녀의 앞날을 생각하면 제2왕녀와 제3왕녀를 죽이는 작전도 불가능하다.

예정되어 있는 기데온 계획에서도 왕녀는 납치하기만 하게 되어있다.

"뭐, 그쪽 장애물을 제거하는 의미도 있으니 역시 그녀는 죽이자."

수법은 오소독스하게 독살. 만약 그게 실패한다 해도 왕국 근처에 숨겨둔 [데미 드래그 웜] 무리로 압살이다.

"어차피 기데온에 갈 일은 있으니 중간에 왕도에서 그녀를 함정에 빠뜨리도록 할까."

나는 그렇게 말하고 앞으로 진행될 예정과 그녀의 운명을 정한 다음, 로그아웃했다.

내 이 결정이 어떤 루키와의 인연을 시작하게 만들 줄은……이 시점에서는 알 수가 없었다.

To be continued Episode one

곰 형님의 환영준비

□2045년 3월 16일 오전 9시

그날, 무쿠도리 슈이치는 아파트 거실에서 소파에 앉아 벽 전체를 사용한 대형 모니터로 아침 뉴스를 보며 그의 동생과 통화하고 있었다.

"오호, 이제야 덴드로를 시작하는구나."

『그래, 이사도 끝났으니까 괜찮겠다 싶어서.』

"하하, 그건 좋지만 너무 빠져서 모처럼 붙은 대학교를 소홀히 하지 마."

『물론이지. 나도 알아.』

"나중에 합류하자고. 환영할 준비를 해두고 기다릴 테니까."

『알았어.』

"그럼 알터 왕국 왕도에서 기다리마."

『알? 어?』

"중앙 거리 분수다~."

아직 모르는 나라 이름을 듣고 동생이 당황했다는 것을 눈치챈 건지 아닌지, 슈이치는 그대로 휴대단말기 전화를 끊었다.

"자, 가게에서 사서, 집에 와서, 튜토리얼을 끝내면…… 이쪽에서 두 시간, 그쪽에서는 여섯 시간 정도려나…… 영차."

슈이치는 소파에서 일어나 기지개를 켰다.

그런 다음 대형 모니터를 보았다. 화면에는 연예 뉴스가 나오고 있었고 세계적인 락 가수인 레이첼 레이뮤즈의 라이브 영상과 함께 캐스터가 코멘트를 하고 있었다.

"······역시 바빠 보이네."

슈이치는 손을 흔들어 모션센서 기능이 달려 있는 모니터의 전원을 껐다.

"자, 준비해볼까?"

슈이치는 거실에서 나와 침실──〈Infinite Dendrogram〉 하드웨어를 놓아둔 방으로 갔다.

여담이지만, 무쿠도리 슈이치는 매우 뛰어난 육체를 지니고 있다.

키는 180센티미터가 넘고, 근육이 붙어 있으면서도 균형 잡힌 몸매였다. 마치 1류 격투가 같은 체구였다. 실제로 몸을 유지하기 위해 아파트 안에 있는 체육관에서 매일 빼먹지 않고 트레이닝을 하고 있다.

또한, 얼굴도 미형이라 할 수 있다. 배우를 한다 해도 위화감이 없을 정도다.

자, 그런 아름다운 육체를 지니고 있는 그가.

『핫하~! 환영파티 식재료 모으기다곰~! 주먹과 배가 운다곰~!』

지금은 곰 인형옷을 입고 왠지 웃기는 말을 하고 있었다.

육체미 같은 건 전혀 찾아볼 수 없었고, 얼굴은 동물얼굴이었다.

사실 이유가 있다.

그의 아바타 외모가 현실의 외모와 완전히 똑같기에 가리기 위해서다.

튜토리얼 때 문제가 생겨서 이렇게 되어버렸기에 그는 계속 인형옷을 입고 플레이하고 있었다.

하지만 외모를 가리기 위해 인형옷을 입을 필요가 있긴 하겠지만 말과 행동까지 웃기게 할 필요는 없다.

필요는 없지만…… 이상한 말과 행동도 그렇고 곰 말투도 그가 스스로 하는 것이다.

아무튼 무쿠도리 레이지는 이쪽에서 곰 인형옷을 입은 슈우 스탈링이었다.

『자, 이쪽 시간은…….』

현실 시간은 오전 9시가 넘었지만 이쪽은 아직 새벽이다.

슬슬 시장도 열 때가 되었으니 그가 말한 것처럼 식재료를 모으기에는 좋은 타이밍이라 할 수 있다.

『좋았어, 팍팍 사모으자곰~.』

◇

슈우가 먼저 간 곳은 과일과 야채 도매시장이었다.

『우선 역시 왕도 특산품인 렘 열매다곰~. 한 바구니 사자곰~.』

왕도 안에 있는 과수원에서 키우는 렘 열매는 왕도에서도 매우 유명한 식재료다. 부드러운 단맛과 편안한 신맛이 나기에 매우 인기가 많은 과일이다.

『아, 그래도 레이가 렘 열매를 정말 마음에 들어 해서 '좀 더 먹고 싶은데'라고 하면 곤란하다곰. ……좋아.』

슈우는 아마 발생하지 않을 사태에 대해 걱정했다.

『실례합니다~.』

그리고 그렇게 걱정하며 도매업자에게 말을 건 뒤.

『오늘 나온 렘 열매, 전부 다 팔아줬으면 한다곰~.』

"전부?!"

도매업자가 깜짝 놀랄 만한 말을 한 것이다.

결론부터 말하자면, 슈우는 대량의 렘 열매를 손에 넣었다.

도매업자가 가게에 넘길 분량도 있기에 전부 다 팔 수는 없다고 했지만 결국 오늘 시장에 나온 렘 열매는 전부 사들일 수 있었다.

그밖에도 야채와 과일을 대량으로 산 뒤, 슈우는 훈훈한 표정으로 청과시장을 떠났다.

여담이지만, 한 시간 뒤 청과시장을 찾아온 어떤 사람이 '매진이라고?! 잠깐, 이게 어떻게 된 거야?!'라고 하며 당황하게 되었다.

◇

그 다음에 슈우가 향한 곳은 단골 정육점이었다.

『아저씨~. 오랜만에 고기 사러 왔다곰~.』

"오, 그 목소리는 형씨구만. 오늘은 곰이야?"

『요즘은 대부분 이거다곰~.』

정육점에서는 주로 식용에 적합하여 농촌에서 방목하고 있는 몬스터가 드랍한 식재료 아이템을 취급하고 있다.

이 식재료 드랍 아이템은 신기하게도 같은 종류의 몬스터가 드랍한 같은 종류의 아이템인데도 맛이 다르다. 정성들여 키운 몬스터가 더 맛있다. 다시 말해 품질 문제다.

그렇기 때문에 품질이 좋고 맛있는 식재료는 비싸고, 최고급 이라면 100그램에 만 릴이 넘는 경우도 많다.

그리고 몬스터가 드랍한 아이템은 《해체》 스킬 레벨을 올리면 숫자가 늘어난다.

그로 인해 정육점 주인 같은 사람들은 《해체》 레벨을 올리는 과정에서 본인의 레벨도 올라 근육질인 경우가 많다.

슈우와 아는 사이인 이 가게 주인도 옷 너머로도 알 수 있을 정도로 근육질이었다.

『오늘은 가게에 있는 '마수'와 '괴조', 그리고 '드래곤'의 최고품 질 고기를 전부 다 팔아주라곰~.』

슈우는 방금 전에 청과시장에서 렘 열매를 사재기했을 때와 마찬가지로 고급 식재료를 마구 지르려 했다.

하지만 방금 전과는 단가가 다르다. 가게 주인도 걱정스럽다는 듯이 말을 걸었다.

"이봐이봐, 형씨. 그건 상관없는데…… 3천만 릴은 될걸?"

『상관없다곰~. 오늘 나는 돈을 아끼지 않는다곰~.』

일본 엔으로 3억이나 되는 가격임에도 불구하고 슈우는 망설임 없이 사기로 결정했다.

이것도 전부 다 동생의 환영파티를 위해서다.

……뭐, 아무리 생각해도 양이 너무 많지만.

그렇게 정육점에서 구입한 여러 가지 고기를 아이템 박스에 넣은 다음, 슈우는 정육점을 떠났다.

◇

『흥흐흥~. 다음은 어디로……곰?』

신이 나서 다음 식재료를 모으러 가던 도중, 슈우는 어떤 것을 발견했다.

그것은 거리에 맞닿아있는 폐가였다. 울타리가 쳐져 있었고, 세워져 있던 팻말에는 출입금지라는 말과 함께 해체공사 설명 문구가 적혀 있었다.

하지만 그 폐가 안에서 아이들의 목소리가 들렸다.

울타리도 일부가 빠져 있는 걸 보니 아이들이 안에 들어가서 놀고 있는 모양이었다. 실제로 안에서 들리는 목소리는 즐거운 느낌이었다.

하지만 폐가는 노후화가 꽤 심했고 가끔씩 아이들이 뛰어노는 진동으로 인해 삐걱거리는 것을 바깥에서도 알 수 있을 정도였다.

슈우는 우선 바깥에서 아이들에게 주의를 주기로 했다.

『위험하니까 이제 바깥에서 놀아라곰~!』

"네~."

"꺄악~."

"숨어라~!"

"야옹~."

슈우의 목소리를 듣고 아이들이 보인 반응은 제각각 달랐지만 들리긴 하는 것 같았다.

슈우는 볼을 긁으면서 『나중에 다시 살펴보러 올까』라고 중얼 거린 다음 다시 쇼핑을 하러 갔다.

◇

슈우가 세 번째로 향한 곳은 생선 가게였다.

생선이라고 하는 건 잘못된 말일지도 모른다. 이 왕도의 주변 에는 바다나 강이 없어서 물고기를 잡을 수 없으니까.

왕도 근교의 수자원은 주로 풍부한 지하수맥에서 물을 끌어올려 사용하고 있다.

하지만 왕도에서 물고기를 전혀 먹을 수 없는 건 아니었다.

해산물은 서쪽 항구 마을 같은 곳에서 얻은 걸 시간정지 타입 아이템 박스에 넣어서 운반해 온다. 신선 그 자체인 해산물을 그대로 맛볼 수 있기에 문제는 없다 할 수 있다.

이런 방식은 다른 물건에도 쓸 수 있기에 아이템 박스는 유통에 반드시 필요한 물건이었다.

이런 이야기는 제쳐두고, 슈우는 가게 앞에서 수조를 바라보고 있었다.

수조는 이른바 쇼 케이스고, 가게 사람에게 말하면 같은 종류의 물고기를 아이템 박스에서 꺼내서 팔아준다. 그리고 요리사 같은 경우에는 감정도 해준다.

『음…….』

슈우는 환영파티에서 어떤 물고기를 대접할지 고민하며 진지하게 수조를 바라보고 있었다.

……하지만 옆에서 보면 '곰이 물고기를 노리는 장면'에 불과했겠지만.

다른 손님들은 슈우가 언제 수조에 손을 넣어 물고기를 건져낼지 두근거리면서 그 모습을 바라보았다고 한다.

결국 슈우는 열 몇 가지 종류의 물고기와 갑각류 여러 가지를 대량으로 구입했다.

항구 마을에서 수입해 온 거라 가격이 좀 나가긴 했지만 슈우는 여전히 아랑곳하지 않았다.

그리고 물고기를 사고 있던 슈우에게 가게에 있던 아이가 '곰돌아 연어 잡아먹어?'라고 하며 손가락으로 가리키다가 어머니에게 '쉿! 보면 안 되요!'라고 혼났다는 건 웃을 만한 이야기일 것이다.

◇

『야채와 과일, 고기, 어패류…… 이제 다음은 밀이겠지.』

그래서 슈우가 방문한 곳은 밀 가게였다.

주식으로 이용한 곡식으로는 쌀도 있긴 하지만 그쪽은 야채로 팔고 있었기에 이미 구입해두었다. 알터 왕국은 음식 쪽 문화가 서양 기반이었다.

『안녕~, 빵하고 파스타용 최고급 밀을……곰?』

슈우가 밀 가게에 들어갔을 때, 가게 안의 분위기가 이상했다.

보아하니 이 밀 가게의 주인으로 보이는 노인에게 복면을 쓴 남자가 칼을 들이대고 있었다.

그 말고도 복면을 쓴 남자가 세 명 정도 있었고 점원과 손님, 그리고 슈우에게 무기를 들이대고 있었다.

"움직이지 마! 인형옷을 통째로 찔러버린다!"

"이봐! 돈하고 음식이 잔뜩 들어 있는 아이템 박스를 가져오라고오!"

상황, 말과 행동을 통해 거의 확실한 것은…… 그들이 강도라는 사실이었다.

『……음, 이 타이밍에 문제가 생기나곰?』

슈우는 인형옷 안에서 '곤란하다'……기 보다는 '귀찮다'는 표정을 지었다.

지금 시간을 뺏기면 동생과 합류하는 게 늦어져버릴지도 모르고, 식재료 모으기도 끝내지 못할 수도 있었다.

그렇게 생각한 슈우의 행동은 신속했다.

"인형옷 입은 자식아! 움직이지…… 마…….”

우선 한 명, 얼굴 아래쪽을 날려버리지 않게끔 조심하며 손등으로 턱을 쳐서 기절시켰다.

다음, 가장 가까운 상대가 아니라 슈우를 가장 먼저 돌아본 상대방의 품속으로 뛰어들어 내장을 날려버리지 않게끔 힘조절을 한 지르기로 배를 쳤다.

세 사람 째, 이번에는 가장 가까운 녀석을 노리고 다리가 끊어지지 않게끔 다리를 후린 뒤 꺾었다.

마지막, 노인에게 칼을 들이대고 있던 남자가 돌아보기 직전에 등 뒤로 파고들어 목이 부러지지 않을 정도로 부드럽게 슬리퍼 홀드를 걸어 조였다.

『이걸로 끝이다곰~.』

전부 합쳐서 30초. 강도 집단 네 명은 그렇게 모두 정신을 잃었다.

정확하게는 다리가 부러진 녀석은 의식이 있었기에 비명을 지르고 있었지만.

어찌됐든 장애물은 사라졌고.

『빵하고 파스타용 최고급 밀을 팔아주라곰~.』

슈우는 처음 목적대로 밀을 팔아달라고 노인에게 요구했다.

그런 다음 슈우는 최고급 밀을 매우 싸게 구입할 수 있었다. 노인과 점원들이 보답하는 마음으로 가격을 싸게 해준 것이다.

슈우는 강도들을 경비병에게 넘기는 것은 가게 사람들에게 맡기고 『이득봤다곰~』이라고 말하며 신나게 밀 가게를 떠났다.

◇

『술 같은 건 있어도 그 녀석이 마실 수 없을 테고, 드랍된 것들 중에 아직 남은 게 있을 테니까 필요 없다고 치고. 이제 남은 건…….』

슈우는 밀을 손에 넣고 나서 이제 식재료는 대충 다 모았다고 생각했지만 왠지 뭔가가 아직 부족한 것 같다는 생각이 들었다.

슈우는 『음~, 음~, 곰~, 곰~』이라고 끙끙대며 고개를 갸웃거리다가…… 뭔가를 깨달았다는 듯이 손을 탁 쳤다.

『부족한 건 물이다곰.』

물.

물론 지하수맥을 수원지로 삼고 있는 이 도시의 물에도 차이가 있다.

가장 질이 좋은 물은 귀족가 안에, 그것도 왕궁 안에 솟아난다고 했다.

『……좀 받으러 가볼까.』

그리하여 슈우는 동생의 환영파티를 위해 왕궁에 잠입하기로 했다.

그리고 20분도 지나지 않아서 왕궁의 가장 깊은 곳에 도착했다.

……이건 왕궁의 경비가 허술하기 때문이 아니다.

슈우가 가지고 있는 장비 중 하나에 엄청나게 강력한 은밀능력이 달려있기 때문이었다.

하지만 여기까지 숨어들어 오긴 했는데 수원지는 독을 푸는 것을 막기 위해 왕궁 안에서도 특별히 엄중하게 경비하고 있었고 경계용 매직 아이템도 여러 개 설치되어 있었다.

아무리 슈우가 가지고 있는 장비라도 그걸 통과하기는 힘들 것 같았지만…… 왕국에 들어간 슈우는 수원지로 가지 않았다.

『오늘은 어디 있지곰~?』

그렇게 말하며 누군가를 찾기 시작했다.

슈우가 찾고 있던 사람, 그 사람은 왕궁의 물을 슈우에게 나눠줄 사람이었다.

그렇다, 슈우는 어디까지나 '받으러 온 것'이다. '훔치러 온 것'이 아니다.

하지만 갑자기 왕궁으로 숨어들어 온 곰 인형옷에게 물을 줄 사람이 있을 리가 없었다.

그래서 슈우는 예전부터 알고 지내던 사람을 찾고 있었는데.

"인형옷?"

은밀상태인 슈우에게 뒤에서 말을 건 사람이 있었다.

슈우가 돌아보니 그곳에는 기묘한 소녀가 있었다.

고급스러워 보이는 잠옷차림에 머리카락이 부드럽게 들뜬 초등학교 저학년 정도로 보이는 소녀였다.

하지만 기묘하다는 건 그녀가 잠옷차림이어서가 아니라……
그녀의 자세 때문이었다.

그녀는 어떤 동물을 타고 있었다.

그것은 큰 개 정도 크기의…… 햄스터였다.

눈을 감고 잠든 것처럼 보이기도 했지만 소녀를 태우고 터벅터벅 복도를 걸어가고 있었다.

『아, 테레지아다곰.』

하지만 슈우는 햄스터를 타고 있던 소녀를 보고 놀라지도 않은 것 같았다.

소녀…… 테레지아도, 여담이지만 그녀가 타고 있던 햄스터도 슈우가 찾고 있던 사람은 아니지만 알고 지내는 사이였다.

"오늘은 웬일이야?"

『왕궁의 물을 좀 받으러 왔다곰~. 그래서 시종장 씨를 찾고 있었는데 안 보인다곰~.』

"아, 오늘은 언니랑 이야기할 게 있는 것 같으니까. 물말이지.
알았어. 내가 부탁해볼게. 한 통이면 돼?"

『아마 충분할 거다곰~.』

"그래, 나한테 맡겨. 도가 마실 거라고 하면 이상하다고 생각하지도 않을 거야."

테레지아는 자기가 타고 있던 햄스터의 머리를 쓰다듬었다.

햄스터는 여전히 눈을 감고 있었지만 수염을 움직여 대답했다. 마치 '상관없어'라고 하는 것 같았다.

『그럼 부탁할게곰~. 이 빚은 다음에 갚는다곰~.』

"기억해둘게."

그때, 복도 너머에서 발소리가 들렸기에 슈우는 몸을 숨겼다.

『……응?』

왠지 모르겠지만 테레지아와 햄스터도 몸을 숨기고 있었다.

발소리를 낸 사람은 시녀였고 그녀는 두 사람과 한 마리가 숨어 있던 복도를 지나쳤다. 시녀가 지나가는 것을 본 다음 슈우가 물었다.

『왜 테레지아까지 숨는 거냐곰?』

"……침대에서 몰래 빠져나와서 산책하는 중이야."

테레지아는 말하기 껄끄러운지 등을 돌리고 그렇게 말했다.

『……기본적으로 병약하니까 산책은 왕궁 안에서만 해.』

"나도 알아. 슬슬 방으로 돌아갈 거니까. 아, 물통은 도한테 창문으로 떨어뜨리라고 할 테니까 잡아."

『알겠다곰.』

슈우는 그렇게 말하고 테레지아에게서 등을 돌렸다. 그녀의 방이 어디 있는지는 알고 있기에 그 방의 창문 밑에서 대기하기 위해서다.

『들키지 마라. 소동이 일어나면 경계가 엄중해지니 우리들도 산책하기 힘들어진다.』

굵은 남자 목소리가 슈우의 어깨너머로 들렸다. 하지만 슈우는 그게 누군지 신경 쓰지도 않고 등을 돌린 채 오른손을 들어 대답했다.

그렇게 슈우는 한 사람과 한 마리…… 이 왕궁에 사는 소녀, 그리고 곁에 있던 수수께끼의 생물과 헤어졌다.

그런 다음 슈우는 무사히 물을 손에 넣고 들키지 않게 왕궁에서 탈출했다.

◇

『후~ 이만큼 모았으니 완벽하다곰~.』

과일과 야채, 고기, 어패류, 곡물, 물 등, 슈우는 네 시간 정도 걸려서 식재료를 대량으로 모았다. 그것들은 왕궁의 만찬회 정도의 양과 질을 지니고 있었고 든 비용은 5천만 릴이 넘었다.

막대한 금액이었기에 최고참 플레이어이자 랭커인 슈우에게도 부담이 되는 비용이었다.

하지만 슈우는 아랑곳하지 않았다.

목이 빠지게 기다리고 있던 동생이 이제야 〈Infinite Dendrogram〉을 시작한다니 이렇게 성대하게 환영해주자고 생각한 것이다.

『……아, 정작 중요한 가게를 예약하지 않았네. 다르시안네 가게가 오늘 문을 열면 좋겠는데.』

슈우가 알고 지내는 요리사 계통 서양 파생 초급 직업, [천상요리사]의 가게의 영업시간은 부정기적이다. 가게 주인이 〈마스터〉이기 때문에 자연스럽게 그럴 수밖에 없다.

하지만 가게 주인이 초급 직업이기 때문에 다른 가게보다 맛이 훨씬 좋고, 식재료를 가져가면 그걸로 요리를 해주기 때문에 매우 인기가 많은 가게다.

『아, 로그인은 했나 보네곰.』

슈우는 친구 창을 열고 로그인 상태를 확인했다.

『잠깐 가보자곰.』

슈우는 그렇게 말하며 직접 가게로 상황을 보러 가기로 했다.

여담이지만 〈Infinite Dendrogram〉에는 친구들끼리라도 원거리 채팅 같은 기능은 없다. 멀리 있는 사람과 이야기를 하려면 통신마법 스킬이나 전용 매직 아이템을 사용할 필요가 있다.

플레이어들은 '불편하니까 바꿔줘'라는 말을 자주 하곤 하지만 〈Infinite Dendrogram〉의 운영 측에서는 그럴 낌새가 없었다.

이렇게 '게임으로서의 편의성 같은 걸 생각하면 고치는 게 좋은' 부분을 방치할 경우가 많기에 일부 플레이어들은 방치운영

이라 부르고 있다.

　다행히 고려하던 가게는 오늘 영업을 하는 날이라 예약할 수 있었다.
　오늘 구입한 식재료들을 맡기자 가게 주인은 '이거 요리할 보람이 있겠는데'라고 하며 웃었다. 어찌됐든 이걸로 준비는 끝이다.

◇

　만나기로 한 곳인 분수로 이동하며 '이제 레이지가 로그인하는 걸 기다리기만 하면 되나……'라고 생각하던 슈우가 어떤 사실을 깨달았다.
　『……만나기로 한 장소는 정했는데, 어떻게 서로 알아보지?』
　슈이치는 레이지의 아바타를 모르고 레이지도 슈우를 모른다. 이래선 합류할 수가 없다.
　『노래할까? 그러면 목소리로 나를 알아볼 텐데..』
　슈우는 자기 목소리로 곰 노래를 할까 생각해봤지만 만약 그렇게 할 경우 동생은 형을 형이라고 알아봐도 무시할지 모른다.
　『좋아, 그렇다면 발성연습을…… 응?』
　슈우는 문득 어떤 사실을 깨달았다.
　그것은 거리 한쪽 구석—— 좀 진에 본 폐가가 있는 곳.
　상황을 살펴보려고 그 폐가 앞을 지나는 코스를 통해 분수로 향하고 있었는데 상황이 이상했다.

아이들 몇 명이 모여서 울타리 너머로 폐가를 바라보고 있었다.

아이들의 표정은 매우 걱정스러워 보였다.

『왜 그러냐곰~?』

슈우가 말을 걸자 아이들은 놀란 모양이었다.

겁을 먹은 아이도 있었고 안심한 듯한 표정을 짓는 아이도 있었다.

"저, 저기."

"저기, 토마스가, 무너질 것 같은데 나오질 못해서."

그 말과 폐가의 상태를 통해 슈우는 대충 사정을 짐작했다.

폐가는 좀 전보다 약간 기울어 있었고 집이 삐걱대는 이상한 소리도 나고 있었다.

타이밍 나쁘게 아이들이 안에서 놀고 있을 때 폐가의 수명이 다한 모양이었다.

그래서 이 아이들은 급하게 도망쳐 나왔지만 한 명은 미처 나오지 못한 것 같았다.

『영차!』

슈우의 행동은 빨랐다.

걸리적거리는 울타리를 때려 부수고 부지 안으로 뛰어들었다. 폐가로 돌입해서 아이를 구하기 위해서였다.

하지만.

"으앙, 으앙……."

그와 동시에 폐가에서 한 소년이 도망쳐 나왔다.

고양이를 안고 있던 그 소년은 울면서 열심히 도망치고 있었다.

하지만 그가 안전한 곳으로 도망치는 것보다—— 집이 무너지는 게 더 빨랐다.

내구도의 한계를 맞이하여 무너지기 시작하는 집.

미끄러져 떨어진 지붕이 그대로 소년을 짓누르려는 듯이 머리 위로 떨어졌고——

『——제1형태.』

『Ready.』

——빛의 포탄이 그것을 흔적도 없이 날려버렸다.

파괴는 한순간, 하지만 완전했다.

지붕은 이미 지붕이 아니었고, 파편조차 남지 않고…… 분자로서 두 번 다시 결합될 수도 없는 것으로 변했다.

그렇다, 물질로서 결코 의미를 지닐 수 없을 정도로…… **파괴**되었다.

그렇게 만든 포탄을 날린 것은 어느새 슈우의 왼팔에 장착되어 있던 대포.

마치 세계적으로 유명한 고양이 모양 로봇 애니메이션에 등장하는 도구처럼 손목 아랫부분이 대포로 변해 있었다.

『……세이프. 역시 **위력만 따지만** 이게 제일인가?』

그 대포는 슈우의 〈엠브리오〉인 발드르의 제1형태.

달려가 봤자 늦을 거라고 판단하고 재빨리 대포로 지붕을 파괴한 것이다.

물론, 평범한 대포로는 피해가 커지기만 했을 것이다. 하지만 이것은 〈엠브리오〉인 발드르였고, 슈우에게는 직업 스킬도 있다.

슈우는 이것들을 조합하면 확실하게 구해낼 수 있을 거라 생각했다.

『빗나가지 않아서 다행이다곰~, 심장이 두근두근하다곰…….』

……그렇게 생각했다.

"어, 어라……?"

"야옹……?"

소년도, 그가 안고 있던 고양이도 방금 무슨 일이 일어났는지 이해하지 못하는 것 같았다.

집이 무너지며 피어오른 흙먼지로 인해 머리가 새하얘진 상태로 멍한 표정을 짓고 있었다.

그건 울타리 바깥에서 걱정스럽게 지켜보고 있던 다른 아이들도 마찬가지였다.

『도련님, 아가씨, 이제 출입금지인 곳에서 놀면 안 된다곰.』

슈우가 '이놈'하고 혼내니 겨우 상황이 파악되었는지…… 살아났다는 안도감과 그 직전의 공포로 인해 아이들이 엉엉 울기 시작했다.

◇

그런 다음, 슈우는 아이들을 달래면서 동생과 만나기로 한 곳인 분수로 이동했다.

울던 아이들도 곰 인형옷을 입은 슈우에게 업히거나 슈우 위로 올라타면서 마음이 풀어졌는지 울음을 그치고 웃었다.

슈우가 분수 가장자리에 앉은 뒤에도 아이들은 슈우 곁을 떠나지 않고 달라붙어 있었다. 그러던 동안 다른 아이들도 모여들어서 어느새 슈우는 아이들의 운동기구가 되어 있었다.

슈우 본인은 그냥 내버려 두고 어떤 것을 만들고 있었다.

손에는 방금 전에 부서진 폐가의 나무조각이 있었다.

슈우는 널빤지 모양 조각과 막대기 모양 조각을 이어붙인 다음 널빤지 쪽 표면에 어떤 글자를 썼다.

'Welcome 동생'이라고.

이렇게 하면 동생도 나를 알아보겠지? 슈우는 그렇게 생각했다. 폐가의 출입금지 팻말을 보고 생각난 것이다.

그렇게 슈우는 'Welcome 동생'이라는 팻말을 들고 아이들을 놀게 내버려 둔 채 한 시간 정도 분수에서 동생을 기다렸다.

End

Infinite Dendrogram 4
© 2017 Sakon Kaidou
Originally published in Japan in 2017 by HOBBY JAPAN Co., Ltd.

인피니트 덴드로그램 4 프랭클린의 게임 초판 한정 소책자

2017년 11월 8일 1판 1쇄 인쇄
2017년 11월 15일 1판 1쇄 발행

저　　자 카이도 사콘
일 러 스 트 타이키
옮 긴 이 천선필
발 행 인 유재옥
본 부 장 조병권
담당편집자 김민지
편　　집 권오범 김다솜 김민지 박찬솔 박은정 이문영 정영길 조찬희
라이츠담당 오유진
디 지 털 홍승범 박지혜
발 행 처 ㈜소미미디어
인쇄제작처 코리아피앤피
등　　록 제2015-000008호
주　　소 서울시 마포구 토정로222, 403호 (신수동, 한국출판콘텐츠센터)
판　　매 ㈜소미미디어
마 케 팅 한민지
전　　화 편집부 (070)4164-3962, 3963 기획실 (02)567-3388
　　　　　 판매 및 마케팅 (070)4165-6888, Fax (02)322-7665

ISBN 979-11-6190-175-6 04830
ISBN 979-11-5710-725-4 (세트)